荒聞

張渝歌／著

The Whisper

只要是新生的火，她便能燃起已死的灰燼。

——楊華《黑潮集》（1927）

目錄

聲明：本書純屬荒野奇談，與真實的人物、機關、團體、事件皆無關。

第一章

聲音

好像有什麼在咬我的腳趾……

是蟑螂吧……

雖然這麼想著，但頭腦被酒精麻痺了，身體的感覺也變得遲鈍。吳士盛只能發出咿咿咿的囈語，躺在冰冷的水泥地上，回想起前幾天多管閒事的鄰居跑來按門鈴，干涉他倒垃圾的頻率。當時吳士盛根本懶得回應就甩上大門，連罵髒話的力氣都不想花。仔細想過，這根本不是他一個人的問題，這整條巷子都是蟑螂的巢穴，如果有人願意跳下水溝看看，一定能看見如同機車瀑布一樣的景色。

嚴格說來，這裡怎麼算是一條巷子？雖然路牌寫著「一四〇巷」，但實際上就是土坡下的鐵皮屋聚落，旁邊還停著怪手和貨車，不曉得在挖什麼東西。說不定，自己住的這座鐵皮屋哪天被政府視為違章建築，被那架怪手拆掉，就可以一併把蟑螂的巢穴挖乾淨。

想著想著，吳士盛不禁有種快感，好像光是這麼想，生活就變得很舒服。恍惚間，貼在水泥地上的耳朵似乎聽見砰砰砰的敲擊聲。

怪手來了，要把這團狗屎挖乾淨了……

但他立刻發現自己搞錯了，敲擊聲停止，另外一邊的耳朵旁吹起咻咻的風，一定是那個帶屎的衰婆來了。

我知道妳在看我，那又怎麼樣？

有力氣幫別人收盤子，沒力氣幫我收罐子嗎？幹……

地上散落著昨晚吳士盛喝光的台啤鋁罐，他是不容易醉的人，有時候花光身上零錢買的酒也不夠，但碰巧昨天跑車的業績還不錯，本來他還想賭一把，看能不能賺一點回來，幸好他喝酒的慾望大過賭博的慾望，終於能小醉一場，不用看到衰婆那張乾癟的黃臉。

一聲幾乎撞破耳膜的巨響，吳士盛的怒火瞬間被點燃，他張開惺忪的睡眼，對著鏽蝕大半的鐵門咆哮三字經，把肺裡面的空氣全都罵出來，讓所有人聽到最好。

他躺回地板，從破裂的塑膠擋雨板和落漆的柵窗望出去，太陽已經很高了。雖然很暗，但是看見陽光就有種安心感。他像是想起什麼似地坐起身，左手撐在黏膩的啤酒乾涸後的汙漬上，視線停留在很遠的一點，右手伸進後方的乾枯盆栽裡，掏出一包黃色的長壽，咬了一支出來，再把菸包塞回去，掏出打火機點菸。

看著菸頭燒紅後冒出的灰色煙霧，再把嘴裡的煙吐進去，讓兩團煙混合在一起，這是他抽菸的樂趣。煙霧也會進入肺部、進入血液裡，讓身體醒過來，肩頸和下腰的疼痛暫時消失，隱隱發麻的手指也會靈活起來。

吳士盛打開鐵門，涼爽的山風混雜了燒塑膠的氣味，吹了進來。他用力吸了幾口菸，走出門外，突如其來的陽光讓眼睛一陣刺痛，忍不住用手遮住眼睛，揉了幾下，沒想到眼睛的疼痛感卻更加劇烈。他把手拿起來一看，上面不只有啤酒的汙漬，還有不知從哪裡冒出來的黑色油膏狀的灰塵塊。他趕緊跑到停在一旁的車上，拿出一個已經因為水垢而從藍色變成黃色的礦泉水瓶，用昨天喝剩的水沖眼睛。

這輛TOYOTA ALTIS Z是他唯一珍視的東西，他的菸，他的酒，他的錢，都是這個戰友帶給他的。為了避免客人嫌髒不想坐，他也要求自己，一定要每天清潔，至少外觀上，一定要是亮晶晶的黃色。他也把一些換洗衣物放在車上，不想回家的時候就直接在「建國賓館」洗澡睡覺，所以車上也有個小枕頭和涼被。

眼睛的痛舒緩了之後，他坐回鐵門前的水泥斜坡上，用第一根菸點上第二根菸，繼續吞雲吐霧。他瞇起眼睛，看著澄藍色的天空發呆。

*

郭湘瑩沿著捷運淡水線下方的石板道往南騎，今天的天氣明明不錯，卻被那個廢人搞得烏煙瘴氣，破壞了她的好心情。

百貨公司的開張時間是十一點，平常郭湘瑩要上早班的時候，七點就必須報到，所以最晚六點半一定要出門。打卡之後，領取清潔用具，在開張之前，她必須要打掃完七樓和八樓的賣場和廁所，賣場的範圍包括六樓到七樓、七樓到八樓的八座手扶梯，還有總共十六個垃圾桶的分類和回收。除此之外，客人看不見的員工辦公室和員工廁所也都是工作的內容之一，所以如果動作太慢，就會來不及做完，影響到中午的工作。中午會有很多人到八樓的美食街用餐，必須要以迅速確實的動作完成清潔工作，否則制服上都別著名牌，一旦遭到客訴，不只要繳罰款，甚至可能被派遣公司開除。

如果不用加班，四點下班之後，郭湘瑩就會騎腳踏車趕到榮總附近的自助餐店打菜，一直忙到九點才回家。但今天她輪到晚班，難得可以睡晚一點，也不用趕去自助餐店，舒舒服服地待在百貨公司裡，吹一整天的冷氣。

郭湘瑩坐員工電梯到七樓報到，從大賣場的塑膠袋裡掏出制服換上。這時，負責監督清潔工作的郭主管從辦公室走了出來，看到郭湘瑩凌亂的頭髮，皺起眉頭。郭湘瑩只知道主管也姓郭，其他的一概不知，不敢也不想多問。但，可能是擁有相同問題的人，氣味也會相通一樣，她隱約可以感覺出來，郭主管常常跟他的妻子吵架。今天早上應該也吵過，等一下他或許又會對她出氣。

「妳的衣服是怎麼回事？這一條黃黃的是什麼？」

郭主管指著郭湘瑩襯衫領子上的黃色汙漬，她這才發現衣架的鐵鏽沾到衣服上了。

「對不起，我馬上去洗掉。」

郭湘瑩立刻低下頭看著他的皮鞋，連聲道歉。她可以感覺到郭主管正在瞪她。

「妳這樣子，客人看到妳就沒食慾了。多注意一下自己的清潔！」

「對不起！我會改進！」

「哼。」

可能是覺得自己講的話有點太過分，郭主管不再多說，直接走進廁所。郭湘瑩鬆了一口氣，趕緊拿清潔車上的抹布，沾上酒精，用力把鏽斑擦掉。過沒多久，郭主管又從廁所走出來，對著她說：

「明天阿美請假，妳可以吧？」

阿美是臨時雇員，郭湘瑩每個月三天的休假日，就由阿美過來幫忙。如果阿美請假，就代表郭湘瑩明天要從七點開始，連續上十五個小時的班，一直到晚上十點。因為明天晚上跟自助餐店說好了會去幫忙，所以郭湘瑩怯弱地輕聲問：

「阿美又請假？」

郭主管一臉不耐煩：「到底可不可以？不可以我找別人。」

「那個……因為已經跟自助餐店的人說好了，所以……」

「自助餐店？我都不知道妳還偷偷兼差……妳是正職的欸！你們公司一個月不是給妳一萬九千七嗎？還有工作獎金欸！這樣還不夠喔？」

底薪加上工作獎金，一個月可以拿到兩萬一千元，但是還要扣掉勞健保、福利金、團保、還有客訴罰款，最後才是實拿的薪資。

「這個……請不要跟公司講……」

郭主管「哈」了一聲，手扠著腰，歪斜著身體看郭湘瑩。

「看不出來欸……女人為了花錢，真是什麼事都做得出來。」

郭主管丟下這句話後，便轉身走進辦公室。

郭湘瑩看著郭主管的背影，突然覺得身體一陣燥熱，很像上禮拜得尿道炎的感覺。她的耳朵開始嗡嗡作響，一聲很長的「嗶——」從左耳貫通到右耳，然後出現「霹剝霹剝」的爆裂性雜音。

她把清潔車推出活動門檻，壓抑著想尖叫的衝動，一直推到美食街的最底端，靠著收納托盤的鐵車架，拚命喘氣。

（嗶啪——哼——嗯——年——）

（清明……出外人，何年心憂燥……）

（心燥煩了……就思隨隨隨隨到……）

一個溫柔的台語歌聲縈繞在耳邊，但唱歌的人腔調有點怪，不像是現代的歌手。郭湘瑩用力搖搖頭，歌聲頓時消失了，變成百貨公司的廣播歌曲。她把耳朵用雙手摀起來，那個歌聲又出現了，雖然很小聲，但是很清楚。她挺直身軀，環視整個美食街，明明沒有人在唱歌，為什麼會有歌聲？

郭湘瑩正在疑惑的同時，遠遠地看見郭主管走出來。她立刻衝出去收拾餐盤。

沒想到她才跨出第一步，身體卻不聽使喚地向左偏移，右腳本能地向前跨一大步，但右腳的力氣不足，她只能看著視野朝後方飛去，所有人都用驚愕的眼神看著她，回過神的時候，才發現前方有個端著正沸騰的豆腐鍋的女客人。下個瞬間，紅色滾燙的湯汁往前方灑出，女客人一聲慘叫。

郭湘瑩趺趴在地上，抬起頭，看見女客人瘋狂抓著臉，接著，有其他客人把她拖到附近的洗手台沖洗。水一碰到起泡潰爛的臉皮，女客人就發出慘叫，郭湘瑩感覺自己的心臟好像被揍了一拳，比真的被吳士盛揍的時候還要痛。

她覺得耳鳴更加劇烈了，歌聲慢慢變成說話聲，有個女人一直跟她說話，偶爾還夾雜她聽不懂的語言。突然一陣劇痛從耳根一直蔓延到太陽穴，她眼前開始發黑，好像跳電一樣，什麼都看不到了。

*

下午一點初，吳士盛把方向盤打右，轉進建國北路高架橋下的「建國賓館」。建國計程車休息站因為鄰近市區，所以很多司機都會來這邊短暫休息，尤其是這種時候，常常要搶位置。他的運氣不錯，將近兩百個停車位都被占用了，角落還剩下一個。有很多司機都已經把椅子放倒，臉上蓋著濕毛巾，發出打雷般的鼾聲。

吳士盛也學他們，倒車進車位，敞開車門，不開冷氣以節省油錢。他從手套箱裡拿出路邊贈送的塑膠扇子，一邊喝著剛買來的冰涼台啤、一邊研究智慧型手機怎麼使用。他點開弟弟幫他安裝的「台北大車隊」，笨拙地點來點去，隨即放棄。他把手機小心翼翼地放進中控台的收納格，但是頭實在太痛，根本睡不著，只好靠在頭枕上假寐。

這支時髦的「愛瘋6s」是他賭博的戰利品。每到晚上，打算睡在這裡的司機們就會圍在一起打牌。大家把棋盤放在塑膠椅上當桌子，拿著破破爛爛的撲克牌玩各種賭博遊戲，有人拿錢、有人拿3C產品、還有人拿客人遺落在車上的東西當作籌碼，反正只要是有價值的東西，什麼都可以賭。他剛開始開小黃的頭三個月還不敢加入他們，但到了後來，定期的聚賭反而變成他生活中除了菸酒之外，唯一的樂趣。

這時，他發現隔壁的車子玻璃很髒，厚厚一層灰塵，應該是很久沒開了。他下車查看，原來是白牌車。把車子當作廢棄物丟在這裡，難道是被取締吊銷執照了？現在不是罰個錢就沒事了？吳士盛自己想想都覺得無聊，有閒工夫管別人不開車，自己不也常常因為宿醉不上工嗎？他隨手拉了一下門把，竟然沒鎖。

車裡面有很重的霉味，吳士盛隨意翻找，看看有沒有值錢的東西，最後在手套箱裡發現一個卡式錄音機。

好久沒看到這個了！吳士盛想起小時候，最喜歡和父親弟弟一起組裝收音機、土砲（CB無線電機）和手提音響之類的電子器材，因為家裡是車庫改建的，所以收訊不好，但又怕被懷疑是匪諜，只好躲在車庫後面，抱著跟自己體重差不多的R390玩一整天。讀國中的時候，他們還曾經一起製作過一台五燈式、也就是有五個真空管的中波調幅收音機。當時的真空管是管制品，想買的話，還要登記身分。之所以能夠取得，是因為父親和中華商場忠棟樓下的電子零件商家是軍中同袍。

吳士盛按下播放鍵，沙沙的聲音從無數小孔中流瀉出來。

（唰——唰——みなこ？……嗶啪……我想說……嗶啪……）

吳士盛發現，男人的嗓音有很濃重的鼻音，而且聲音斷掉的地方，都有一個爆裂似的聲響，可能是男人在錄音時，一直用手摳弄按鈕造成的吧。他把錄音機放回手套箱。

最後，他只在駕駛座背後的椅袋裡發現一枚十元。他走去這裡唯一的投幣式販賣機，用這枚十元買了一盒紅茶，看看能不能緩解宿醉後的頭痛。反正睡不著，吳士盛乾脆走到外面散步。他叼著菸，往北邊的涼糕店走去。

*

郭湘瑩坐在台北榮總門診大樓的候診區，打了好幾通電話吳士盛都沒有接。雖然郭主管讓她出來看醫生，派遣公司也會負擔醫藥費，不過既然緊急調派臨時工過來幫忙，她闖大禍的事情公司一定也知道了。就算可以找藉口說是自己身體不適，但自己的疏失確實造成一位女客人毀容，這種滔天大禍要怎麼賠償？不要說解雇，公司沒要求她自己賠錢就是萬幸了。

想到這裡，郭湘瑩不免懷疑起自己是不是被人下蠱了。她曾經聽負責五六樓的阿菊提過，有人會養小鬼偷走別人的福氣和財運，阿菊說，她的某個朋友就是因為這樣出車禍死的。只是，當郭湘瑩第一次聽到這個事情的時候，她卻想到另一個方向去了。

兩年前，當時吳士盛開計程車剛滿半年，好不容易才學會一邊注意路況、一邊留意路邊有沒有客人在攔車，結果一不小心撞到人，對方顱內出血要開腦，對方衡量他們的情況後，還是要求他們必須賠償五百萬元的醫藥和看護費，否則不願意和解。那時候吳士盛剛被進口零件商資遣，逼不得已才去開計程車維生，沒想到對方竟然獅子大開口，一氣之下拒絕和解，結果花了一大堆律師費，還是要賠四百多萬，他們只好賣掉辛苦賺來的小公寓，搬到現在這間房租還要三千五的破爛鐵皮屋，直到現在仍在還債。

如果是這樣，到底被下蠱的是被撞的人，還是撞人的人？自己辛苦工作，卻因為疏失而面臨更窘迫的困境。郭湘瑩連哭的心情都沒有了，她可拿不出另一個五百萬啊。

（嗶啪——）

又來了。耳朵又響起奇怪的聲音。聲音像是來自很遠的地方，就好像在荒野中點起爆竹一樣，一點回音都沒有，卻有著「霹剎霹剎」的雜音。

漸漸地，聲音彷彿開始聚焦，女人的聲音又出現了。

（順著堤防流的溪仔行……一大片的竹林……）

郭湘瑩覺得自己好像聽懂了一部分，但同樣夾雜著她聽不懂的語言……啊，對，有點像是用收音機聽廣播的聲音！郭湘瑩不由得輕叫出聲。

她不顧鄰座婦人異樣的眼光，閉上眼睛，仔細聆聽那個聲音。

（嗶啪——老街頂……閣行兩步……）

（閣再行……街仔路……たいへいちょう……）

「郭湘瑩小姐！郭湘瑩小姐！」

郭湘瑩沉浸在腦海的聲音裡，直到護士小姐叫到第四次才回過神來。

她跟著護士小姐走進診間，依照指示坐在診療椅上等候。

「請等一下，醫生還在隔壁看另外一個病人。」

郭湘瑩點點頭，這才發現每個診間是相通的，兩側都有通道能進到另一個診間。她也發現，聲音又在這時停止了。

不知道過了多久，穿著白袍的醫生走進來。他拆下礦工頭燈一般的頭鏡，放在桌上。

「郭小姐？」

醫生看著郭湘瑩，她點頭，「嗯」了一聲。

「今天是哪裡不舒服？」

「我覺得頭很痛。」

「頭很痛？喉嚨有不舒服嗎？」

「沒有欸。」

「那有沒有流鼻水？」

「沒有，就只是這邊，」郭湘瑩指著耳根，一直劃到太陽穴的位置，「會一直痛到這邊。痛一陣子就不痛了，然後又會突然痛起來，越來越痛。」

「那可能是偏頭疼，但我們是耳鼻喉科，單純是頭痛的話，我幫妳轉到神經內科。」

「不不，是耳朵，耳朵會耳鳴，一直發出奇怪的聲音。」

醫生用很奇怪的眼神看著郭湘瑩。

「嗯，妳覺得是耳鳴嗎？那我先幫妳檢查一下耳朵內部。」

醫生拿起一支尖錐狀的東西，塞進郭湘瑩的耳道，然後很專心地觀察。

兩邊都檢查完之後，醫生坐回電腦前，一面打字、一面解釋下一步的檢查：

「目前沒看到什麼異常，但耳鳴的成因很複雜，我會幫妳安排聽力檢查，如果有需要的話我們可能要照一下電腦斷層或核磁共振。」
「電腦斷層或核磁共振？還要聽力檢查？」
「是的。」
「但我的聽力應該沒有問題啊？我只是會聽到有人在說話。」
醫生停止打字，轉過身，看著郭湘瑩。
「聽到有人說話？」
「有個女人，一直講一些我聽不懂的話。」
「但妳確定是人在說話？」
「我確定。她大部分是說台語，但有一些我聽不懂，可能是日語吧。」
醫生沉思了一陣子，最後才說：
「有的時候可能生活壓力太大，就會出現妳這種情況。我先把妳轉到身心科去看一下，調適壓力之後可能就會比較好了，可以嗎？」
「身心科？是精神科嗎？我又不是神經病！」
「郭小姐，妳聽我說，妳不要想太多，身心科只是幫妳調適壓力，沒有像妳想的那麼可怕啦！」
醫生雖然面帶微笑，但郭湘瑩覺得很可怕。
精神科……那裡不是瘋子去住的地方嗎？別開玩笑了！

「我不要。我沒有這方面的問題。」

「郭小姐——」

郭湘瑩嚇得跑出診間，背後一直冒冷汗，連護士小姐在後面追她的時候，她還以為是要把她抓起來，關進瘋人院。

「等一等！郭小姐，妳的健保卡！」

郭湘瑩一臉愧疚地接過健保卡，連聲道歉。她看見護士小姐的表情，像一塊木頭，雙眼透露出「看吧，妳就是神經病」的訊息。

她狼狽地逃出門診大樓，沿著用金屬柵欄圍起來的人行通道走到立農街的路口，對面有賣鵝肉和饅頭的商家。她突然覺得肚子很餓，但鵝肉太貴了，於是她買了一個蔥花捲。這時候，口袋的手機響了起來，是吳士盛。

經過這一整天的波折，郭湘瑩覺得很無助，看到吳士盛一直到現在才回電，滿肚子都是火。她劈頭就罵他沒良心，然後說起一整天的悲慘經過，但電話那頭的吳士盛只是冷冷地說了一句：「所以呢？要賠多少？」

「不知道，也許公司會幫忙。」

「公司會幫忙？妳太天真了，那群有錢人怎麼可能會幫妳這種嘴歪眼斜的歐巴桑。如果真的要賠錢，妳就去找妳那個有錢的大姐要。」

「找我大姐？她又沒欠我！」

「那我又有欠妳嗎！」

「當初我也有拿出積蓄幫你賠錢，還跟你搬到這間爛房子！」

郭湘瑩加快腳步，以免旁人看見她在哭。

「哼……就算妳要我幫忙，我也拿不出錢來。」

「你好好工作，不要再賭牌，我們還是有機會——」

「有機會？我當初業績好的時候，就不該娶妳這個衰婆！」

「你賠錢的時候我有離開你嗎？你現在說這是什麼話！」

「妳怎麼不想想我吃什麼？整個冰箱都是壞掉的菜，臭死了！」

「你有錢你去買啊！人家自助餐店肯免費給我就不錯了，你還嫌？你有錢買酒，怎麼不去買一點像樣的菜！」

郭湘瑩聽見鍋子摔在地上，然後是盤子破碎的聲音。

「你在家裡？……喂？喂？」

吳士盛沒有回應，郭湘瑩氣得把電話掛斷。

「明知道沒錢繳電話費，還故意浪費……」

雖然覺得吳士盛很可惡，但郭湘瑩經過東華街黃昏市場時，看到顏色鮮豔的熟菜，突然覺得，吳士盛也挺可憐的。她自己有自助餐的剩菜可以吃，有時候還可以吃到雞腿，但吳士盛常常跑車跑得很晚，剩菜堆在冰箱裡，都發臭了。

郭湘瑩讓店家幫忙裝了一個便當，還選了一支三十五元的雞腿。想到吳士盛看到雞腿的表情，她就覺得有點開心。

沒想到回家之後，吳士盛又開始喝酒。

「你晚上不是還要開車嗎？」

郭湘瑩想要搶下他手上的酒罐。

「關妳屁事，閃啦！」

吳士盛一把推開郭湘瑩，讓她的腰撞上門把，一陣劇烈的刺痛竄進骨盆，她痛得蹲下來才能呼吸。

恨意再度湧上，郭湘瑩跑到外院，推開乾枯的盆栽，從腳踏車的廢棄輪胎中抽出一把修剪樹枝的大剪刀。她抓著剪刀衝進屋內，指著吳士盛大吼：

「把酒放下！」

吳士盛不能容忍自己的男人權威被挑戰，從小板凳跳起來，一巴掌打在郭湘瑩的臉頰上，郭湘瑩立刻像雕像一般倒下。

吳士盛將大剪刀踢開，用力在郭湘瑩的肚子踹了幾下，力道之大，在他揮動小腿的同時，他的腳跟還把郭湘瑩剛買好的便當踢破，雞腿和青菜散落在地，沾滿了頭髮和灰塵。

「幹你媽的！衰婆！」

吳士盛抓起車鑰匙，衝出屋外。

加入衛星車隊的好處，就是交警不太會找他們派遣司機的麻煩，如果是自己用手機軟體獨立接單，吳士盛根本不敢喝了一點酒之後還開車上路載客。

他透過衛星機子投單，在忠孝東路一帶定點攬客，幾趟之後，扣除需支付給車行的交易費，他的酒錢就夠了。本來吳士盛今天晚上想找阿強喝酒的，但衰婆這麼一鬧，讓他完全不想回北投。今晚就睡在建國賓館吧，吳士盛憤恨地想著。

吳士盛把車停在認識的雜貨鋪前面，一口氣買了兩打的台啤。

這時候的休息站與早上相比，大概停了不到一半的車子。吳士盛把車停進早上停的車位，先把椅子放倒，然後熟練地把襯衫和制服背心的釦子解開，脫下後扔到後座，以免弄髒，明天還可以繼續穿。

他趁著冰涼灌下三罐台啤，一掃心中的不快。時序即將進入十月，晚上開始變涼，穿著汗衫剛剛好，他最喜歡的就是這個時刻。如果夜再更深一點，就會變得有點冷了。

吳士盛從手套箱拿出菸包，搖了搖，只剩下兩根。他先點了一根，然後下車，叼著菸走向在浴室前聚賭的男人們。

「恁敢有薰？（你們有菸嗎？）」

吳士盛沒自信地說著蹩腳的台語，但為了融入大家，也只能硬著頭皮說。父親在四歲的時候就跟著祖父一起到東北的長春討生活，一直到戰後才回來，總共在東北生活了十一年，半句台語都不會說，國語的腔調也怪怪的，唯有日語好得跟受過教育的日本人一樣。祖父帶著家人回來的時候，沒多久就碰上二二八事件，警察和軍隊開始胡亂逮捕人民，進行祕密處決，不少無辜的本省人甚至被當街槍殺。台北開始戒嚴，省籍對立日益惡化，他們躲在家不敢出門，也不敢再穿在東北買的中式長衫。

吳士盛國中畢業之後進入汽車修理廠當黑手，大家都是說台語的，只有他不會說，別人一聽他的腔調就皺起眉頭。他只能一再強調自己是扎扎實實的臺灣人，只是因為小時候被送去國外，所以不會說。不過學了幾十年，雖然腔調仍有些怪異，但溝通上已經沒有問題。

「來䟢一場啊！（來賭一場啊！）」

痟貓（好色鬼）對著吳士盛搖晃著一包長壽。

「對啊，曲痀仔！用手機仔來䟢！（對啊，駝背仔！用手機來賭啊！）」

「袂使啦，這個月已經塌頭啊！先借我一支啦！（不行啦，這個月已經透支了！先借我一支菸啦！）」

「你欠阮欸。（你欠我的。）」

痟貓把手裡那包長壽扔給吳士盛。

「多謝！（謝謝！）」

吳士盛接過菸包，立刻抽出一根，用叼著的菸點上，然後走回車上躺著，靜靜地享受苦辣煙霧帶來的清醒感。

幾乎只是匆匆一瞥，但吳士盛還是看到了。

——右邊的車……有個女孩坐在駕駛座！

然而當吳士盛定睛一看，女孩又消失了。難道是透過兩層車窗玻璃反光或折射什麼的關係，造成了幻象嗎？可是這裡都是男人，怎麼會有女孩的影子？

這時他突然想起，右邊的車，就是早上他擅自打開的那輛廢棄白牌車。他正想下車查看，卻猛地發現那個影子、女孩的影子正轉頭看著他！

吳士盛反射性地往後一蹬，腳踢在底盤上，整個人跌出車外。

那是……？

吳士盛強迫自己馬上站起來，尾椎一帶的地方很痛。他撫著下腰，鼓起勇氣走到白牌車的駕駛座旁，然後唰地打開車門。

沒人。

吳士盛正準備鬆一口氣，卻看見更驚悚的畫面——

那台卡式錄音機！我明明收進手套箱了！

他抖著手拿起放在駕駛座上的錄音機，按下播放鍵。

（唰——唰——みなこ？……嗶啪……我想說……嗶啪……）

米納可？是日文吧！

我明明沒有倒帶的……為什麼會自動跑回早上聽的位置……

吳士盛太害怕了，把錄音機掉在地上。

裡面的錄音帶仍在持續轉動。

（みなこ……嗶啪……放過我……嗶啪……）

吳士盛不敢相信自己的耳朵。他一把抓起錄音機，跑到痟貓那裡，播放給大家聽。

「你咧聽色情錄音帶喔？（你在聽色情錄音帶喔？）」

痟貓說完，大家都一陣狂笑。吳士盛覺得自己可能是太累了，或者真的忘記把錄音機放回去了，才會像個傻子一樣「破膽（害怕）」。

他走回白牌車，把錄音機放回手套箱，用力關上車門。

＊

郭湘瑩蜷縮在地板上，下巴和腹部一陣一陣的悶痛，讓她不想爬起來。她張開沒有腫的右眼，看著躺在地上的雞腿，不由得啜泣起來。

為什麼？為什麼又變這樣？

郭湘瑩看著眼前這個應該是客廳的地方，想起還住在尊賢街的小公寓的時候。那時候雖然大家都很辛苦，還要繳房貸，可是畢竟是自己的房子，女兒婷婷也還在他們身邊。婷婷其實非常孝順，同學們都上了高中，但她一聽到爸爸被資遣，便自告奮勇說要去讀夜間部。

不只是這樣，婷婷白天還出去打工，幫忙分擔家裡的經濟重擔。郭湘瑩感到懊悔，她好想念那個家……為了安慰自己婷婷還沒走遠，郭湘瑩把婷婷留下的書包、繡著「吳慧婷」的制服，還有她使用過的小飾品帶到這裡，卻被吳士盛拿去丟掉。這個地方算是家嗎？兩張小板凳，連桌子都沒有，地上擺了一台從巷口的回收阿婆那裡撿來的小電視，綠色和黑色的電線散落在地上，為了收到電視畫面，把自己綁的天線黏在窗戶上……

悔恨。

如果當時吳士盛沒有被資遣、如果當時沒有撞到人、如果當時他們夫妻沒有把氣出在婷婷身上……這些問題郭湘瑩想過了不知道幾次，沒在工作沒在吵架的時候，她都會想起婷婷。婷婷只有一個，為什麼當初不明白這件事呢？

郭湘瑩坐起身來，發現有一隻小老鼠正在雞腿附近動著鼻子嗅聞。她趕緊把老鼠趕走，拿著雞腿到廁所的水龍頭下沖洗，兩三口就把肉啃光，連腳筋都吃得乾乾淨淨。

她走到廚房，打開熱水器，在等待熱水燒好的同時，她開始收拾地上的飯菜和碎掉的盤子。一蹲下，那股腐爛的臭味嗆得她喘不過氣，比她在百貨公司收集的廚餘還要難聞。好不容易用報紙包乾淨，但黏在地上的油湯菜汁的酸味，如果不撒清潔劑是沒辦法去除的。

郭湘瑩走上狹仄的木樓梯。樓梯每階大約只有三十公分寬，踩上去會發出「唧軋」一聲，即便如此，表面光滑溫潤的木樓梯，卻是這棟鐵皮屋中郭湘瑩最喜歡的部分。

爬到一半，郭湘瑩的肚子突然一陣絞痛。是雞腿壞掉了嗎？她一面這麼想著、一面拉起衣服查看。肚臍上方的位置出現一大圈的瘀青，但越接近二樓，光線越暗，她也不是那麼確定就是瘀青。

唧軋。

郭湘瑩聽到聲音從頭頂的方向傳來，立刻抬頭朝樓梯上方看。

有人？

她瞇起眼睛，但樓梯的頂端只是一團黑暗。

難道又是那個奇怪的聲音？

她皺起眉。不對。那個聲音沒有這麼清晰。

正當她這麼想的同時，爆裂性的雜音就像轉開收音機的旋鈕，「嗶啪嗶啪」地響起來。

（嗶啪——年——嗶啪……）

（順著堤防流的溪仔行……一大片的竹林……）

（唰——唰——みなこ?みなこ?……）

（嗶啪——我是巧舍啊……嗶啪——）

劇烈的頭痛又從耳根蔓延到太陽穴，這次還是兩側。郭湘瑩雙手拄著梯面，想藉由彎曲身體喘息減緩疼痛，但完全沒效。她感覺到眼睛似乎跟著心跳一脹一脹地被擠出眼眶，就快要爆炸了。我不會要變成瞎子了吧……郭湘瑩勉強自己睜開眼睛，想測試看看自己到底還看不看得到東西，沒想到黑暗的樓梯間竟然出現光線，看起來是從臥室來的。

她匍匐爬上樓梯，有股清香，隱約還有流水的聲音，抬頭一看，眼前出現一大片綠竹林，微風捎來竹子特有的淡淡甜甜的氣味，以及如撥弄琴弦一般的沙沙響聲。一名看上去大約十二、三歲的女孩站在竹林中央，她穿著白色襯衣，外面套上深色背心裙，踢著娃娃鞋走過來。女孩梳著河童頭，兩側的短髮貼齊耳朵，遠遠地看，似乎正對著郭湘瑩笑。

郭湘瑩霎時傻住了……這模樣……跟婷婷讀小學的時候好像。

女孩伸出小手，發出鈴鐺般的笑聲。

（年……心燥煩了……）

（咱順著堤防流的溪仔行……）

「妳……妳是誰？」

女孩沒有回答，逕自轉身，朝竹林的深處跑去。

郭湘瑩趕緊爬起來，追進竹林。

白色的身影像風一樣在竹林中穿行，眼看著她往右邊跑去，才剛看見一點影子，她又立刻轉到左邊。郭湘瑩努力在後面追趕，空氣中漸漸漫生出硫磺的刺鼻氣味，濃重的水霧遮蔽了正在走的小徑，視野限縮到只有兩丁步的距離。

（迴過一大片的竹林……）

腳下的石板長了青苔，很滑，郭湘瑩循著聲音，一小步一小步地往前走。溪水的聲音變大了，聽起來就在竹林的大後方，靠近山的那一頭。

（閣再行……驛頭就佇頭前……）

穿過竹林之後，郭湘瑩遠遠地看見了一座用西式桁架、沒有外牆的透空建築，單檐歇山形式的屋頂上開了三扇老虎窗。

這就是她說的「驛頭（車站）」嗎？看起來好像古時候的建築……

郭湘瑩跟著小女孩繼續走，隱約聽見悠揚的南管樂曲和台語歌謠，人也越來越多。身穿和服的白面女子在路上喀噠喀噠地走著，穿著洋服或軍服的男人得意地大笑。道路兩側有著數不盡的料理屋和旅館。

（咱閣再行……見著啊……頭前著會當看著……）

路上的遊客來來往往，有說有笑，郭湘瑩覺得自己彷彿到了異境，紀念館、療養所、俱樂部、靜養所、營林場，每個地方都有笑得開懷的人們。郭湘瑩想起自己在百貨公司收碗盤時，也曾經見過類似的景象，當時她只覺得嫉妒，但現在自己身在其中了，反而感染了歡愉的氣氛。她們經過一家浴場後右轉，路面開始變陡，一路延伸到山丘上面。

小女孩停在一間兩層樓高的木造建築，二樓比一樓內縮一點，不少人正站在大集會室外的走廊上，一面眺望下方的景致、一面聊天。日本瓦鋪成的屋頂和雨淋板搭建的外牆面看起來整潔又時髦。而且建築四周是寬敞的日式庭園造景，不知名的花草在濃霧中若隱若現，不遠處還有嘩啦嘩啦的小瀑布，散發著硫磺濃郁的臭雞蛋味。

小女孩轉過身，郭湘瑩終於看到她的正面……

疤痕與褶皺密布的臉頰上，有著眼睛、鼻子和嘴巴的突起，卻像是石膏雕像一樣不具生氣，乍看之下，像是燙傷後的病人。

小女孩指著木造建築，從身體的某個角落發出聲音。

（みなこ！）

「什麼？」

（妳毋捌みなこ？）

「毋捌（不認識）……」

（みなこ教阮日語歌，唱乎妳聽！）

「……」

（障子明ければ……湯煙けむり……七星おろしが……そよそよと……）

（ドントダイン……トロントな……雲に抱かれて……夢うつつ）

充滿韻律婉轉的歌聲從面具般的臉唱出來，郭湘瑩覺得自己好像被催眠了一樣，沉醉在小女孩的江戶風格唱腔中。郭湘瑩聽不懂歌詞，卻可以輕易從歌聲中瞭解這個異境的一切，她好久不曾這麼開心了。

小女孩又伸出手，好似在邀請郭湘瑩參加宴會一樣。

（這馬……妳願意隨我行嗎？）

郭湘瑩伸出手，搭在小女孩柔嫩的手掌上，輕輕點頭。

沿著山坡路上行，竹林越來越茂密，山丘下的歌聲也跟著消失在一片虛無縹緲之中。

小女孩拉著郭湘瑩，跳著步進入竹林深處。因為陽光照不進來，所以非常涼爽。

（みなこ毋插潲我了……逃走了……みなこ逃到新高郡的番仔地啊……）

小女孩突然停下腳步，哭了起來。

「米納可？那是誰？」

（みなこ就是みなこ啊……她毋插我，逃到新高郡去啊……）

「不理妳？新高郡？那是——」

郭湘瑩的舌頭打結了。她看見小女孩的下體流出黑色的血，從深色的背心裙底下，沿著大腿內側流到腳踝、流進娃娃鞋裡。

（見笑……我好見笑……）

小女孩的臉沒有五官，卻能發出異常巨大的哭聲。她越哭越大聲，郭湘瑩正想去擁抱她、安慰她，她卻轉身逃進竹林裡。

郭湘瑩追上去，看見小女孩像空氣一樣，毫無阻礙地鑽進一處緊密排列的竹叢。從裂縫中，郭湘瑩看見小女孩蹲在裡面，臉埋在腿間抽泣。

郭湘瑩想撥開竹叢，竹叢卻文風不動。

簡直像鐵打的一樣。

這時候，一位長髮披肩、穿著和服的女子逐漸從小女孩後方逼近，即便隔著一層竹叢、根本看不清楚長髮女子的表情，郭湘瑩也能感覺到那位長髮女子的殺氣。

（みなこ？）

小女孩抬起頭，用面具一般的表情，抽噎著仰望長髮女子。

長髮女子伸出修長潔白的手指，掐住小女孩的喉嚨。

「等等！住手！」

郭湘瑩眼看著小女孩開始掙扎。一雙小手死命抵抗長髮女子的力量，腳卻無力地踢動塵土和落葉……

郭湘瑩開始翻找附近的地面，發現了捕熊的絆足鐵夾和斷掉的繩索，都是派不上用場的東西。她撥開落葉和碎枝，繼續找，終於找到一箱工具盒，應該是粗心的獵人遺留下來的。她打開工具盒，從裡面取出鋼鋸和鐵鎚，又割又敲，好不容易把竹叢切開一個大約三十公分寬的破口。小女孩就要死在那個長髮女子手裡了……郭湘瑩顧不得自己的皮膚和頭髮被鋒利的竹尖割破扯斷，血淋淋地爬進竹叢——

糟糕……

突然間，郭湘瑩的小腿傳來一陣劇痛。

她感覺自己好像踩到捕熊的陷阱，摔進深不可測的坑洞裡了……

第二章 裂縫

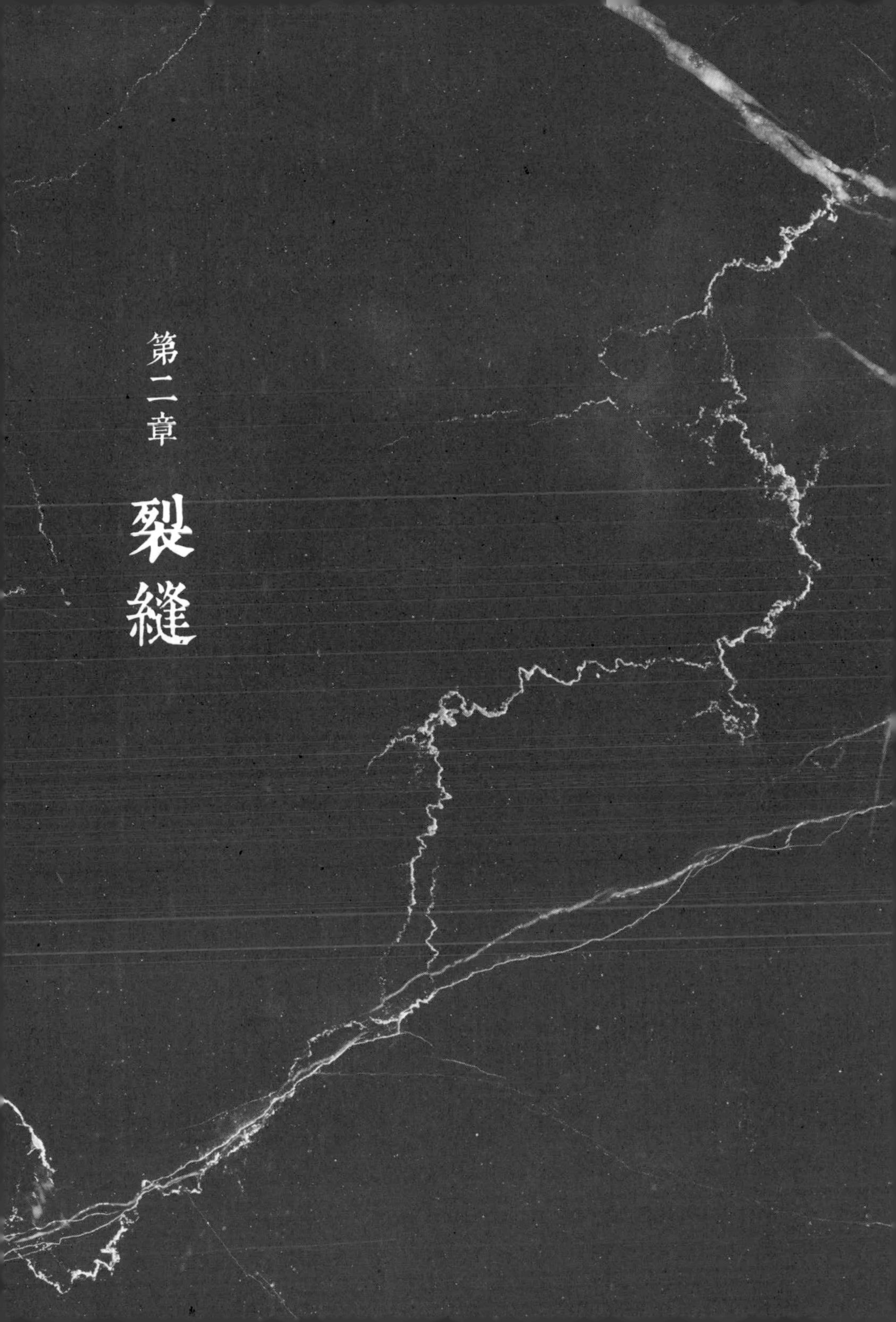

為了消除剛才嚇出的一身冷汗和不快，吳士盛拿了換洗衣物到浴室洗澡。浴室裡只有一盞白熾燈泡，所以最亮的是第二個隔間，其他的隔間都很暗，尤其是最後一個隔間，幾乎像在黑暗中洗澡。趁著沒人使用第二間，他一個跨步踏進去，拉起發霉的塑膠遮簾。

地板上很黏，看起來有點像精液。吳士盛立刻轉開水龍頭，冰冷的水從蓮蓬頭灑下。用肥皂打出泡沫，草草地搓過身體和頭髮，然後迅速沖掉。在這種地方洗澡，一點放鬆的感覺也沒有。不過事到如今，他也早已沒有賺錢時那種悠閒的心情，慢慢享受洗澡的時光。帶著婷婷和老婆到新北投的高級旅館泡溫泉也不知是多久以前的事。

白色的肥皂水從隔間底下流出來，流過汙黃的磁磚地面。白色的磁磚貼片之所以會變成這種噁心的黃色，大概是有人直接在洗澡的時候尿尿吧。但更噁心的是堆積在排水口處的數十隻蟑螂屍體，大家看到都覺得反胃，卻從沒有人想去打掃一下。或許是因為，那團屍骸遠遠看起來就像是被頭髮串起來的黑色毛球，看久了也就習慣了。

吳士盛用毛巾擦乾身體，想到剛剛的錄音帶內容。

那個男人的聲音像在求饒，但又不像是性高潮時的那種戲謔玩笑，其他人覺得是色情錄音帶，多半是那個聽起來像日文的字吧？「米納可」到底是什麼意思？吳士盛小時候很迷戀一個日本女明星，夏目雅子。雅子兩個字的日文好像就是「馬撒可」，所以「米納可」是一個日本女人的名字嗎？

吳士盛邊擦頭、邊走出浴室。想著這個問題的同時，他突然感覺有人從浴室裡盯著他，於是回頭瞄了一眼。

看不見任何東西，但是隱隱感覺到有什麼異樣、跟周遭空氣密度不同的氣團，高度大約在吳士盛腰部的位置，散發出令人不舒服的氛圍。

以前洗澡的時候從未有這種感覺。痟貓他們還在賭牌，不時爆出狂妄的笑聲，所有的事情都跟往常一樣，只有自己不一樣，這是怎麼回事？

吳士盛用力搖頭，想揮去腦中白厭自煩的想法。他走回車旁，將濕掉的汗衫和毛巾掛在停車格的鐵架上晾乾，然後把喝光的台啤鋁罐扔進堆積在水泥柱旁的垃圾山裡。他舉起右手的拳頭，食指和中指的關節隱隱有些紅腫，那是揍過老婆之後的發炎反應。

吳士盛想起郭湘瑩那張惹人厭的衰洨臉，眼尾下垂，睫毛短得像被燒過，總是翹著嘴唇、一副要嘮叨碎念的樣子。如果鼻子夠挺，還不至於那麼讓人看不爽，偏偏她的鼻梁發育不全，兩個鼻孔像狗一樣在臉上開出兩個洞，好像隨時都在鄙視別人。吳士盛覺得很疑惑，老婆年輕的時候不也是個美人嗎？自己可是覺得帶她出場很有面子才娶她的，怎麼會變成現在這副模樣？

他坐回車上，把照後鏡的角度調低，看著鏡中的自己，突然覺得很驚訝。那個英俊倜儻的男人跑哪去了？為什麼眼皮下垂成這個樣子？臉頰的皮膚也變得很粗糙，以前總會得意地炫耀「就算天天上酒店也是一樣帥啦」，結果現在啤酒肚也跑出來了，因為長時間窩著開車，背也駝得不像話，還被取了「曲痀仔」這種綽號……

我到底做了什麼事，要被老天這樣捉弄？

吳士盛又點了菸，拉開一罐新的台啤。

把買來的台啤都喝完後，還是沒有睡意。吳士盛換個姿勢，把枕頭墊在後背，雙腳放在方向盤上，用涼被擋住日光燈煩人的閃光，好不容易漸漸有了睡意。

沒想到才睡了沒多久，手機就響了起來。

睡夢中被手機的鈴聲吵醒，吳士盛的火氣冒了上來，接起電話也十分不客氣。

「創啥？（幹嘛？）」

「請問是吳先生嗎？」

電話那頭是沒聽過的女人的聲音。吳士盛愣了一下。已經多久沒叫女人了，怎麼還會打來？他本想立刻掛斷，但女人又繼續說：

「你太太墜樓受傷了，現在在台北榮總急診室，請問你可以過來一趟嗎？」

「……」

吳士盛差點笑出聲來。墜樓？現在的詐騙電話還會用這麼老套的把戲啊？

「吳先生？」

「告訴妳啦，我沒什麼錢，去找別人吧。」

「啊？」得到意料之外的答案，女人顯然有些訝異，「不是！吳先生你誤會了，你太太受傷得很嚴重，請你立刻過來一趟，我們需要家屬簽手術同意書。」

原來是醫院的護士嗎？
「手術同意書？」
「是的！麻煩你趕快過來，我們醫院在石牌路上，如果是叫計程車的話，司機應該都知道在哪裡。」
「我就是開計程車的。」
「嗯？喔，那你可以過來嗎？」
又是這種語氣。開計程車怎麼樣？憑什麼瞧不起我？
「要多少錢？」
「這個我不太清楚欸，要等做完手術之後才能確定……」
「我沒錢。」
「可是……」
吳士盛看著自己紅腫的拳頭，突然覺得很愧疚。
那傢伙是因為我打了她，所以才想不開的嗎？
「我會過去。」
「好的，麻煩你盡快過來。」
護士掛斷了電話。吳士盛把椅子豎起來，其他司機都睡了，建國賓館裡唯一醒著的只有自己，還有正在閃爍的日光燈。

*

座落在夜色中的台北榮總醫療大樓，雖然外觀是象徵救人的白色，但吳士盛總覺得有點可怕。曾經有一次跑車跑到比較晚，一位年約五十歲上下的客人急著奔喪，吳士盛三更半夜載著他過來台北榮總。後來還有一位客人經過台北榮總立體停車場時，說起因為久病厭世的跳樓事件。自從那時候開始，吳士盛對台北榮總的印象，就是死人很多的地方。

他把車停在榮總對面的振興街，走過馬路到右前方燈火通明的急診部。凌晨兩點的急診部有如早上的菜市場，有酒醉的人在發酒瘋，也有因為等候不及的家屬破口大罵。吳士盛發現兩、三個拿著麥克風的人站在門口，像是在等人。他們一看到吳士盛走過來，立刻圍上來，把麥克風堆在吳士盛嘴邊，不讓他前進，吳士盛被弄得很不舒服，大罵三字經，記者立刻退開一步，但隨即又圍了上來，嘰嘰喳喳不知道在說些什麼。

一進入急診室，就有警衛幫忙攔住記者，不讓他們再靠近一步。吳士盛趴到櫃檯上，濃重的酒氣從嘴巴裡跑出來，正在櫃檯輸入資料的護士忍不住皺起鼻子。

「歹勢，我吳士盛，你們說我太太——」

櫃檯的護士一聽到姓名，立刻轉身叫了另一個護士，拿著原子筆指向吳士盛：

「Emily你的！」

綽號Emily的護士立刻抱著一疊資料跑出來。

「吳士盛先生嗎？跟我來，你太太在六十一床！我們有同意書要麻煩你簽名！」

「我知道。啊這樣要多少錢？」

「目前照了電腦斷層，是很嚴重的骨折！她從二樓掉下來，右腳直接撞到地面，骨頭都跑出來了，左腳也有很嚴重的紅腫，所以一定要立刻動手術，不然會——」

「但是我沒有錢動手術，也沒有錢讓她住院。」

Emily停下腳步，回頭看著吳士盛，沉默了一陣子才說：

「沒有家人可以幫忙嗎？」

「她的家人都是自私的混帳。」

Emily被吳士盛這句話嚇到了，但很快恢復鎮靜：

「嗯？那還有其他人嗎？先生你的家人呢？」

「我們家很窮。」

「那我幫你聯絡一下社工師，看看有什麼辦法。」

吳士盛本來以為醫院一定會拒收郭湘瑩，沒想到護士很有耐心，也很有愛心。

「喔，好。」

「那你先在這裡簽名，錢的事情我們之後再想辦法。我還有其他病人，你先在這裡等等喔，已經幫郭小姐的緊急手術安排進去了。」

Emily把資料和原子筆交給吳士盛，隨即轉身離開。

吳士盛看著郭湘瑩捆上繃帶和紗布的雙腳，手臂和臉上都是怵目驚心的刮傷……她是怎麼搞的？如果真的是跳樓，為什麼會弄成這副德性？

「救救我……救救我女兒……」

郭湘瑩眼皮底下的眼球正在快速轉動，嘴裡不停囈語。聽到這句，吳士盛不由得從鼻子發出輕蔑的笑聲……婷婷都不知道跟小混混野去哪裡了，還在說這些狗屁不通的廢話，不過……吳士盛雖然想迴避突然浮出腦海的想法，但這個想法卻像是早就生根了一樣，揮之不去。

——如果這時候打給婷婷，她會接電話嗎？

她會接吧？

吳士盛從口袋裡掏出手機，打開寥寥可數的聯絡名單，滑到婷婷那一欄，停下。

算了。

一定還是不會接的。

去抽根菸好了。

那幾個記者還在門口守候，吳士盛只好往裡面走。

急診室後面有扇自動門，通往樓梯井。吳士盛知道醫院內部不能抽菸，便往下走，看到像是停車場的標示後，推開安全門出去。

停車場充盈著橡膠和油氣的味道，吳士盛躲到一根柱子後面，點起一根菸。

他抽了幾口，覺得味道不如以往清爽，反而苦味加重，變得有點澀味。他蹲下身，靠著柱子，明明有好多要聯絡的人、有好多該做的事情，腦子卻像水泥一樣動不了，因為腦子被怨恨的情緒占滿了……如果死了呢？如果她死了，我的人生又會變成什麼樣子？我活著的意義到底是什麼？好不甘心……到底為什麼會變成這樣？這什麼菸啊，難抽死了！

吳士盛憤怒地把菸頭壓在冰冷的水泥地上，燒紅的菸草發出細微的嗞嗞聲。

他走回急診室，坐在郭湘瑩床邊，拿出手機，按下「婷婷」。

電話接通了。

聽筒傳來嘟嘟的撥號音，吳士盛的心跳彷彿隨著聲音起伏。

「嘟……您的電話將轉接到語音信箱——」

吳士盛把通話切斷，失望地垂下頭。雖然不是很意外，但他總希望婷婷能接起來。

他又找到「弟弟」的電話，撥出。

撥號音響到最後一刻，吳盛帆終於接了起來。

「喂？大哥？」

吳盛帆的聲音很清楚，不像在睡覺。

「嗯。你還沒睡啊？」

「我準備要載下一個客人，現在在東區這裡，找我什麼事啊？」

「這麼拚啊。」

「愛拚才會賺錢嘛……晚上有很多客人從夜店出來，很好賺啦！」
「這樣啊。」
「到底什麼事啊？」
「你大嫂從二樓跳下來，要動手術，有沒有錢能借我？」
「嗄？跳樓？你又動手了嗎？」
「……」
「你到底在幹什麼啦！以前風光過不代表你現在就是失敗，幹什麼每次都要拿大嫂出氣！好好當司機不行嗎！」
「沒那回事。能不能借，一句話。」
「可以是可以，但是有個條件。」
「什麼啦，還附帶條件。」
「不要再進休息站，然後跟我一起去看爸。」
「為什麼不能進休息站？」
「你進去就會賭啊，誰不知道！」
「我沒有賭，今天他們邀我，我沒賭。」
吳士盛越說越心虛。明明自己是因為買了酒，所以才沒錢賭。
「我不管啦，不要再進去，然後跟我去看爸，我才要借你錢。」

「為什麼要去看爸？」
「你自己算看看你有幾年沒回家了，爸惹到你什麼了？」
「他那個老番顛，沒半句好話，一見面就吵架，何必見？」
「你自己講話太酸，老是覺得別人瞧不起你。」
「他確實瞧不起我啊！」
「爸他只是看不慣你現在自暴自棄，他自己住車庫，哪會因為你賺得少就瞧不起你！」
「反正見面可以，但我不保證不吵架。你大嫂現在要手術，可能還要住院，要花一筆錢，你有多少可以借我？」
「十五萬，夠不夠？這是我現在全部的存款了。」
「應該吧。明天找個時間見面吧。」
「好，明天晚上我約爸一起吃飯。」
「嘖。」
吳士盛掛斷電話，想到明天晚上又要被老頭子說三道四，整顆心糾結在一起……唉，又想喝酒了。
正當吳士盛起身時，他發現有人拉住他的衣角。是郭湘瑩。她正斜眼看著他，嘴裡不知道在喃喃自語什麼。
「妳說什麼？」

「……」

「我聽不見。我去買酒，妳在這裡等。」

「救我……老公……米納可要殺了我跟婷婷……」

聽到這裡，一陣涼意頓時從吳士盛的尾椎竄上，蔓延整個背脊。

「什麼？妳說——」

「米納可！」郭湘瑩幾乎是把肺部的空氣全喊出來似地咽嘶，她死命拉扯著吳士盛的衣角，病床發出喀啦喀啦的金屬碰撞聲，「救我！」

吳士盛看到郭湘瑩瞪大雙眼，滿是血痕的臉頰掛著中邪一般的表情，反射性地把郭湘瑩的手甩開。是巧合……什麼米納可根本是幻想出來的東西，沒有什麼米納可……

「妳瘋了嗎！說什麼鬼話！」

郭湘瑩眼角泛著淚光，從她喉嚨裡發出哀求的呻吟。

「老公……是真的……她要來了……」

吳士盛下意識退了一步。郭湘瑩的手懸在空中，等待吳士盛握住，但吳士盛只是一再退後，留著郭湘瑩一個人躺在病床上，然後扔下一句：

「明天還要上班，我先回家了。」

吳士盛轉身，快步離開急診室，走回對街的車上。

瘋了……那個衰婆……

他把臉埋在手中，思緒像海浪般襲來，心情也跟著起伏不定。

米納可……會有這種巧合嗎？

那卷錄音帶……確實從那卷錄音帶裡聽到了很相似的詞，還一度以為那是日本女人的名字……她說米納可要殺了她跟婷婷……算是間接證實了他的猜想嗎？還有那個詭異的小女孩影子……不、不可能有這種事……一切只是巧合，別想太多……

吳士盛發動引擎，左轉開上石牌路。

*

回到家之後，吳士盛立刻衝上二樓，樓梯發出劇烈的唧軋唧軋聲，在漆黑的狹窄空間中迴盪放大，聽起來像是嗩吶。他走進臥室，發現地板上散落著以前一家三口去遊樂園玩的照片，還有婷婷的作業簿。作業簿是攤開著的，潦草的塗鴉覆蓋在密密麻麻的格子上，難以在光線不足的情況下辨識，於是吳士盛轉開鎢絲燈泡的開關，在黃色的燈光下閱讀。

灰黑色的鉛筆線凌亂地勾勒出樹叢狀的東西，樹叢後面畫著更深色的團塊，有點像長了雜草的巨石，也有點像被頭髮遮住的人臉。旁邊一再重複著「新高」兩個字，有些筆畫用力過猛，甚至把紙張給劃破了。

瘋了……真的瘋掉了……

面對這些異常的東西，吳士盛一時之間難以接受。

之前她好像有說過會聽到聲音……是從什麼時候開始的？不就是這一兩個禮拜的事情嗎？人會在這麼短的時間內變成瘋子嗎？

吳士盛突然想起郭湘瑩的媽媽也是瘋子。自從她爸爸跟其他女人跑了之後，她媽媽的精神狀態就一直很不穩定。結婚之前，郭湘瑩有提過她媽媽一再嘗試自殺，到最後大姐郭宸珊實在受不了了，就把她媽媽丟到精神病院裡，六十一歲就死了。但那時吳士盛正在賺錢，對自己的人生很有自信，完全沒想到會變成今天這種局面。

結果還是瘋了……

吳士盛暗忖，如果今天自己一帆風順的話、如果婷婷沒有離開的話，郭湘瑩還會瘋掉嗎？他們一家三口是不是可以一直過著幸福快樂的日子？

算了。事到如今想這些有什麼用？該煩惱的是，如果要長期住在精神病院，住院和醫療的費用該怎麼辦？對了，還有她害顧客毀容的賠償金。如果郭湘瑩死了，是不是這些爛帳就可以一筆勾……吳士盛驚覺自己竟然在期盼老婆死掉，不小心把作業簿掉在地上。

一張照片從作業簿裡飛了出來。

那是婷婷和吳士盛的合照。他們父女倆並肩坐在淡水河旁的長椅上，吳士盛手拿著土耳其冰淇淋，婷婷咬了一大口冰淇淋，嘴巴被冰得仰天大叫的模樣。

吳士盛把照片隨手扔在地上，照片滑進自己拿廢木材釘的床板底下，他也懶得去撿。

他抬起頭，目光落在陽台的鐵窗上。

那是？

用來遮擋山風的塑膠波浪板被搬開，露出了一個五十公分寬的縫隙。吳士盛把波浪板整個推到左側，跨進陽台。雖然家裡平常沒放什麼錢，但為了防止竊賊在繳交房租的前一天偷偷進來，他還是自己用撿來的鋼條，拿螺釘和鐵絲安裝了一道鐵窗。此時鐵窗被鋼鋸割開一個大約直徑三十公分寬的破口，斷裂的鋼條上沾了黑褐色的皮肉和血漬。

所以，是從這個小洞鑽出去的嗎？這怎麼可能?!

為什麼要做這種事情？這完全是瘋子才做得出來的事情！

不！恐怕連瘋子都做不到！

吳士盛很瞭解妻子，她不是那麼堅毅的人……把鐵窗割斷，然後鑽過那個小洞，讓皮膚被劃破……她怎麼可能為了輕生跳樓，還拿起鋼鋸切斷鐵條？一定是在看到鐵窗的同時，就宣告放棄，然後說服自己乖乖回去上班、還債、等待不回家的婷婷……這才是郭湘瑩會做的事！

郭湘瑩在病床上的神情和行為再度浮出吳士盛的腦海。

不對勁。

她到底聽到了什麼聲音？

那個把車子丟在休息站的白牌司機……又為什麼要特地拿卡式錄音機錄音？

他到底想錄下什麼聲音？

寒冷的山風滲進鐵窗、灌入室內。

吳士盛一面抽菸、一面想著這些問題，徹夜未眠。

他靠著床板，坐在地上看外面的天空漸漸從黑色變成灰色、再從灰色變成淺藍色，等天完全變成湛藍色之後，他站起來，走下樓，掏出車鑰匙。

一打開衛星機子，就有任務傳了進來，代表這附近有人已經叫了車子。吳士盛迅速按下投單確認，機子跳出訊息告知載客地點，就在北邊一點的奇岩社區，大約五分鐘就能到。

他發動引擎，沿著捷運淡水線往北走。

＊

奇岩社區就位在奇岩捷運站的腹地，與北投和新北投的溫泉區連成一氣。吳士盛右轉磺港路，切進一條公館路的小巷子，把車停在指定的地點。

從副駕駛座的車窗望出去，是一幢紅磚外牆的集合住宅。吳士盛沒看到有人在等車的樣子，只好輕按兩下喇叭。這時「喀喳」一聲，鐵門打開了，一個戴著安全帽的年輕男生走了出來。吳士盛透過照後鏡觀察他的動作，只見他直接坐上機車，熟練地發動引擎，一轉眼就消失在照後鏡中。

到底是誰叫了車子呢？

吳士盛正納悶，就看到有個穿著黑色長衫的道姑佇立在左前方的人行道上，不協調地來回晃著頭，十分詭異。吳士盛發現她的嘴在動，好像正對著用鐵絲網圍起來的草地大聲講話，但她的雙手是垂下的，並不是拿著手機講電話，耳朵看起來也沒有戴藍芽耳機。吳士盛降下車窗，想聽清楚她正在說什麼。

「回去吧！我不能再幫你了！」

道姑的背影劇烈搖晃，看起來好像正在跟什麼人吵架，可是草地明明空無一人。天氣很好，陽光灑在青翠的草葉，反射出耀眼的光芒。

幾乎就在一秒鐘之間的事。

吳士盛剛打開無線電對講機，準備通知車隊客人爽約，道姑就像聽見炸彈爆炸一樣，整個身子彈了起來，轉頭瞪著吳士盛的方向。

吳士盛看見了這一幕，被道姑的反應嚇到，害得他差點手滑把「小托咪（手持式麥克風）」砸在排檔上。

道姑飛快地踏步過來，拉開後座的門，然後退開三步，一直瞪著空無一人的後座。

「是妳叫的車子嗎？」

道姑的表情扭曲，脖子的左側好像被膠水黏住一樣，歪斜地點點頭。然後她在後面的輪胎上吐了三口痰，用力地「哈」了一聲，甩上車門。

搞什麼……怎麼又遇到瘋子了！

吳士盛本想拒載，但那道姑自動繞到副駕駛座，綁緊安全帶。一股濃重的酸腐氣味頓時飄散開來。她把肩上濕濕的布袋卸下，放在腿上，左手掐緊袋底，右手伸進布袋裡，不知道在撥弄什麼東西。

「我到烘爐地。」

「有點遠啊。」

吳士盛越來越不想載這一趟，遲遲不開動車子。但道姑沉浸在自己的世界裡，似乎沒聽到吳士盛的話，也沒感覺到吳士盛抗拒的心情。

「我三天沒喝水了啊！只能吞口水！現在吐不出來了！」

「什麼？」

「所以蔡依林唱的我呸，我呸不出來啊！」

「對不起，請妳下車。」

吳士盛瞪著這個怪異的道姑，想用氣勢嚇走她，但道姑仍不為所動，突然轉頭對著後座吐口水。吳士盛氣得掐住道姑的脖子。

「妳搞什麼啊！」

道姑的臉很黏，而且有股腥味，不知道是不是塗了什麼草藥的黏液。

「她暫時離開了。快去烘爐地。」

「什麼？」

「你應該看過她，但她很會躲。」

「妳給我下車！」

「你如果不趕快化解，你太太會死。」

「……」

吳士盛被道姑的話震懾得無法動彈。道姑瞪大充滿血絲的雙眼，表情十分堅定。

「下車。」

「要找我的話，就到烘爐地的山腳下。」

道姑打開門，下車之前，還回望了後座一眼。

吳士盛踩下油門，用異常的速度離開現場。照後鏡中，道姑一直站在原地，身體僵硬得彷彿樹幹。吳士盛一再轉頭確認後座沒有異常，只有一口痰黏在椅背上，正緩慢地滑下。

*

手術結束，沾滿口水的氣管內管被拔出，一陣猛烈咳嗽襲來。郭湘瑩被推出手術室，半睡半醒之間，她意識到自己躺在冰冷的床上，整個空間像一座大型冷凍庫，寒氣逼人。一旁有護理人員以甦醒球協助她麻醉後能夠正常呼吸。她感覺自己被推送、被舉起來，好幾雙手把她推上更冰冷的輸送帶，身上好像纏繞了很多綁帶和塑膠管，嘴巴很乾很苦。

（救我……みなこ欲刣死我……）

郭湘瑩聽到小女孩的聲音，一股迫切的熱氣從腹部湧上。她開始劇烈掙扎，想扯掉黏在手臂上的點滴和布膠，但身體不聽使喚。

「放開我……我要去救她……」

郭湘瑩不斷重複這句話，負責轉運郭湘瑩到恢復室的護理人員立刻請人通報護理站，同時聯絡剛才負責手術的骨科醫師。

「喂，我陳醫師。」電話很快接通。

「陳醫師，剛剛那個病患——」

「郭湘瑩嗎？她怎麼了？」

「對！她一直說要去救某個人，現在掙扎得很厲害，不知道是不是麻醉——」

「喔……我現在就過去。」

大約五分鐘後，陳醫師從家屬等待區的門進來。郭湘瑩仍在劇烈扭轉身體，現在只是暫時用腕套和腳環限制住她的行動。負責看護郭湘瑩的護士將病歷交給陳醫師，陳醫師翻閱之後，皺起眉頭。

「她醒來之後就這樣嗎？」

「對。」

「她之前好像有因為幻聽到耳鼻喉科門診，這裡寫得很委婉，但大意是說病人有疑似精神分裂的症狀，建議轉精神科仔細評估，結果病人就跑走了。」

「跑走了?!那要聯絡精神科過來評估嗎？」

「嗯。急診其實有特別註明病人可能有精神問題，但因為是急診手術，所以還沒有問過他們。妳可以幫忙聯絡嗎？」

「好，那你記得再幫我開一下會診單。」

陳醫師點頭，隨即步出恢復室。

看護郭湘瑩的護士走進護理站，從醫院的系統找尋精神科總醫師的院內手機號碼。

郭湘瑩被獨自留在病床上，睜大眼瞪著天花板，嘴唇不斷顫抖：

「她回來了……今天晚上……」

*

吳士盛把車停回家，用抹布沾洗碗精擦拭椅背。

他媽的……一大早就遇到這種瘋子……

但吳士盛又覺得，那個道姑該不會真的知道什麼事情吧？如果不化解就會死？她在說什麼？要化解什麼東西？她真的看見後座有什麼嗎？不對，她就是個瘋子，完全不知道在跟誰說話，一直講一些亂七八糟的，好像真的有人在跟她說話一樣。

吳士盛停下動作，看著椅背上的痰漬發呆。

聽到別人聽不到的聲音，郭湘瑩不也是這樣嗎？

吳士盛想起郭湘瑩昨晚說過的話——「米納可要殺了我跟婷婷」——這句話為什麼聽起來很像那個道姑會說的話？

他越想越不安，乾脆今天就到此為止吧。他重新發動引擎，關掉衛星機子和無線電對講機，驅車前往台北榮總。

吳士盛抵達醫院大廳的時候，正好接到病房的電話。應該是護士的女人在電話那頭告知，郭湘瑩的精神狀態不佳，必須轉到精神科的急性病房加強照顧，並把病房位置告訴他。

果然，醫院也覺得她瘋掉了……

吳士盛穿過長廊，根據指示，沿著兩側停滿車子的步道，跨經一條溝渠，走到後方的思源樓。但醫院實在太大，最終還是在迷宮一般的大樓裡迷了路，多虧有義工協助，才順利抵達精神樓的雙人病房。

精神科病房其實並不如吳士盛所想的那樣灰暗沉悶，反而光線明亮。病人在病房區的範圍內可以自由活動，有人坐在用膳區的椅子上聊天，有人站著低頭看地板；比較活潑的病人，還會到別人的病房串門子，看起來挺熱鬧的。把吳士盛帶到護理站報到之後，義工就先行告退了。護理站找來郭湘瑩的護士阿芬。阿芬看起來很年輕，也很有禮貌，她一面自我介紹、一面帶著吳士盛往郭湘瑩病房的方向走。

「主治醫師已經評估過了，她現在去看門診，晚一點的時候她會再過來看郭小姐。郭小姐現在是急性期，所以需要住院治療、評估。不過你應該也看到了，我們病房住了很多病人，大家也都適應得很好，不用太過擔心。」

這時，一名膚色黝黑、鼻翼圓潤高挺的病人拖著赤腳，碎步滑行過來。吳士盛忽地想起，以前在修車廠時，曾經有一名同事是布農族人，這個病人看起來跟那個同事長得很像，應該也是布農族的。只見她側頭四十五度，猛盯著吳士盛瞧，怪異的眼神讓吳士盛覺得渾身不對勁。

「哈，別緊張，我們都叫她滋滋，因為她很喜歡咬著嘴唇吸口水，發出嗞嗞的聲音——你看！」

滋滋咬緊嘴唇，兩顆大門牙露在外面，鼻孔一張一弛，看起來真的滿滑稽。但吳士盛一時之間難以接受病房的氛圍，完全笑不出來。

「啊！對齁，她剛好是郭小姐的室友！滋滋！跟我們回房間，認識新朋友！」

突然間，滋滋發出震耳欲聾的吼叫，甩開阿芬的手。

「怎麼了？」

吳士盛被滋滋嚇到，連忙問阿芬是怎麼回事。阿芬一面安撫滋滋，一面解釋道：

「滋滋不喜歡別人闖入她的居住空間，郭小姐早上進來的時候，她也是這樣抗議。」

「那怎麼辦？」

「沒辦法，我們的病床數已經很多了，但病人更多。」

因為不想讓詭異的滋滋跟在身後，所以吳士盛乾脆放慢腳步，讓阿芬跟滋滋先走。

郭湘瑩躺在裡面的病床上，正熟睡著。看到郭湘瑩睡得這麼沉，表情這麼安詳，吳士盛突然覺得老婆變得很陌生，不過也跟著有了安心感，連帶著也把早上的道姑事件給忘得一乾二淨了。他暗忖，如果這次住院能夠讓她不再歇斯底里，說話變回當年輕聲細語的腔調，他們的夫妻關係或許可以變好一點也說不定。

「好，那如果沒別的事情，我就先去忙其他事情嘍！吳先生，有什麼事再跟我說！」

阿芬開朗的神態和語氣，令吳士盛想起國小時期的婷婷。他突然覺得，如果有什麼魔法能夠讓一切都回到當年的情景，一家三口能開開心心吃晚餐、逛街、看電視，他真的願意不計一切代價去學。即使自己不再風光、只能開計程車被人瞧不起，他也能接受，不過這麼一想，當時的他為什麼只顧著自怨自艾呢？如果早一點明白這個道理，那該有多好？

吳士盛感覺到有雙眼睛正盯著他看，轉頭才發現滋滋趴在病床腳邊的欄杆上，隔著簾幕偷窺。但不知道為什麼，這次吳士盛不再有不舒服的感覺，反而覺得，郭湘瑩有她陪著很好、很安全。

門口傳來叩叩叩的高跟鞋聲，一名大約五十多歲的女人站在病房門口。她看了一眼手上的病歷夾，然後從資料堆中抬起頭，走向吳士盛和郭湘瑩。

「請問是郭湘瑩小姐的家屬嗎？」

「嗯。」

「您好，我是醫院的社工師，我姓胡，睿智的睿，亦師亦友的亦。請問您是她的？」

「我是她先生。」

「貴姓？」

「吳。」

幾個問答之後，胡睿亦斷定吳士盛是一個防備心很重的人，不問絕不多說，她已經有了「可能是一個麻煩案例」的心理準備。

「吳先生您好，請問您知道什麼是社工師嗎？」

「不知道。」

「沒關係，您只要知道我是來幫助您的就好。這裡有很多病人都跟您一樣，面對突如其來的疾病，一下子生活出了狀況。因為以前沒遇過這種問題，所以不知道我們的政府其實有很多補助和資源。我的工作就是協助——」

「補助？那妳就幫我申請吧。」

胡睿亦不是第一次在說明的時候被打斷，但吳士盛給她一種不舒服的感覺。是因為微禿的額頭還是駝背？還是他那種把每個人都當成敵人的態度？胡睿亦一面耐著性子解說、一面在心裡暗想吳士盛之所以惹人厭的理由，很快地，她找到更準確的說法：從自卑衍生出來的優越感，為了武裝自己而攻擊別人的懦弱鬼。

「吳先生，申請補助或資源還是需要您的協助，我會帶領您一步一步——」

「我聽不懂啦！妳講那些我都聽不懂！什麼條件、資格，妳就弄好就對了啊！」

「這些條件和資格，還是需要吳先生你的協助才能順利申請到，我當然會先整理出一個大概，您只要協助提供郭小姐的資料和您的一些資料就好了，其實沒有那麼困難。」

「妳早說不就好了。」

「這些……我剛剛都有講過了。」

胡睿亦感覺自己第一次被病人家屬逼到憤怒爆發的邊緣。

「對，但是妳一下講太多了！我根本聽不懂！」

「沒關係——」胡睿亦稍作停頓，讓情緒冷卻，「我們慢慢來。」

「那錢什麼時候可以拿到？」

「這個——」

「算了算了，只要盡快就好。還有什麼事嗎？」

吳士盛覺得異常煩躁，胸口像被皮帶勒緊一樣。為什麼我要處理這種事？我的鳥事難道還不夠多嗎？為什麼政府給錢給得那麼不乾脆？難道他們不曉得申請這些錢的人都是快要被人生壓垮的可憐蟲嗎？誰還有心思去讀那些規則和條文？

「嗯。我們今天先這樣，明天我們再談。然後——」胡睿亦從白袍胸前的口袋裡掏出一張自己設計、印刷的名片，遞給吳士盛，「這是我的名片。有事可以直接聯絡我。」

吳士盛接過名片，隨意塞進牛仔褲後面的口袋。

看到吳士盛這個舉動，胡睿亦突然後悔了。

剛剛的猶豫是正確的，根本就不需要給這個爛人名片，完全是浪費！

有些社工師不願意在下班的時候還被打擾，所以拒絕提供聯絡電話；但胡睿亦為了讓病患跟家屬在急需幫忙的時刻可以找到援手，特地製作了這個名片。通常對方都是感激地收下，沒想到自己的熱忱竟被吳士盛這樣糟蹋，將好好的名片像揉紙屑一樣捏在手裡。

她越想越生氣，連再見都沒有說，就轉身離開病房。

看到胡睿亦臨去之前的臉色不太好看，吳士盛懷疑是不是自己剛才說話太急了。正納悶時，口袋裡傳出鈴聲，他掏出手機，發現是弟弟打來的，立刻想起昨晚的約定，不由得驚呼一聲，還嚇到了滋滋。

「喂？大哥？你在哪裡？」

「那個，我忘了……我現在還在醫院，你們在哪？」

「我剛好在附近……天母圓環旁邊，你要我去載你嗎？爸說他不想出門，所以我買了飯菜，當然還有酒啦——」

「要回家喔？」

「不要變卦喔……一頓晚餐而已。」

「我沒變卦，那你來載我好了，今天我想喝醉一點。」

「好，那就五分鐘後，在石牌路的計程車道。」

「ＯＫ。」

吳士盛切斷電話，走出病房。阿芬正好在護理站打病歷，因為吳士盛對阿芬的印象不錯，所以也難得地跟她打招呼。看見吳士盛一直朝不存在的感應器揮手，阿芬笑著跟吳士盛說：

「我們這裡有門禁管制，出去要我們幫你開門啦！」

吳士盛尷尬地回以微笑。

一出病房，迷宮般的走廊和樓梯撲面而來。幸虧他的記憶力還不錯，循著原路，左彎右拐走回醫院大廳。

此時大廳有一個小型的演奏會，看起來像是某個慈善團體的活動，鋼琴、直笛和小提琴的樂聲在挑高的大廳中迴盪，吸引不少聽眾。聽眾們圍成一個弧形，其中有情侶、抱著小孩的父母親、以及推輪椅的外籍看護跟老人。因為是晚餐時刻，不時有人穿過大廳，走進右手邊的美食街。美食街擠滿了人，還有不少穿著醫師袍的醫生在買便當。

吳士盛走出大廳，繞過大門口的迴轉道，往行道樹下的計程車道前進。他的腦子裡只想著剛才聽到的旋律，完全沒注意到有人從後方逼近。

等到吳士盛發現的時候，已經太遲了。他的前後左右被四個男人圍住，每個人他都不認識。正對面的那個，先是抓起他的衣領，然後大吼：

「就是他！」

「幹恁老師咧！阮某乞予恁某弄到毀面，這馬閣想欲用跳樓這招走閃責任嗎！（幹你老師！我老婆被你老婆弄到毀容，現在還想用跳樓這招規避責任嗎！）」

「等、等一下……你是——」

那人聽到吳士盛不會說台語，只好改口說國語。

「不要給我裝孝維喔！做錯事就要賠錢，不要搞這些小手段！」

吳士盛聽到這句，滿腹怒火爆出。

「我老婆跳樓，你說是小手段？」

「那不然咧？」

「她剛做完手術，現在被精神病院抓進去關禁閉，你說這是小手段？」

「我老婆也剛動完手術啊！」那人邊說邊在臉上比劃，「整個右邊的皮都不見了！幹！本來水水……很光滑的欸！」

「該賠的我們會賠，但你現在揪人來圍我，是怎樣？」

吳士盛輪流看著其他三個人，他們的表情明顯理虧，剛才的氣焰都消失了。

「好，你說的喔，到時候不要翻臉不認帳就好！我們走！」

憑著兩年的街頭經驗，吳士盛知道，遇到這種小混混最好不要跟他們硬碰硬，而是要跟他們講道理。只不過，被自己年紀小一輪的年輕人指著鼻子痛罵，還是令他非常不爽，感覺像是被人壓著頭吃屎一樣，滿是屈辱和羞恥。

過沒多久，吳盛帆就開著車過來，停在他的面前。

吳士盛一拉開副駕駛座的車門，吳盛帆就追問剛才是怎麼回事。

「沒什麼，一群混混。」

「剛剛我差點想闖紅燈過來……他們是誰？」

「好像是那個女人的先生。他帶人來威脅我，叫我賠錢。」

「哪個女人？」

「你大嫂的那個。」

吳盛帆左打方向盤，開上石牌路。車上的無線電對講機不時傳出交談的聲音。

「毀容的那個？……媽的，想趁機要錢吧！」

「聽了很煩，我關掉了。」

「喔。」

吳士盛把無線電對講機的開關壓掉，車內頓時安靜下來。

他們卡在車陣裡，吳士盛一言不發，看著車窗外的年輕學生經過。

「大仔問你為什麼都不上工，我就把大嫂的事情告訴他。」
「有什麼好說的？我不上工是我的事，車隊車子那麼多，又不差我一個。」
「人家只是關心你，你反應這麼大要幹嘛！你自己想想，除了會費和保證金，光是車內加裝的刷卡機和派遣機，每個月就要繳一千二，這還沒算乘客的保險費和客服通話費，你如果不上工，損失的也是你自己。」
「反正餓死也是我自己的事，關他什麼屁事。」
「你幹什麼每次都要這樣想啊！幹，擺出一副什麼都不在乎的樣子，有比較厲害嗎！」
「我不是要讓別人覺得我很厲害，我是真的不在乎。」
「你這個樣子就是自己覺得自己很厲害啦！大哥，也不過就是個零件進口商，沒比司機和黑手高尚到哪裡去啦！」
「我那時候一個月有多少，現在只剩多少！」
「做人不能只看錢，有錢人就一定比較厲害嗎？」
「至少有錢的人是大爺！以前是我說了算，現在客人坐上車就命令東命令西，一下子說我繞路，一下子說我開太快，是怎樣？老子開車還要給你管就是了？」
「所以我說你想太多了，大家都在做服務業，你以前也是要跟人家鞠躬哈腰的啊⋯⋯是怎樣？跟大老闆鞠躬哈腰就比較好喔？」
「至少我有錢，想喝什麼酒就喝什麼酒！也不會被那群混帳王八蛋當街圍起來嗆！」

「你一直講錢錢錢，是要賠多少？」

「我上次判賠五百萬的還沒還完，我去哪裡找另一個五百萬來賠？如果你是我，你還能像現在這樣心平氣和地開車？」

「……」

吳盛帆發現自己依然說不過吳士盛，乾脆轉移話題。

「那大嫂呢？手術還好吧？」

「沒事，現在被抓進去精神病房了。」

吳盛帆因為這句話分了神，若是再更晚一點踩煞車，就要撞上前面的車了。

「精神病房?!為什麼？」

「唉，她就一直說會聽到有人跟她說話，我怎麼知道？反正沒有一件事是順的啦，簡直就像被詛咒了！」

「聽到有人跟她說話，怎麼感覺有點恐怖，會不會是真的啊？」

「什麼意思？」

吳士盛挺直背脊，坐了起來。

「我是說，會不會是真的有聲音，只是其他人聽不到？」吳盛帆指著無線電對講機，「像這個。」

「你的意思是，你大嫂聽到的是無線電？」

吳士盛看著無線電對講機，想起早上的情景。

這台icom車機和他車上裝的是同一機型，同時支援俗稱「樓下樓上」的VHF和UHF雙頻，而且不像K牌那麼容易燒掉，是運將們的愛用款。不過，基本上兩個頻率的通訊範圍都在視距之內，也就是說，如果沒有經過建築物的反射，訊號就不會在電離層中反射，而會直線前進。所以為了要涵蓋整個市區的範圍，都要架設中繼站。

吳士盛的腦中浮現了當時的畫面——就在他剛剛轉開無線電對講機的同時，那個道姑像是聽見炸彈爆炸一樣，整個身子彈了起來，轉頭瞪著他的方向。

如果順著這個思路，以他的50W車機作為異頻中繼主機，通過車後的木瓜天線，轉送不知來自何方、不知頻率為何的「靈異訊號」……

不，怎麼可能。

除了需要事先設定好收發雙方的頻率之外，異頻中繼主機的收發效果要好，必須在整個台北市區的制高點。單憑一輛計程車上的車機，很難作為中繼站。就算不考慮大樓建物的阻擋，在如今無線電滿天飛的情況下，還可能會有訊號彼此干擾的問題。

吳士盛決定把這個想法拋諸腦後。

「不一定是無線電啦，哎喲！不是有些人說可以看到那個嗎？但是攝影機或照片根本從來沒真的照到過，就代表科技和醫療還是有侷限的嘛。」

「你想說……鬼？」

「呸呸呸，沒事不要講那個字。你在講祂們的時候，祂們真的會聽喔，所以沒事不要亂講。你怎麼了？你會怕喔？」

吳盛帆發現吳士盛的神情有異，臉部十分僵硬。

「沒事。」

吳士盛對「有些人聽不到，但有些人聽得到」這句話特別在意。

萬一……萬一郭湘瑩和那個道姑聽到了什麼真實存在的聲音？

這代表她們並沒有瘋嗎？

還有那卷錄音帶，也是真的嗎？

吳士盛暗自決定，一定要去查清楚那卷錄音帶的來歷，還要找到那個司機才行。

*

車庫改建而成的兩層樓住宅擠在防火巷裡，不仔細看的話，根本不會發現裡面有間房子。而且防火巷只有約莫半公尺寬，一樓的大門只能打開一半。因為室內空間太小，所以大門旁有座藍色的旋轉鐵梯，可以直接通往二樓。

吳士盛自從被資遣後就再也沒回過這裡。抬頭望見從屋頂延伸下來的集水管，上面掛著父親自己用衣架綁的電視天線，突然想起以前和父親一起測量電波強度的往事。那裡是訊號最強的位置，天線掛在那裡，電視的畫面才不會一直中斷。

吳盛帆走在前面，直接打開鏽蝕的紅色鐵門。他注意到，鐵門下方、用封箱膠固定的擋水板脫落了。這是父親以往不會容許的事。吳士盛忍不住心想，看樣子父親真的老了。

他們走進屋內，勉強可稱為玄關的地方堆滿了雜物。舊報紙堆、餅乾鐵盒、塑膠水管、各式各樣的螺釘和工具，跟印象中差不多，甚至還多了不少「愛之味」的瓶瓶罐罐。

父親沒有坐在他最喜歡的板凳上。

「爸？」

吳盛帆對著室內大吼，隱隱回傳一聲：「……這裡。」

「你在哪裡？」

「我在這裡。」

吳盛帆把買來的餐盒放在餐桌上，左手提著的一打台啤輕放在餐桌下。他們循著父親的聲音來源，走到房子的後門，推開生鏽的門，下方的門栓在水泥地上刮出刺耳的噪音，熟悉的氣味撲鼻而來。

門外是兩列平房後方的排水溝，父親正蹲在自己鋪放的黑鐵板上，調整礦石收音機的旋鈕。排水溝收集了各戶人家的廚房廢水，洗碗精和廚餘的腥臭味混雜在一起。奇異的是，當鼻子習慣之後，反而會變成薄荷般的香氣，有提神醒腦的作用。

「怎麼突然又聽起收音機了？」吳盛帆問道。

父親搖搖頭，他忙著試零件，完全沒發現吳士盛也來了。

「爸，哥也來了。」

父親這才抬起頭，但只瞄了吳士盛一眼，便又低下頭去搞他的收音機。一整條脊椎像龍骨一樣突起，與肩膀呈現幾近九十度的脖頸，吳士盛發現，三年不見，父親的老態又更明顯了。

「應該是裡面的礦石髒了。」

父親用螺絲起子轉開收音機的鋁蓋，從中卸下一個約莫小拇指大小的玻璃筒。接著，他用一根銅線小心地接起玻璃筒和聽筒，然後再將一個雙刀開關和乾電池組串連上去。完成之後，父親用長繭的手指撥動開關，仔細聆聽聲音的差異。

「兩邊都沒聲音嗎？」

父親用點頭回應吳盛帆的問題。

「那就是不靈了。我去拿汽油過來。」

吳士盛話還沒說完，便急著閃進屋內。小時候都是弟弟擔任跑腿的工作，吳士盛之所以一反常態，搶著去拿清潔用的汽油，是因為實在受不了父親冷漠的態度和眼神。

他有什麼資格瞧不起我！

吳士盛趴在樓梯下的儲藏間，大口喘氣。刺鼻的霉味讓他的怒火更加猛烈。他一把提起汽油桶，跨大步回到後面的排水溝巷，用力放在黑鐵板上，發出「鏗」的一聲。

吳盛帆注意到吳士盛的異狀，推了他一把，咕噥了一句：「你在幹什麼……」

「別理他。」

父親自顧自地打開汽油桶，倒進一個塑膠杯，然後把從玻璃筒取出的方鉛礦石放入汽油裡浸泡。

「你那是什麼眼神！」

父親緩緩抬起頭，瞪了吳士盛一眼，但隨即又繼續檢查收音機內部的線圈。

吳士盛越來越火大，扭頭就要衝出去。吳盛帆追進屋內，連忙把吳士盛拉住，大吼：

「你到底在發什麼神經！」

「我發什麼神經？你沒看到他那樣子！」

「爸哪樣子了？他只不過在弄他的收音機！」

「你自己說，我多久沒回來了，他連正眼都不看我一眼！」

吳士盛指著敞開的後門，眼睛滿布血絲。從他的角度，可以看見父親弓起來的背影。

「怎麼？你多久不理他，你一回來就要他裝作沒事一樣笑著歡迎你嗎？」

「那你就不要逼我回來！」

「我逼你回來？他也是你爸爸，你到底是有什麼毛病啊！」

「總之這頓飯我不吃了！我也不會再回來！」

吳士盛甩開吳盛帆的手，撂下狠話。

這時，父親從後門走了進來，吳士盛看見了，赫然停下腳步。

父親的駝背比他更嚴重，從正面看，已經看不見脖子。他臉上似乎沒有表情，但眼神透露出一股憐憫。

「阿瑩還好嗎？」

父親的聲音聽起來比他的年紀更老，好像砂紙在木板上磨擦一樣。吳士盛突然覺得自己的怒火來得莫名其妙。他穩住聲音回答：

「還好。」

「哪有好，被送進龍發堂了。」吳盛帆插嘴道。

「發生了什麼事？」

「她精神狀態不好，可能是因為擔心把人家弄毀容，又要賠一大筆錢⋯⋯」

「為了這個跳樓嗎？」

吳士盛想起那個窄小的鐵窗破口。那會是跳樓嗎？他無法確定，只好聳聳肩。

「我聽到新聞這麼說。」

「新聞？」

「新聞有報導，說阿瑩因為自責跳樓。但對方好像不好惹。」

「是很不好惹。」

吳士盛看了吳盛帆一眼，露出苦笑。

「我想看看新聞怎麼說。」

父親緩緩點頭。他走向餐桌，拿起遙控器，打開電視。這台掛在天花板的電視，從吳士盛他們小時候就一直用到現在，畫面已經糊掉，不時還會有灰黑色的雜訊斑塊出現。主播的臉一會兒變成黑色、一會兒又變成青色，唯有聲音還算清楚。父親陸續轉了幾個新聞台，都沒有正在報導這個新聞的電視台。

「先吃飯吧，菜都涼了。」

吳盛帆逕自從塑膠袋中拿出飯盒，放在餐桌上。剛才的激烈爭執彷彿煙消雲散。

「有雞腿、還有小魚乾！爸，你先坐，我去拿碗。」

父親扶著餐桌坐下，看著吳士盛。吳士盛與父親四目相接，一陣羞愧感湧上，下意識避開父親的視線。不久，吳盛帆從後方的櫥櫃中拿了碗盤餐具，把他買回來的菜倒在盤子上。

「哥，你來開酒？哥？」

吳盛帆看著杵在原地的吳士盛。吳士盛好一陣子才回過神，連忙拿起地上的棕色酒瓶，用開瓶器撬開，替三個人的酒杯斟上酒。

「你現在業績怎麼樣？」

父親一面啃著花生米、一面問吳士盛。

「……」

吳士盛看著逐漸破掉的啤酒泡沫，突然覺得自己就跟啤酒泡沫差不多，是空的，只是隨著時間漸漸破掉，最後剩下苦澀的殘渣。

「哥？爸在問你。」

「我知道。不過就是開計程車的，哪有什麼業績不業績。」

吳盛帆把酒杯摔在桌上，發出木魚般的清脆聲響。他瞪著吳士盛，轉頭看向父親。

「爸，他一直這個樣子，我真不懂有什麼放不下的。」

「你不一樣！你本來就是替有錢人開車的！」吳士盛忍不住出言反駁。

「哪有什麼不一樣？你以前的客戶不也是有錢人大老闆？再說，我也有過機會啊，還不是吹了，甚至比你還衰！」

「……」

吳士盛不想回應，不停灌酒、倒酒。

「那棟房子後來沒有要到賠償嗎？」

「爸，那是十幾年前的事了欸。」

「我忘了啊。」

「當然沒有，那棟房子是我老闆蓋的，他肯給我投資機會就不錯了，怎麼可能跟他要賠償……」

「所以那些震倒的房子都是他蓋的？」

「你還真的忘了。東勢的房子幾乎都是他蓋的。」

「沒有偷工減料嗎？」

吳盛帆忍不住笑出聲來。「爸，你這麼問就太超過了。」

「哪有什麼太超過，我們臺灣人就是這樣，做事不踏實，不像日本人，做馬路是馬路，蓋房子是房子，用心做出來的東西就是比較好。」

父親這麼一說，吳士盛才想起來，昭和六年出生的父親，四歲就跟著祖父母坐上從基隆出發的山東丸到東北生活。當時祖父透過在新京當醫生的姐夫介紹，準備進入滿洲國的財政部權運署工作。山東丸停靠在大連港，他們下了船，搭乘日本建造的亞細亞號到新京，在姐夫的醫院租處、位於西五條的長春飯店租了一間房。以前父親常常提起這段往事，總說長春飯店是他見過最新穎寬敞的旅館，臺灣的旅館根本不及格。一直到吳士盛長大後，才知道事實是，自從回到臺灣之後，父親再也沒有財力去住旅館。

「日本人也沒有每樣都好，他們也照樣會貪汙、收賄。」

吳士盛明知這麼說會招致父親的強烈反彈，卻還是故意嗆聲。

「哪個國家沒有貪汙收賄？至少日本人蓋的房子不會漏水！」

「漏水？」

吳盛帆注意到，父親說到「漏水」兩個字的時候，轉頭朝後方的廚房瞄了一眼。

「上禮拜不是下了一場很大的雨嗎？結果那邊的屋頂又開始漏水了！」

「找人來修了嗎？」

「找人來修？我的退休金現在被政府砍了，怎麼修？你們要給我錢嗎？」
「不是還沒砍嗎？」
「什麼沒砍？獎金都沒了！」
「……」
「這個政府簡直是在胡搞瞎搞，他們不知道這樣是在動搖國本！」
「哼。」吳士盛灌了一大口酒，暗笑一聲，「你不是說你是鐵飯碗嗎？早就跟你說過了，凡事要靠自己——」
「靠自己？像你這個樣子嗎？」
父親狠狠瞪了吳士盛一眼，吳盛帆連忙跳出來緩和局面，同時壓著父親和吳士盛的肩膀，說：「沒事沒事，你先找人來看要多少錢，我會想辦法。」
「你這種人就是出問題了先怪政府。」
「哥！」
吳盛帆用力掐了一下吳士盛的肩膀。
「至少日本人就不會這樣亂搞，做事情要有計畫，不能——」
「日本人就不會？伯公就是被日本人開除的公務員！我記得很清楚，他說當時公家機關的大人，先把他捧為開拓的功臣，一看狀況不對，就改口指責他沒有骨氣，只想依賴政府！還說，雇用他二十年就該感激不盡了，政府沒義務照顧他這種乞丐！」

「那是我大伯的個人問題，跟日本政府有什麼關係！」

「哪裡是個人問題！當時被公家機關裁員的不知道有幾萬人，跟你現在一模一樣！」

「……」

父親氣得滿臉漲紅，說不出話來。

「好了好了！大家都不好過，彼此嗆來嗆去有什麼好處？喝酒！」

吳盛帆取過酒瓶，在父親和吳士盛的杯裡斟上酒，把酒倒光。

「爸，不管怎麼樣，那個遊行不要去。會有無聊的人。」

「為什麼不能去？我要捍衛我的權益！」

「你都八十幾歲了，還要跑去跟人家湊熱鬧？有些人就是看不爽軍公教，你會被罵、被扔東西！」

「就是這樣我才更要去！你們不必陪我，我可以自己去。」

「哥，你勸勸爸。」

「讓他去，讓他看看現在社會是怎麼樣看待他的。」

「哥！」

「我才不在乎別人怎麼看我，倒是你，就是太在意別人的眼光，才會變成現在這樣！」

「我現在怎樣？礙到你了？你以為我很想回來？」

「哥！你到底有完沒完啊！媽的，這頓飯吃得好累！」

「你不用跟你哥哥認真，反正他也只是說說而已。」說完，父親轉頭看著吳士盛，表情冷漠，「你想走就走，我也沒有要留你的意思。」

父親這句話戳中了吳士盛的痛處。父親說得沒錯，他都只是說說而已，沒有真的想要改變什麼，也不曾想過如何面對自己的弱點。一直以來他做的每一件事，只是逃避。逃避自己的不幸，逃避家庭的責任，逃避他人的眼光。他用責怪別人來排解壓力，但另一方面，心裡面又相當清楚，問題就出在自己身上。只不過，即便他已在這短短的瞬間看清自己卑屈的內在，自我防衛的怒火還是一如往常遮蔽了理智的光芒。

吳士盛抓起酒杯，砸向父親。

酒杯撞擊到父親的額頭，灑了他一臉酒水，掉在地上，碎了。

吳盛帆推開吳士盛，撲到父親面前，檢查他額頭的傷勢。額頭已凸起了一塊紅腫。

「你幹什麼！」

「我沒事。」

父親把吳盛帆推開，指著吳士盛，露出鄙視的表情。

「看樣子你平常八成也是打阿瑩出氣……沒見過你這麼懦弱的男人。」

吳士盛被自己的舉動嚇到，慌忙逃出屋外。

他一路跑到附近的公園，顫抖著手點菸。

我到底、是哪裡出了問題……？

夜晚開始轉涼，吳士盛交握雙臂以維持體溫，突然想起這個時節台北的天氣就要逐漸進入秋天。

他把苦澀的煙霧吸進肺裡，一度因為吸得太大口而被嗆得流出淚來。

*

郭宸珊在晚上八點的時候來到台北榮總的精神病房。

這時候，病人們已用完晚餐，依照指示回收餐盤，排隊領藥，在護理人員監視下確實服用藥丸，最後從用膳區回到病房休息。郭湘瑩因為渾身無力，在值班護士的協助下，一口一口餵著吃，才剛吃完，大姐郭宸珊就到了。

郭湘瑩很訝異，詢問之後才知道，原來是下午的時候，郭宸珊接到一通醫院的電話。郭宸珊說，對方希望她能夠來醫院一趟，協助辦理一些補助的事情。令她非常不爽的是，那個沒用的妹夫吳士盛竟然連發生這麼嚴重的事情，都不願意擔起聯絡的責任，而且還是因為吳士盛拒絕協助，社工師逼不得已，只好透過戶籍資料聯絡其他家人，所以她才會接到這通電話。她越想越火大，想到連新聞都報導了，結果自己身為大姐，竟然是最後一個得知消息的人，就不由得對吳士盛更增添了一分憎惡。

「妳說會聽到聲音，是什麼聲音？」

「大概十二、三歲的女孩子，我看不清楚她的臉，會說台語跟日語。」

郭宸珊皺起眉頭：「日語？」

「對，還會唱日語歌。」

「我坐高鐵的時候有讀了一些資料，他們說妳可能是精神分裂症、幻聽之類的……但幻聽會聽到日語嗎？妳根本不懂日語吧？」

「不是幻聽！是真的聽到！那個聲音，就像是那個女孩在荒野中大喊，很遠……我很難形容，有點像廣播，但絕對是真的！」

郭宸珊看見妹妹變得很激動，認為自己暫時先不要提起這個話題比較好。

「不管怎麼樣，為了確保妳的人身安全，還是先待在這裡吧。」

「連妳也不相信我，不管在哪裡，我都逃不掉的……」

「逃不掉？」

這次郭宸珊覺得，可能妹妹是真的出現精神異常的狀況了。

「米納可會來，她會來殺了我跟婷婷……」

「婷婷？妳在說什麼，她都多久沒消息了啊！」

「那個女孩就是婷婷！是婷婷透過夢境找我，告訴我——」

「好了好了，我知道了。」

郭宸珊感覺到頭皮一陣發麻，竟然已經嚴重到這種程度了，怪不得要住進精神病房。

「是真的。」

「差點忘了。妳剛剛說的，要我幫忙賠錢，可以，但是妳必須跟那個廢物離婚。我看不下去了。」

郭宸珊看著躺在病床上的妹妹，有些心疼。她的雙腳打上石膏，整個人虛弱得不成人形，臉頰凹陷，好像連鼻梁都塌了。

「不行，他還是婷婷的爸爸，我還在等婷婷回家。」

「那個爛人打妳和婷婷，妳還要繼續跟他生活？」

郭宸珊露出誇張的表情，忍不住加重語氣。

「他人不壞，只是不太會面對挫折。」

「他人不壞？就算是他事業最順的時期，他也是照樣在外面嫖妓，一個晚上在酒店花掉十萬塊，這樣妳還說他人不壞？」

「但至少他那段時間對我跟婷婷都很好。」

「不是我在講，我先生的條件多好，政大研究班畢業，掌握了規模上百億的大企業，長得也比他帥，也沒像他這樣胡搞瞎搞啊！我真的懷疑妳是被雷打到才會看上這樣的人！」

「姐，妳這樣說我的老公，我心裡會好受嗎？妳先幫我這一次——」

「不行。我拒絕。只要妳跟那個爛人繼續，就等於拿我的錢給他。」

「姐，我、我真的拿不出錢了，幫我！」

「不行。妳自己想想吧，我會幫妳找離婚律師，妳想清楚了再聯絡我。」

郭宸珊說完，便頭也不回地離開病房。郭湘瑩沒力氣起身，只能透過眼角餘光目送大姐的背影離去，然後注意到隔壁床的滋滋正在偷看她的反應。

「呿！」

聽到郭湘瑩的驅趕聲，滋滋立刻躲回兩床之間的簾幕後方。

郭湘瑩覺得很無助，甚至有點想哭。從小到大，大姐從沒拒絕過她的求助。媽媽住進玉里的療養院之後，就一直是大姐照顧他們三個弟弟妹妹，如同母親一般，想盡辦法讓他們接受良好的教育，協助妹妹考上銀行員，弟弟也順利進入香港的私募基金團隊，只有她這個大妹不成材，不顧大姐規勸，只念完高中就出來做美容。

後來因為朋友介紹，認識了吳士盛。大姐雖然一再表達反對的立場，卻還是協助她辦了一場風光的婚禮。事後想想，大姐確實有過人的眼力，看出吳士盛這個人只能打順風球，一旦遭遇挫折便會一蹶不振，是那種沒有擔當的男人。當時吳士盛還在汽車材料行送貨，最常掛在嘴邊的就是「我要成功」「我要變有錢」，一拿到薪水就去買時髦的西裝和手錶，甚至貸款買進口車，完全不考慮自己的能力範圍在哪。

但郭湘瑩那時還年輕，價值觀也是「賺錢就是為了花錢犒賞自己」，「規劃未來」這件事從未出現在她的腦海裡，看男人的角度也是以外表為主。所以，穿著華麗、開著名車的吳士盛很能吸引她的目光。

郭湘瑩最喜歡假日的時候去北海岸兜風，聽吳士盛說起自己追求上進、取得成功的故事。吳士盛總把「不念書就只能去修那些雞巴人的瑪莎拉蒂」掛在嘴邊，裝高尚的同時卻又掩飾不了自身的粗俗，但她不以為意。她對於吳士盛把在汽車維修廠當黑手的經歷視為人生的恥辱，然後反過來瞧不起那些還在當黑手的舊同事，當成一種進步的表徵，甚至跟著吳士盛一起鄙視做工的人。

如今，嚐到苦果了。

郭湘瑩又想起婷婷，如今她在什麼地方呢？

最後一次接到婷婷的電話，是在前年的一月。她在電話裡用冷酷的聲音告訴郭湘瑩，自己已經找到工作，過得很好，然後就不回家過年了。其後，也不知道是手機號碼換掉還是故意不接電話，總之徹底失聯。這兩年，郭湘瑩一再回想那通電話背景中出現的水聲，代表著什麼。她猜想，婷婷可能是在某間理髮店擔任洗頭小妹，也有可能是在餐廳當洗碗工，除此之外，還有什麼工作會錄用連夜間部都沒畢業、沒有任何證照的職校學生？

悔恨。

這兩個字如此頻繁地浮出腦海，連郭湘瑩自己都感到厭煩。突然一陣刺痛，從耳根蔓延到太陽穴，眼球彷彿快要爆裂，視野一片黑暗。接著，是耳鳴，爆竹般的雜音。嗶啪。嗶啪。嗶啪。嗶——

聲音持續了將近半分鐘才停止，但郭湘瑩心裡莫名清楚，聲音不會就這樣停止。她想用手撐起自己的身體，但兩條手臂像軟絲一樣，沒有丁點力氣。她從病房門口看見其他病房已經熄燈，可能等一下護士小姐就會過來她們這間了。

果然，一個看起來很年輕的護士走了進來，關心她們的狀況，郭湘瑩趁勢提出請求：

「拜託，我頭好痛。」

「頭很痛嗎？我幫妳聯絡一下值班醫生。」

很快地，那個年輕的護士回到病房，手上拿了一個白色塑膠杯，裡面裝了一顆白色的橢圓形藥丸。

「這是止痛藥，吃下去就沒事了。」

「我不要止痛藥，我要請醫生過來。」

「請醫生過來？為什麼？」

「是她，她會殺了我！快點！她會殺了我！」

郭湘瑩歇斯底里地叫著。值班護士剛到精神病房，沒有處理類似狀況的經驗，一臉驚惶失措。她急忙找了資深的學姐進來，不久後值班醫生也到了，詢問她的主訴。

「妳說那個聲音……那個『米納可』會殺了妳，是那個聲音告訴妳的嗎？」

「不是！她也會被殺，她是我女兒的化身，她是來救我的！」

「妳是說，那個聲音是妳女兒？」

「不是那個聲音！就是我女兒說的！」

值班醫生被郭湘瑩搞得一頭霧水，雙方一直在同一個地方打轉。到後來，值班醫生乾脆重複郭湘瑩的話，看看能不能換到下一個話題，讓郭湘瑩乖乖睡覺，或接受治療。

「好，我懂了，妳女兒帶妳到一個竹林，那個米納可會殺了妳們兩個。但我們病房不會隨便讓外人進來，我們都在這裡保護妳，妳只需要好好睡覺休息，別擔心。」

「她不是人，你們擋不住她的……」

「那、妳希望我們怎麼做？」

「我不知道，拜託你們，救救我……」

經過長達半小時的問診，值班醫生終於露出投降的表情。他轉過身去，避開郭湘瑩的視線，跟資深的護士低聲討論。

「會不會是藥量不夠？」

「這個我早上跟VS（主治醫師）討論過了，他是覺得不要一下子太重……」

「但她還滿嚴重的……」

「已經有考慮急性期的狀況，不然先給她半支Haldol（鎮靜劑）？妳再幫我注意一下EPS（錐體外症候群）。」

「嗯。」

看到資深護士也同意，值班醫生便轉回身跟郭湘瑩說：

「郭小姐，我們有一個方法能幫妳，打針的話會比較快，妳同意嗎？」

「打針？為什麼要打針！」
「因為打針可以幫妳，妳也比較好入睡。」
「我不要！我不要！」
郭湘瑩一聽到打針，立刻聯想到以前曾聽朋友說過的「麻醉針」，是醫生為了讓病人乖乖睡覺的最後手段，她說什麼也不要被這樣對待，而且搞了半天，這個醫生根本不相信她說的話，只想用藥物打發她。吳士盛、郭宸珊、護士、醫生，竟然沒有一個人願意相信她。她越想越沮喪，開始哭鬧。如果再沒有人願意幫助我……郭湘瑩不敢再進一步想像……難道我真的會死在這裡？
為了讓郭湘瑩安全接受注射，幾名醫護人員壓制住她的動作，把手腳都套上束縛帶。資深的護士俐落地在郭湘瑩的手臂上以酒精棉片消毒，迅速將haloperidol（易寧優）注射進肌肉裡。
郭湘瑩盯著慘白的天花板哭，眼淚流進耳朵，沾濕枕頭，醫護人員們像是大功告成一般退開，留下她一個人，躺在床上等死。不知過了多久，郭湘瑩感覺到意識漸漸抽離身體，眼睛能看見的窗戶、活動桌、簾幕，以及窗外灰黑色的樹幹，都染上一層朦朧的鐵藍陰影。頭痛和耳鳴仍在持續，只是身體變得不是自己的，可以無關緊要地旁觀這些不適。
好想睡……
郭湘瑩在跟自己的大腦對抗，為了不讓自己在最後的決鬥中不戰而敗，她必須阻止身體休眠。沁涼的晚風從窗框的縫隙中吹進來，恍惚之間，她聞到一股清新的檜木香氣。

她用力撐開眼皮，使勁轉頭面向右側。從略顯古舊、沾滿塵灰的玻璃片望出去，窗外那棵巨大的榕樹恰好擋住後方的山丘及其上的建築物。彷彿沾滿乾涸血跡的樹幹上，有個和樹幹顏色相近的東西——可能是某種褐色的椿象——正急速擺動腿節往上爬行，進入郭湘瑩的視野。等到郭湘瑩注意到那昆蟲僅有四隻腳後，嚇得驚呼起來，劇烈抽噎。

昆蟲的翅膀在翻動，然後長著無數觸鬚的頭部開始一百八十度扭轉，漸漸露出緊貼樹皮的後面的臉。一團血肉模糊的臉。

那是米納可。

那不是翅膀，是她染成棕色的和服。

那不是腿節，是她的手腳。

「救我……拜託……救我……」

郭湘瑩嘶啞著聲音求救，但能聽到的人只有滋滋。

（嗶啪——我是巧舍啊……嗶啪——）

（みなこ來啊……）

是婷婷的聲音！

郭湘瑩轉過頭，發現臉皮融化的女孩就站在病床的左側。她向郭湘瑩傾身，郭湘瑩可以清楚辨識出她臉頰上的疤痕與褶皺正排列組合成一個悲傷的表情，只是因為她失去了眼睛，所以流不出眼淚。

「別哭……」

郭湘瑩想伸手撫摸女孩的頭髮，但是手被綁在床柱上動彈不得。她試圖掙扎，僅能造成輕微的晃動和嘰軋聲。突然，如同爆炸般「啪」的一聲，米納可的身體跳到了窗戶邊，四隻手腳箝抓住金屬窗框，烏黑的髮絲磨擦著玻璃片，發出詭異刺耳的搔刮音。

郭湘瑩已顧不得為何如此大的噪音護士都聽不到，她已經嚇得失禁，手腳雖然無力，卻仍不住發抖。她使盡全力，想掙脫束縛帶，病床的金屬架隨著她的動作劇烈震盪，螺絲與鋼軸彼此撞擊，就像是郭湘瑩此刻牙齒打顫的聲音。

她感覺到一股腐臭的氣息逼近，緊貼在她的右臉頰，但她不敢睜開眼看，只能使盡全力轉頭向左，以避開米納可的逼視。

「拜託……救我……啊……」

在簾幕另一側，滋滋瞪大雙眼看著隔壁床的動靜。簾幕就像是被暴風吹動一樣，來回猛烈晃蕩，還有尖銳得足以劃破耳膜的金屬噪音。滋滋嚇得快哭了，尤其是當她聽見郭湘瑩的求救與喘息之後，整個人如同被摔在牆上，骨頭盡碎，連說話的力氣都消失了。

那邊……到底有什麼東西……

滋滋覺得頭皮發麻，臉頰上分不清是汗水還是淚水，嘴唇一直顫抖。她緊握著呼叫鈴，拇指壓在按鈕上，按鈕卻像石頭一樣堅硬得按不下去。

*

吳士盛在噩夢中驚醒。

噩夢裡，他正開著車，在繁華的忠孝東路上來回行駛。百貨公司和商家樓下人潮眾多，卻無人招車。他手握著方向盤，熟悉的皮革觸感和規律震動，令他安心。突然間，他斜眼瞄到一隻手在路旁舉起，於是趕緊打右轉燈，停靠在路肩。那個乘客沒有打開後座的門，反而一屁股坐進副駕駛座。吳士盛轉頭一看，原來是那個詭異的道姑。她渾身酸臭味，猛地欺身過來，在他耳邊啞著嗓子講悄悄話：「別去……山是亡靈的街口！」

吳士盛被道姑強烈的口臭嚇醒，半睡半醒間一再琢磨那句令人戰慄的警告。他搖搖頭，發現自己脖子後面和整個背脊都是冷汗。他脫下浸濕的衛生衣，扔在郭湘瑩平常睡覺的位置，然後下床，走到梳妝檯前面，坐下。

他望著鏡子裡的自己，覺得實在跟期望中落差太大。期望中的自己是穿著筆挺的西裝，春風得意地指揮部下，月入數百萬的成功商業人士。但實際上的自己卻是穿著一件五十塊的衛生衣，還會被奇怪的客人入侵夢中、嚇出一身汗的孬種。

吳士盛已經忘記在人生顛峰時的想法了，但肯定不是現在這樣。那個自己，一定會對著鏡子顧盼自雄，洋洋得意地嘲笑他人的失敗，彷彿自己做的每一件事都是再正確不過的決定。那個自己，絕對想不到短短數年後，就淪落為欠債的運將，搬進滿是蟑螂的鐵皮屋，女兒離家失蹤，老婆住進精神病院，整天酗酒逃避現實。

他轉到側身，觀察自己越來越駝的背，簡直就跟父親如出一轍。這是遺傳、還是生活造成的？他覺得可能兩者都有，不過生活的比重或許占了多一點，畢竟父親在五十幾歲的時候，可沒有這麼嚴重的駝背。

忽地，一股暖意浮貼在肩胛之間。

是……妳？

那是郭湘瑩以前最常玩的遊戲。新婚頭幾年，她總會把溫熱的手掌按在吳士盛的背心，說那裡是最貼近他心臟的地方。她相信，只要這麼做，男人就不會變心。但這句話在吳士盛的耳朵裡，聽起來反而像是警告，他甚至懷疑郭湘瑩請了徵信業者跟蹤他，不然怎麼會這麼剛好選就在他嫖妓或偷吃的隔天，玩這個遊戲？

吳士盛沉浸在回憶裡，忍不住笑了。

回想起來，郭湘瑩不用找徵信社也能知道，應該說，自己瞞不過郭湘瑩任何事情，畢竟自己也同樣瞭解郭湘瑩。吳士盛恍然大悟：這就是夫妻。

鏡子裡有一道模糊的白色光體，站在吳士盛的身後。祂彷彿抽開了手，肩胛間的暖意消失。光體漸漸黯淡，消失於無形。

像是瞬間醒悟了什麼事，吳士盛慌了。

他已分不清楚哪個才是真正的噩夢。

*

吳士盛在濃黑夜色中抵達台北榮總。

大約還要三個小時天才會亮，他走在濕涼的草地上，穿過無人卻燈火通明的大廳，沿著早上走過的路徑走向後方的精神樓。他覺得雙腿不像是自己的，只是服從大腦機械般的指令邁開步伐。他的腦中一直重複播放郭湘瑩說過的話。如果自己當時願意相信她，她就不會死。她說的是真的，那個道姑說的也是真的。米納可確實存在，而且她殺了郭湘瑩。

剛走進精神病房，就看見值班的醫護人員一臉抱歉地站在郭湘瑩的病房門口，每個人好像都在看戲一樣，等著看吳士盛臉上會有什麼表情。然而越是接近現實，吳士盛的腦海越是一片空白，一如空轉中的錄音機，沒有畫面，更沒有聲音。

病床上已經蓋上白布。

眾人的視線落在他身上，他卻只注意到滋滋把臉埋在棉被裡。

吳士盛也不曉得自己為何刻意避開那個白得發亮的區塊，既不是恐懼，也不是悲傷，唯一有的情緒，最多就是「啊，變成這樣啊」的哀嘆。他走到床頭邊，拉開白布，赫然發現郭湘瑩死前的表情非常驚恐，眼皮的褶皺像被膠水定形，臉上的青筋暴露，已經夠醜夠老的臉又變得更加可怖。

他輕輕撫過郭湘瑩的臉頰，試圖和緩她臉上的表情。這時，他才感覺到一股強烈的悲傷和憤怒襲來，即便如此，他還是哭不出來。他用手蓋住郭湘瑩的雙眼，要鼓足力氣才不至於腿軟跌倒。

我被丟下了……

過了數分鐘的默哀，第一個浮出腦海的念頭是這個。不是失去，也不是奪走，而是一種被拋棄的感覺。不再有人會在他耳邊嘮叨，不再有人會忍受他惡劣的脾氣，自此之後，墮入徹底孤獨的領域。

「吳先生？」

吳士盛聽到呼喚，回過頭，在意識到自己又要動用暴力之後，急忙停下高舉的拳頭。

值班醫生緊張地望著他的拳頭，猶豫著要不要現在討論這件事。
吳士盛發現了，緩緩放下拳頭，深吸一口氣。
「我們發現、呃、郭小姐、呃……似乎是……」
「怎樣？」
「她似乎是自己悶死自己的。真的很抱歉。這也是我們病房的疏失，她晚上的時候意識就有點亂，沒想到給藥治療之後，她還是……」
「怎麼悶死自己？」
「我們已經幫她上了束縛帶，讓她不能自殘，但她還是自己轉頭……」
「自己轉頭？什麼意思？」
「呃、我們發現她的時候，她的頭……」
「到底怎樣？」
「是相反的……」
值班醫生扭頭，以手勢示意。
「怎麼可能？」
「我們也不敢相信，但——」
吳士盛把整塊白布扯開，不由得倒退了一步。
剛剛因為聚焦在臉部的表情，沒有發現脖子像擰毛巾一樣，呈現不合常理的扭轉。郭湘瑩的身體倒趴在床上，脖子以下的部位，不是胸腹部，而是背部和臀部。

「因為郭小姐的頸部實在太僵硬，我們無法移動她的頭部，所以我們把身體翻過來檢查，發現頸椎和胸椎的接面確實鬆脫了。但我們不是骨科的醫生，如果您需要，我可以請值班的骨科醫生結束急診手術之後立刻過來。」

「我不懂，這是怎麼回事？」

「我們現在只能解釋成郭小姐求死的意念很堅定，之前也有發生過類似的事情，一個病人用窗簾線吊死自己，而且是在醫生離開的短短五分鐘內……」

「我不是要聽你們醫院的藉口！我在問的是，這有可能嗎！鬼有可能這樣殺人嗎！」

「鬼？」值班醫生傻住了。

「鬼！就是鬼殺了她！」

「吳先生，吳先生！請你冷靜一下！我想你應該搞錯了，郭小姐的臉上沒有傷口，病床附近也沒有任何抵抗或打鬥的跡象，所以先請你冷靜！無論如何，真正的死因還是需要等法醫師過來判斷。」

「她其實不是幻聽，對吧？」

吳士盛指著病床上的郭湘瑩屍體，臉部漲紅，眼看就要墜下理智的懸崖。

「是，她應該是幻聽沒錯。」

「幻聽會聽見日語嗎？她一直在說某個日本女人的名字！」

「這……我只能很保守地說，這是可能的。」

「她根本不會說日語！」

「這並非不可能。吳先生，我們……你現在應該要冷靜想想，郭小姐需不需要接受司法解剖……這種狀況法醫師跟檢察官會介入調查，釐清死因。」

「解剖能查出什麼？」

「我們也不確定，但基本的驗屍還是會有。或者到時候你想清楚之後，再跟法醫師溝通？」

法醫？解剖？

一時之間，吳士盛難以接受這樣的結果。

如果米納可是真的、如果我那天親眼目睹的鬼是真的——

那隻鬼能殺人，而且擁有非常可怕的力量。

無論如何，這種死法已經超出吳士盛能理解的範圍。

必須找到那個司機。

第三章

連殖

寒流來襲，這場雨連續下了三天，整個台北盆地就像泡在水裡。吳士盛坐在黑得發亮的接體車上，後方是存放郭湘瑩遺體的冰櫃，上面蓋著金黃色的綾布。

距離告別式預定開始的時間只剩一個小時，出殯的車隊卻還卡在建國高架道路的上班車陣中。吳士盛轉頭，透過車子的後擋風玻璃觀察吳盛帆。他跟朋友借來的黑色NISSAN LIVINA緊跟在後。父親坐在副駕駛座，隔著深色的隔熱膜，仍能感覺到他鋒利的視線。

最後，吳士盛還是無法接受郭湘瑩被解剖。

根據士林地檢署核發的相驗屍體證明書，外表檢查、酒精濃度、血液測試和屍體採樣皆無異狀，排除他殺嫌疑。法醫的說法是，人體的可塑性很難下定論，若是遭遇特殊的情況，是有可能在極度恐懼之下，做出超過人體關節活動範圍的動作，比如讓肩關節脫臼以逃脫危險，或者旋轉頸椎左右超過一百八十度。

雖然吳士盛聽得不是很懂，但他也從法醫的語氣聽出來，郭湘瑩的死狀還是有些離奇。更何況，法醫並不知道郭湘瑩面臨的「極度恐懼」是什麼。先是從連小孩體型都無法通過的鐵窗破口跳下樓，再來是以超出自己身體限制的方式悶死自己，郭湘瑩的異常舉動只能有一個解釋——就是米納可。但法醫顯然認為，人是有可能被自己的幻覺嚇死的，雖然他沒有明說，但他相信，就算有鬼魂的存在，鬼魂也絕對不會害人。

吳士盛知道，自己不能再像郭湘瑩當初一樣盲目求救，問題是，他也跟郭湘瑩一樣，沒有任何證據能證明米納可的存在，更別說他根本聽不見「那個聲音」。

過了台大體育館，從交流道下到辛亥路之後，車流開始鬆動，速度變快了。不出五分鐘，吳士盛就看見著名的辛亥隧道，抵達台北市第二殯儀館。

雨越下越大，人潮卻不見消散。

車子停在最靠近火化場的追念廳，讓吳士盛下車，後續將由禮儀公司指派的接體人員協助移動棺材。吳士盛站在入口處，遠遠看著吳盛帆和父親從停車場打傘走過來。

「還不快去檢查靈堂。」父親的第一句話就帶著怒氣。

吳士盛走進追念廳，第一眼就看見十五吋的肖像放大照，被日式造型的鮮花山簇擁著。那張看了幾十年的老臉，如今掛在那麼遙遠的地方。兩側的牆面擺了花圈、輓聯和佛幡，讓僅能容納三十人的追念廳顯得更加擁擠。不過，當初禮儀公司建議選擇最小的丁級廳，就是因為三十人的空間已經足夠了。他們夫妻平時幾乎沒有往來的朋友，中學時期的同學也早已失聯，除了家人之外，恐怕沒有其他人會來參加郭湘瑩的告別式。

一看到吳士盛走進來，郭宸珊立刻趨前，交給他一疊黑袍。

「快點換上，時間要到了。」

吳士盛順從地接過黑袍。說起來，這些瑣事都是由郭宸珊一手包辦的，她出錢出力，和禮儀公司一同決定形式和日期，甚至幫忙應付百貨公司的要派單位、派遣公司的人和受害家屬，連賠償金都敲定了——派遣公司和百貨公司合出一半，另一半由郭宸珊全額支付。吳士盛只需負擔郭湘瑩的住院費用。

吳士盛交代父親和吳盛帆穿上法袍，到靈堂後方準備入殮。

遺體化妝師幫郭湘瑩的臉上了妝，表情不再驚恐。經過請靈位、移靈簽名後，由禮儀師指導放板工人、入殮工人和封口工人，將郭湘瑩的遺體放入外面套著紫檀木外槨的環保棺材，再放進陪棺衣物、入殮紙錢、蓮花水被和隨身庫錢。誦經師開始誦經，大家隨著誦經師高喊「有喔」，然後放手尾錢。

禮儀師主導的家奠、誦經、公奠等儀式一一結束，吳士盛在旁觀大殮蓋棺行三叩首禮的同時，茫然地想起，這就是最後一次見到郭湘瑩了。

而女兒還是沒有回來。

據郭宸珊說，她已經透過人脈找了警察幫忙，還是找不到吳慧婷到底在哪，當然也無從通知她郭湘瑩過世的消息。吳士盛曾經想透過新聞媒體放話找人，但郭宸珊反對，理由是「家醜不可外揚」。吳士盛暗想，對郭宸珊而言，自己也是所謂的「家醜」吧。看著郭湘瑩的弟弟身著高級西裝，手持鐵斧進行安釘禮，這種感覺又更形強烈。

這輩子都要被這種人踩在腳下吧？

吳士盛跟著所有家屬一起旋棺，三圈之後，移靈人員將棺槨搬到定位，由宗教師帶領眾人護送靈柩到火化場，送郭湘瑩走完人生最後一段路。

火化的時間需一個半小時左右，這段時間可以先去吃午餐，休息過後再回來撿骨。但吳士盛看見郭宸珊他們已自行離開，完全沒有要一起吃飯的意思。他轉念想想，這樣也好，不用聽他們的冷言冷語，可以好好吃頓飯。

「吳先生！」

坐上車之前，一個熟悉的聲音傳了過來。原來是派遣公司的人事經理林先生。

他也有來上香嗎？怎麼剛剛沒看到？

吳士盛剛才特別注意過，有沒有郭湘瑩的同事或主管過來上香致意；但沒有，不論是她常提起的百貨公司郭主管、或是派遣公司的人，一個都沒來，所以他才覺得納悶。

不過，吳士盛轉頭一看，才發現弟弟和父親的表情看起來好像一點也不意外，那麼，一定是自己在公奠的時候恍神了。

林先生手提著一袋水果禮盒，也不顧吳士盛的反對，便塞進車內。

「一點小意思，別客氣。」

「謝謝。」

「那個，賠償的部分沒問題吧？」

在吳盛帆的瞪視之下，吳士盛不情願地點頭。因為林先生指的「賠償」，是對方先生私下的勒索。對方不知道從哪個條子那裡得知了驗屍報告的內容，說郭湘瑩死前曾經遭受毆打，胰臟有破裂的跡象，以此要脅吳士盛。吳士盛本來就覺得對方是故意找碴，尤其那天他們仗著人多叫囂，卻被自己頂了回去，一定是懷恨在心，想找機會報復。但吳盛帆認為區區五萬，硬碰硬反而可能會弄得兩敗俱傷，乾脆賠錢了事，省得麻煩。

「真的很不好意思，那位先生真的很不好說話，堅持一定要由你個人出錢。」

「沒關係。」

「真的很抱歉，希望您節哀順變。」

林先生向吳士盛鞠了個躬，轉身向吳盛帆和父親打招呼之後，便告退了。

他們驅車離開火化場的時候，吳士盛從車窗仰頭望見火化場的煙囪正吐出灰霧，令他聯想到郭湘瑩的魂魄已化作銀白色的塵灰，冉冉上升直達天際。

希望妳在那裡能過得好。

吳士盛這才注意到，下了整整三天的雨，至此終於停了。

*

阿芬無法忽視滋滋的怪異舉止。

郭湘瑩的死因像地震一樣，震撼了每個在精神病房服務的醫療人員，並在晨會上引發激烈討論。最後在科主任的主張之下，大家達成共識，為了避免新聞媒體大作文章，必須徹底封鎖消息。除了相關家屬之外，任何自稱跟死者有關係的人都要隱瞞。再說，病人在病房內以不尋常的方式自殺身亡，這可是相當嚴重的疏失，為此，科主任甚至被院長室關切，還要寫一份調查報告交到地檢署審查。幸虧媒體記者沒有察覺異狀，否則後果不堪設想。

查房結束之後，阿芬發現滋滋的神情與往常不同，變得沉默寡言，不時發出怪叫，主治醫生甚至加重了藥量，所以阿芬合理懷疑滋滋是因為室友的死亡而心神不寧。

經阿芬反覆詢問之後，滋滋終於說出一句能夠讓人理解的話。

「Wun……我沒救她……ni……她要來找我了……damuning！」

滋滋表情扭曲地重複著「她要來找我了」這句話，下唇都快被她自己咬破了。

「怎麼回事？妳說清楚一點！」

「我聽見她的聲音……好可怕！」

滋滋突然像抓狂一樣，猛拉自己的頭髮。

「誰的聲音？」

起初阿芬認為滋滋一定出現了幻聽的症狀，所以向主治醫師報告，但服藥過後，她的症狀還是沒緩解。更令阿芬覺得無法理解的是，滋滋竟然說她聽見隔壁的病床，傳來已經過世的「郭湘瑩」的聲音。

「妳聽錯了吧？她怎麼可能——」

「是真的……wun……Oung-oung……她要來了！」

無論阿芬怎麼安撫，滋滋就是無法平靜下來，怪叫怪叫的聲音已經引起其他病人的不安。經過團隊商議之後，決定暫時把滋滋移動到保護室裡。

所謂保護室，即是在媒體汙名化之下，俗稱的「關禁閉」。但其實保護室之所以叫做保護室，就是在醫囑下保護病人，實施短暫的雙手約束和隔離監察，以避免病人的暴力行為傷害到自己或他人，並沒有像新聞報導或電影戲劇中渲染的那麼誇張。

不過，把滋滋搬離她居住已久的病房，反而讓她的情緒更加激動。她不斷用生疏的國語對著醫護人員咆哮：「那是我的家！你們憑什麼！」聲音大到隔著兩道門都還聽得見。到後來沒辦法，只好注射鎮靜針劑讓滋滋睡著。

滋滋病情的劇烈變化引起護士們的熱議，也驚動了護理長。護理長悄悄把阿芬拉到一旁，詢問滋滋的狀況：

「她怎麼突然變成這樣？」

「她說她會聽到……郭小姐的聲音。」

「郭小姐？死掉──呃……那個病患？」

護理長說到一半，發現自己不該用這麼直接的口吻，於是對滋滋的病房投以視線。

「嗯。」

「這怎麼可能？」

「我也覺得很奇怪，但她很堅持。」

「這樣啊……不過這件事就先到這裡，不管滋滋說了什麼，妳都不要隨便跟其他人講，等風頭過去了再說。」

阿芬輕輕點頭，一直到護理長轉身走進位於護理站內側的辦公室之後，才敢鬆一口氣。

不過，她卻發現晨會上的胡睿亦社工師一直佇立在保護室的走廊上，表情很凝重，似乎正在側耳傾聽滋滋的吼叫。於是，她離開護理站，走到胡睿亦的身旁，試探地說：

「她突然變這樣，真傷腦筋。」

「我聽到她一直說……Masamuan和Hanitu這兩個字。」

「咦？學姐聽得懂原住民語？」

「只聽得懂布農族的。我以前待過勵馨，有輔導過一個布農族的女孩。」

「勵馨？」

胡睿亦注意到阿芬錯愕的表情，順勢解釋。

「就是妳想的那樣。妳不知道滋滋以前曾是雛妓吧？」

阿芬震驚得下巴都不由自主掉了下來。

「不、我輔導的不是滋滋，只是我知道原住民雛妓很多最後都會進入精神照護體系，所以特別關心滋滋的狀況。」

「我記得病歷上只有寫說，滋滋曾經當過童工和性工作者，我不知道是雛妓……」

「滋滋十二歲的時候被仲介拐騙到妓院，在那裡工作了二十二年。」

阿芬在心裡默算，滋滋現在三十九歲，離開妓院時是三十四歲，也就是說，她已經來來回回在這間精神病房住了差不多五年的時間。

「那她的父母——」

「部落的人都很單純，而且這些仲介知道哪些家庭經濟不好，隨便說些花言巧語就上鉤了。有的家庭，八個女兒都被賣進妓院裡。」

「我的天……」阿芬覺得難以置信。

「這些女孩還以為是父母的安排，所以一直隱忍。她們的父母也覺得這太好賺了，一年就有五萬塊可以拿，一直續約，甚至因為缺錢乾脆把女兒賣了。但實際上，老鴇根本一個月就能賺回這些錢，因為雛妓的開苞價可以喊到十萬塊。」

「喔……」

「妳覺得噁心是正常的，當初我也是。不過，也不是所有女孩都很想脫離那個環境，有些女孩為了生存，開始有競爭意識，甚至喜歡上妓院，因為裡面遊戲規則比較簡單，只要討男人歡心，老闆就會獎勵；反而在部落家庭裡，父母的態度讓她們常常不知所措。」

「可是……我聽說這種工作，連那個來的時候都要接客……」

「是啊，塞衛生棉條，照常工作十六個小時，接一個客人只拿十塊錢。」

「這樣還不會想逃走嗎？」

「或許是因為她們無法融入學校和社會吧。」

胡睿亦想起當年的那個布農族女孩Buni。民國六十六年考上東吳社會系，因為對社會工作有嚮往，所以選填了社工組，畢業後在社區擔任非資助型的社工，工作了八年之久。最後決定轉職，是因為接觸到勵馨基金會的志工，在對方大力勸說下，她透過面試進入剛成立不久的勵馨基金會擔任雛妓輔導員，一年收容的三十幾個個案中，超過半數都是原住民。由於自己身為外省第二代，不但沒有權貴階級的資源，反而被社會大眾排斥歧視，曾經歷過一段適應不良的時期，所以她很同情這些遭受苦難的女孩，總是盡心盡力給予協助，甚至二十四小時待命。

不過，Buni的反抗態度讓她開始對自己產生質疑。

她記得很清楚，那天是八十二年的十一月十四日，勵馨發起了「反雛妓華西街萬人慢跑活動」，不少公眾人物和政治大官都響應出席，動員了一萬五千名民眾上街頭慢跑。沒想到，本來是充滿希望與能量的一場盛宴，她的熱情卻被Buni的一句話給澆熄了。

「Taimangaz（一群蠢蛋）。」

她永遠記得Buni當時的表情——揚著嘴角，眼神透露著不屑，彷彿在告訴她：妳做的這些事情都是自以為是的善意，受苦的還是我們，你們只是利用我們的苦痛讓自己看起來高人一等罷了。

自此之後，Buni的那句話就像種子一樣埋入胡睿亦的心頭。這顆種子隨著時間長成大樹，Buni的死成了劈斷這棵大樹的巨斧。於是她在即將進入領導階層前離開了勵馨，一心一意想提升自己的專業技能，以求能夠從精神層面確實改善個案的人生。經過朋友的引薦，身為榮眷子女的她選擇了榮總作為社工生涯的下一站，積極投入醫務社工協會和工作坊，凡事力求主動，為病人開拓資源。因為經濟起飛，精神醫療逐漸被社會重視，她也從工作中獲得以前沒有過的成就感。

「無法融入社會啊……所以後來那個喜歡妓院的女孩，並沒有離開嗎？」

「她在桃芝風災的時候死了。」

「死了？」

「我看到新聞，南投山洪暴發，房屋碎片和屍體泡在溪水裡，第一個想到她。她家就在信義鄉的東埔部落。」

「她剛好在那個時候回家嗎？」

「嗯，她當時的精神狀態已經不太好。台21線搶通之後，我跟著基金會的人一起從河床便道進去災區幫忙，真的很慘，很多屍體，是我這輩子絕對不會忘記的景象。」

「妳找到她了嗎？」

「嗯，幸好有找到她的遺體。當時很多人被土石埋了，能找到已經是不幸中的大幸。」

阿芬聽到胡睿亦這麼說，下意識地望向保護室。

「我好難想像那是什麼生活。」

「我曾聽過一句話：『她們不是在找出路，而是在找活路。』沒有親身經歷過的人，是很難憑空想像的。」

「那、學姐，那兩個字是什麼意思啊？」

「Masamuan是不祥之地的意思，而Hanitu是布農族的精靈信仰，用我們的話來說，就是鬼。」

＊

吳士盛躺在如今顯得過寬的床上，徹夜難眠。

明明忙了一整天，吃過晚飯回到家後，身體的精力像被抽乾了一樣癱在床上，闔上眼皮卻睡不著。郭湘瑩那張十五吋的照片烙印在他的視網膜上，一閉上眼就能看見。她抿著嘴唇，眼神散發笑意，頭髮還去美容院整理過，非常蓬鬆。那是什麼時候拍的呢？吳士盛怎麼想就是想不起來。他完全記不起他們夫妻任何的開心時光。

至少是三年以上的照片了吧？

還有心情去拍大頭照的話，肯定是在家裡經濟還不錯的時候。吳士盛還以為，那些東西早就都丟光了，因為只要看到，心情就會奇差無比。這種歡樂的照片彷彿在提醒他：你看看自己有多慘。從梳妝檯的抽屜裡找到的時候，吳士盛甚至愣了好幾分鐘才回過神，發現這張大頭照代表了郭湘瑩人生最精采的一個斷片，簡直像是郭湘瑩自己特別預留給告別式一樣。

既然睡不著，乾脆就先到建國賓館待命吧。

吳士盛起身，赫然想起那輛白牌車。一連串的喪葬事宜讓他完全忘了這件事。他抓起車鑰匙，在將拂曉的天色中向市中心駛去。

他轉開車上的無線電，調整頻率，固定在中控台的「小托咪」立刻傳出嗶嗶啪啪的雜音，液晶螢幕隨著聲音閃動，不時夾雜出現國台語和髒話，偶有檳榔西施嗲聲嗲氣的女聲，不過基本上都是在報路況。就跟遊覽車和砂石車一樣。嚴格來說，沒有取得執照就使用業餘車機是違法的，但為了工作方便，運輸業是例外。政府之所以針對計程車特別制定管理辦法，主要是為了防止計程車司機聚眾滋事，不過隨著時代轉變，開始有司機直接用手機軟體代替無線電了。

「新生高架車不多。」

吳士盛抓起「小托咪」，簡單回應之後，問起那輛白牌車的事情。

「有人知道賓館裡面那輛白牌是誰的嗎？」

聽著各式各樣的對話進行，一個沙啞的嗓音終於在數分鐘後回答了吳士盛的問題。

「不知道名字，不過我有看過他。一個外省仔。」

「你知道他在哪裡嗎？」

「我哪知道。」

「也是。」

吳士盛心想，那個白牌司機八成也是一個獨來獨往的男人，外省人似乎都有一種跟社會抽離的特質。如果那輛車上沒有其他資訊的話，線索恐怕到這裡就斷了。

想著想著，他轉進高架橋下的建國計程車休息站，第一眼就盯著那輛白牌車。

幸好旁邊的位置剛好是空的。

吳士盛俐落地倒車，停進白牌車旁邊的停車位。

從沾滿灰塵的車窗玻璃望進去，東西都還擺在原來的位置，看起來這段時間那個外省仔並沒有回來。吳士盛拉開車門，坐進駕駛座，第一個先檢查有沒有放執業登記證。不出他的預料，果然沒有。於是他決定先從方向盤後方、儀表板的空間找起。

大多都是橡皮筋、牙籤和耳機之類的生活雜物。吳士盛又拉開中控台的小抽屜，裡面放了發票和收據，底下壓著一本夾著原子筆的小冊子。沒寫什麼特別的內容，應該只是一本記帳本。

吳士盛又拉開手套箱，先把卡式錄音機拿出來，猶豫了好一陣子，最後決定先偷偷帶走。然後，他再從手套箱取出厚厚一疊的紙張和文件。

略去廣告單和房屋ＤＭ，只剩下一只南山產物保險的信封，上面寫著：「重要文件，請速拆閱」八個紅字。吳士盛本想找看看有沒有帳單，因為通常帳單上面會有地址，沒想到會找到保單，令他有點意外。

他從信封中取出一疊文件，最上面那張是保險費的收據，除了住址之外，還註明了簽發日期、保險期間、要保人、被保險人和保險費。從保險的期間來看，這已經是將近半年前的事，而且只保了105/7/22～105/7/30，一共九天，莫非是特別要去做什麼事情嗎？

第二張告訴了他原因。原來這是一份旅行綜合保險單，羅列了承保項目和對應的保險金額，身故及殘廢保險金有一千萬。

剩下的文件是詳細的契約說明和個資聲明，吳士盛懶得看了，從小冊子中撕下一頁空白的紙，抄下保險單上的姓名、住址和手機號碼，然後將文件塞進信封，放回手套箱。

「原來他叫徐漢強。」

吳士盛一面自言自語、一面從口袋裡掏出手機。他撥了號碼，但電話轉接到語音信箱。沒開機嗎？

他又撥了一次，依然是語音信箱。

沒辦法了，看樣子只好去他家拜訪一趟了。

吳士盛踏出車外，關上車門，然後回到自己的車上，開啟衛星機子，點燃一根菸，準備開始一整天的跑車工作。

*

郭宸珊一直睡到十一點多才被陽光照醒。她伸伸懶腰，身體的關節發出「喀啦喀啦」的響聲。為了妹妹的喪事忙了好幾個禮拜，終於能好好休息。只是，好像總有一股陰霾纏繞在心頭，揮之不去。她分析自己的心理，應該只是無法接受妹妹突然離世，絕不是因為自己沒有答應郭湘瑩死前的請求。

她如此安慰自己。但妹妹失望的表情，總是在不經意的時候浮出腦海，讓她的心情很煩躁。驀地，郭宸珊想起丈夫昨晚並沒有如常打睡前電話給她，於是從床頭拿起手機查看。

沒有任何未接來電。

郭宸珊兀自坐在床上發呆，數天前自己教訓郭湘瑩的聲音猶在耳際迴盪。丈夫在北京做生意，好幾個月才回家一趟；兒子和女兒都在美國念書，明明費了好大的工夫才栽培扶養他們長大成人，卻連通電話也懶得打。到頭來，雖然如願坐擁了百坪的七期豪宅，住起來卻一點都不暢快，反而像是在墓穴中生活一樣。如此想來，自己又有比妹妹好到哪裡去嗎？她越想越懷疑自己是否做錯了決定，當初如果選擇繼續在銀行工作，現在會擔任什麼職位？如果選擇靠自己努力打拚，現在的人生會是如何？

她嘆了口氣，又陷入「當初如何、現在如何」云云無止境的自我拷問。

郭宸珊看著手機畫面，漫無目的地滑動臉書，但空泛無趣的內容只是讓她的情緒更加浮躁。經過漫長的猶豫，她才終於打開微信，主動撥視訊電話給丈夫。

撥號的音樂「咚咚咚咚」地響，一直無人回應。

是在忙嗎？

她看了時鐘，正準備放下手機，丈夫就回電了。只不過，不是視訊電話。

「喂？你在忙嗎？」

「對，現在在開會。等一下再打給妳。」

原來是這樣。既然是開會，當然可以——

郭宸珊正想這麼回應，喉嚨卻像被掐住一般，發不出半點聲音。

「咔——」雖然是很微小的一個聲響，但她還是聽到了。

那是扣上口紅蓋的聲音。

「怎麼了？喂？」

「好。」

郭宸珊使盡全力才能回答出這一個字，隨即切斷通話。

好一陣子，她都無法正常呼吸。整個身體的機能停擺，大腦混亂得像糨糊，千百種思緒在腦中同時出現、碰撞。

不是的，應該只是會議上有女職員在補妝罷了……

雖然郭宸珊這麼告訴自己，但她就是無法從腦中抹去那個恐怖的念頭。咔。咔。咔。咔。咔。咔。咔——女人的陰笑逐漸從黑暗中浮現，她不斷聽見扣上口紅蓋的聲音，耳膜開始發出高頻率的震動，發出蟬鳴般的嗚咽聲。

她不是第一次懷疑丈夫在外面有女人，只是過往從來沒出現過比這次更明確的證據，而且，從丈夫的聲音可以聽出來，那是在劇烈性愛之後的嗓音，帶有慵懶和無力的黏膩氣味。

所以剛剛才不接電話嗎？因為快要射了嗎？

郭宸珊可以想見丈夫正扣起襯衫鈕釦、女人在旁補妝的模樣。她清楚感覺到自己體內的器官崩解了，代謝停止，散發出酸腐的氣味。秒針仍在走，但自此之後，吸入肺中的空氣味道都將與以往不再相同。

*

胡睿亦沒有說的是，最令她感到匪夷所思的，並不是那兩個布農語的單字。

Wusabihe。

就在她站在保護室門外傾聽時，滋滋不斷尖叫著：「Wusabihe！」

之所以對這個字印象特別深刻，是因為胡睿亦在勵馨工作的時期，為求進一步瞭解原住民的社會文化，接觸了許多原住民族的研究。她花了一整個月讀了黃應貴的《「文明」之路》，也讀遍楊南郡的著作和譯作，其中包含了鹿野忠雄的《山、雲與蕃人》。該書記錄了作者攀登玉山、秀姑巒山、馬博拉斯山、卓社大山等山塊的見聞。

如果胡睿亦的印象沒有錯誤，昭和六年九月一日，鹿野忠雄和郡大社的蕃人從當地的駐在所出發，沿著東郡大山的西稜攀登。在他們休憩的時候，隔著郡大溪望見西南方的玉山連峰，一名會說日語的布農族青年因而興奮地大喊：「Wusabihe（玉山）！」

當時胡睿亦特別問過Buni，但Buni告訴她，玉山的布農語應該是「Saviah」或「Usaviah」，她沒聽過「Wusabihe」這個說法，或許是布農族的古語。事後仔細想想，胡睿亦認為，應該是日文發音所導致的差異，「Usaviah」和「Wusabihe」其實是同一個字。今年八月楊南郡先生過世的消息，又將這段往事自她的腦海中撈了起來。

但，為什麼滋滋會突然提到玉山這座布農族的聖山呢？

再加上滋滋異常的舉止，還提到了「Hanitu」……

別說「Masamuan」「Hanitu」和「Wusabihe」這幾個詭異的字眼，光是她會突然說起母語，這就足夠令人匪夷所思了。據她的瞭解，滋滋自從十二歲離開部落後，就再也沒回去過。這五年間，因為精神狀態急性惡化的數十次入院治療，也沒有一次說過布農語。

胡睿亦不由得胡思亂想，想著想著，竟聯想到那個古老的傳聞——「魔神仔」。

在胡睿亦看來，郭湘瑩死前就很像是即將被魔神仔神隱的狀態，內心充滿懊悔和仇恨，不斷說著某人要來殺她的妄想。她曾經聽過一個說法：「負面的思想生出黑暗的能量，黑暗的能量引發不好的頻率，不好的頻率會和魔神仔產生共振。」郭湘瑩在自己的心裡長期豢養魔鬼，最終被自己養大的魔鬼吞噬，也並非什麼偶然。只不過，胡睿亦想不通，滋滋到底為什麼會突然心生黑暗，又為什麼會突然提到玉山。

胡睿亦帶著這個疑惑走出醫院，沿著石牌路往捷運站走。她注意到，這幾天一直有新聞台的SNG車停在這一帶，不禁懷疑起科部竭力封鎖的消息已經流傳出去。郭湘瑩的跳樓和死亡已經演變成勞資不平等的社會議題。晚上看綜藝節目的時候，胡睿亦也發現不少談話性節目甚至為此開闢一個議題，讓電視名嘴們分析問題根源和解決方案。

胡睿亦走進石牌捷運站，坐上往台北車站的列車。她和老公約在家附近的中餐館吃晚餐。他們倆點了三菜一湯，用餐之際，胡睿亦忍不住把心中的疑惑說出來。

「魔神仔喔。前幾個月不是還有新聞嗎？一個老頭在新店的山裡失蹤了五天。」

「但是滋滋並不在山裡啊。」

「我只是舉例。啊，我想起來了，以前有發生過一個很奇怪的案例。」

「什麼案例？」

老公把碗裡剩下的湯喝完，仔細想過之後才說：

「妳知道捷運的木柵機廠吧？」

「什麼機場？」

「算了，不重要。總之有個男的去拜訪朋友，他不知道為什麼偷了一輛機車，騎到木柵機廠，從二樓跳下來，脖子被割開，流了很多血，緊急送醫之後活了下來。後來警方問他，他說自己被不像人的東西追殺，才會跳樓。」

「這有可能是他自己瞎掰出來的。」

老公用似笑非笑的眼神望著胡睿亦。

「妳覺得有人會為了擺脫偷車嫌疑跳樓？」

「我們醫院最近有個病人死了，她來的時候也是一直說有人要害她，但醫生評估之後認為她是很嚴重的精神分裂症。聽說她的狀況在晚上變得很差，藥物完全沒有作用，結果她趁著深夜用枕頭悶死自己。」

「醫生說的就一定正確嗎？」

「我沒有說一定正確，只是恰巧醫學可以解釋這方面的問題。」

「是嗎？那妳怎麼解釋滋滋的狀況？」

「她可能是因為室友死亡，被刺激到了。」

「但妳還是有疑惑。」

「那是因為她不斷提到玉山，還有鬼，她之前發病不是這樣的。」

「所以妳才會想到魔神仔，不是嗎？」

「我盡量不往那個方面想。」

「我不想跟妳吵，不過這世上還有很多事情是科學沒辦法解釋的。」

「你只是退休待在家太閒了，才會想這些有的沒的。」

雖然胡睿亦嘴巴上這麼說，心裡卻動搖了。

假設真的有魔神仔呢？

先是郭湘瑩，再來是滋滋。她聽過一種說法：枉死的冤魂變成魔神仔，為了能再投胎轉世，必須找一個替死鬼，一般稱之為「抓交替」。如果真的是這樣，那麼郭湘瑩到底是招惹了什麼厲鬼？

回家洗過澡之後，她從書架上抽出《山、雲與蕃人》。

閱讀的過程中，她再一次感受到鹿野忠雄誠懇、熱情的文字，卻又可以看出作者內心的矛盾，一字一句不斷在日本帝國霸權和臺灣山林原住民之間擺盪。尤其昭和三年發生了「郡大社蕃脫出事件」，由於警察官遭到原住民襲擊，警務局下令非相關人員不能進入「新高山（玉山）」，鹿野忠雄的登山活動也連帶受到影響。

但鹿野忠雄不願放棄。他在〈卓社大山之行〉中提到，他拜訪了古藤郡守和糸井警察課長，經過長時間的對談，對方終於同意核發「入蕃許可」，但堅持必須加強警戒，指派了十五名持槍的護衛隊陪他一同登山。

被封閉的新高山直至隔年夏天才開放。在這段封閉的期間，新設了四處駐在所——新高駐在所、バナイコ（巴奈伊克）駐在所、ツツジ（躑躅）山駐在所、以及南駐在所。不過楊南郡的譯注卻指明，最後因為「郡大社蕃脫出事件」而新設的駐在所，是新高和巴奈伊克駐在所。如今這些駐在所的遺址多半改成了登山營地，但其中巴奈伊克駐在所比較特別，林務局在駐在所地基上搭建了登山小屋，提供登山者緊急時可以避難。

胡睿亦盯著書上的照片，陷入沉思。

那是巴奈伊克駐在所的日警與布農族家屬合照的照片，從布農族女人和小孩的臉上，看得出警戒與不安。胡睿亦在Buni和滋滋的臉上都看過這種表情，那是外界的侵略所造成的，使她們打從心底不信任社會，恐懼每一個外來者。

胡睿亦在書的最後一章找到那則布農族的傳說。上面寫道，古時候郡大溪東岸住了一個叫做「Saluso（沙魯索）」的矮人族，他們常常向路過的蕃人射箭，蕃人一氣之下設計架橋於溪上，趁矮人過橋時把橋砍斷，矮人族因而全部溺死。

關於魔神仔，有人認為是原住民矮人傳說的延伸，但矮人傳說之所以慢慢演變成信仰中的惡靈，或許就是因為人們心生愧疚與仇恨才誕生的吧？胡睿亦闔上書本，塞回書架。

「對了。」

老公一面用毛巾擦拭頭髮、一面從浴室中走出來。

「嗯？」

「我突然想到，上個月去遊行的時候，聽到一個跟魔神仔有關的故事。」

「你說九三大遊行？什麼故事？」

「他是一個年紀很大的老頭，好像八十多歲了。我們第三縱隊在自由廣場報到整隊的時候，大家一面抱怨年金改革的事情、一面閒聊。就有一個老伯伯大聲地宣布，他軍中同袍在兩個禮拜前被魔神仔拐到新店的山裡，還上了新聞。後來這個老頭也接續這個話題，說起他以前住在東北，遇過一個很離奇的案件。」

「怎麼又跟東北有關了？」

「妳先別急。他說，他爸爸跟一個日本人關係很好，所以在他四歲的時候，他爸爸就帶著全家，跟那個日本人一起到東北發展。中間曾經跟著謝介石回來臺灣過——咦，謝介石妳知道吧？」

「你說重點。」

「反正就在那次返鄉，他遇上了一個魔神仔。」

胡睿亦皺起眉頭：「然後呢？」

「那個晚上，他和家人借住在朋友家，然後隔天早上，朋友家的查某嫺失蹤了。」

「查某嫺？」

「就是以媳婦名義領養的養女，一般是因為聘金太高，所以提早買媳婦，但也有人把查某嫺當成傭人，甚至還被當成賭博輸錢時，給債主取樂的玩物。」

胡睿亦對這種事情早就見怪不怪了，她不耐煩地催促老公繼續說。

「後來回到東北，他們也不好意思追問這種事。而且他說，看朋友的反應，好像只把這起失蹤案件當成是走失了一條狗。」

「就這樣？」

「當然還沒結束。後來，另一個住台北的朋友在信中告訴他一起離奇的死亡案件，說有一個小孩淹死在西側的虎井裡，但發現屍體時，井口的木蓋竟然是闔上的，大家都認為又是那個魔神仔幹的。」

「所以他就回信問朋友，那個魔神仔是誰？」

「朋友當然說不出來是誰，只說了祂害死了好多人，大多都是女人和小孩，而且除了澎湖之外，其他五州二廳都有類似的新聞。然後他就又寫信去問，為什麼會說是同一個魔神仔。原來是因為這些命案都有不可思議的成分，而且據說這些人死前都曾說他們會聽到奇怪的聲音，好像有人在很遠的地方對他們說話。」

聽到這句話，胡睿亦頓時覺得毛骨悚然。

「我們醫院那個死掉的病人……呃……也曾說過類似的話。」

「這樣啊，說不定是同一個魔神仔呢，哈哈。」

老公自以為講的笑話很好笑，卻發現胡睿亦臉色蒼白，表情僵硬得一絲笑意都沒有，就停止了笑聲。

「然後呢？你繞了一大圈，還沒說那個查某嫺的下落。」

「我正要說了啊。結果那個老頭就嚇傻了，因為他住的那個晚上，就湊巧看到那個查某嫺一個人在內埕踱步、自言自語。他在信中提到這件事，結果等了好幾個月朋友才回信。」

「為什麼等了好幾個月？」

「妳確定妳要聽嗎？」

老公收起笑容的臉，顯得有點陰森。

「要聽啊，你都快講完了。」

「朋友在信中說：『這件事就到這裡為止，我們別再談下去了。』」

「喂！你耍我啊！」

「當然不是。他又寄信去問，強調自己一定要知道。結果又等了幾個月，朋友才告訴他，原來那個查某嫺死在灶裡面，還是燒柴火的時候才發現的。」

胡睿亦不禁想像起那個畫面：屍體蜷曲在灶內，乾柴的火光照在蒼白的臉上，負責搧風的人一定嚇得魂飛魄散，恐怕這輩子都不敢再進廚房。

「妳自己說妳要聽的，做噩夢不關我的事。」

「難道屍體沒有發臭嗎？」

「這還不是最離奇的地方。最離奇的地方是，那個灶口很小，人根本爬不進去。」

「會不會是從鍋口那邊……」

「妳大概不曉得，除了有一個固定鍋子的環形鍋箍，底下還有一座碗狀的灶腹，都是用水泥糊上的，總而言之就是不可能。據說這些懸案只有幾件以『神隱』為標題刊登在日日新報上，大部分都因為太過驚悚被封鎖消息了，所以他朋友大概也是擔心信件被查到……」

胡睿亦陷入千絲萬縷的思緒中，老公的聲音漸漸被消音。她想，可不可能已經不是重點了，重點是這些日治時期的懸案跟郭湘瑩的死、還有滋滋的異常舉止有沒有關聯。如果有，那麼她絕不能再一次坐視不管。她已經親眼目睹滋滋和Buni一樣被這個社會欺壓到瘋掉，不能再冷眼看著滋滋步上郭湘瑩走過的死亡小路。

＊

徐漢強的住處並不難找，就位在復興崗站附近。吳士盛當初第一眼看到地址時，覺得應該有點遠，沒想到實際開車過來，卻是意外地近。沿著捷運線往北開，在北投分局轉上中央北路，穿過北投的精華區，而後右轉進復興崗站的腹地社區。經過一小段爬坡路，終於在一處小巷子裡找到徐漢強的家，把車暫時停在門口。

他按了好幾次門鈴，都沒有人回應。坐在車上左等右等了十幾分鐘後，吳士盛覺得這樣也不是辦法。他注意到，大門旁懸掛的黑鐵信箱被廣告單和信件擠爆了，有些郵件甚至掉在地上，不曉得是郵差扔的、還是滿出來了。他撿起那些郵件，從信封上就可以看出是一些無關緊要的郵件。

他猶豫了五分鐘，最後還是決定擅自抽出那些從投遞口爆滿出來的信件和廣告單。吳士盛抱著一疊紙張，躲回車上快速查閱，而結果還是一樣，全是一些沒有用的東西。然而，正當他準備把這些沒用的信件和廣告單塞回信箱的時候，他從信箱門板的半透明窗孔中，看到了一張白色的紙卡。

他把已經查閱過的信件先放在副駕駛座上，然後用指甲輕輕摳動信箱的門板。有些鬆動。

信箱已經略有生鏽，而且看起來似乎沒鎖。雖然如此，吳士盛使勁地摳了摳，門板卻文風不動。他思考了一下，最後決定將自己的鑰匙強行插入鎖孔，利用槓桿的方式撬開門板。

終於，門板開了，裡面掉出一張印有阿里山風景的明信片。

吳士盛把明信片撿起來，翻到背面，不禁倒抽了一口氣。
這是徐漢強自己寫的明信片。

〈爸：
你給我的五千塊我沒用．還放在桌上
那個聲音會害死我．&*#%@我要去山裡
消滅她．一個禮拜沒回來就是死了．不用找我
屍體．反正你應該爽．#%@&*
你也不用再來看我了．每個月給
我一點錢會死 也不用付喪費．〉

中間有幾個字因為雨水糊掉了。但吳士盛從可辨識的短短數句，明確感受到徐漢強心中的恨意。不曉得為什麼，他一點都不覺得奇怪或無法接受，反而像是早就預見這張明信片上的內容一樣。

沒錯，那個聲音會殺人，而且我也要找出源頭，消滅它。

然而吳士盛不瞭解的是，徐漢強憑著什麼線索認定聲音的源頭就在山裡，而且，到底是哪座山裡？

徐漢強不僅忘了在信末署名，也忘了附注上寫信的日期，或許他早就預料到郵局櫃檯會幫他蓋上阿里山郵局的郵戳，但吳士盛從其潦草的字跡判斷，徐漢強當時的心神根本已經無法顧及到這個細節。

無論如何，郵戳寫明了這張明信片是在今年七月十一號十二點寄出的。也就是說，現在距離徐漢強入山的時間，已經過了快三個月，如果徐漢強到現在都還沒回家……

吳士盛把取出的郵件和廣告單逐一塞回信箱，順便確認是不是從七月開始，徐漢強就再也沒收過信。

這個檢查證實了吳士盛的假設。

所以現在的問題是：徐漢強在哪裡？要不要去找他？

根據明信片的內容，徐漢強可能長期跟父親拿錢，所以父子關係不太融洽，甚至說出「不用找我屍體」這種話，顯見徐漢強認為入山是有危險性的……

為了讓這張明信片能夠順利被過來探望兒子的徐父看到，吳士盛把明信片夾在信箱口，小心不讓其他郵件和廣告單擋住它。

不管怎麼樣，先去阿里山郵局看一看再說吧。

想著想著，強烈的飢餓感自腹部竄上。仔細回想，這兩三個月吃過唯一像樣的一餐，就是跟父親大吵一架的那晚。這段時間，吳士盛時常以泡麵或五十元的便當果腹，有時候真的覺得又鹹又油的飲食搞得腦子快要中風，但肚子餓的時候，實在也顧不了健康不健康。當然最近跑車的生意變差也是一個原因，不過最主要的原因，恐怕還是郭湘瑩過世之後，就再也沒人會督促他的飲食，一不小心就把錢全部拿去買酒和菸，靠著強烈的菸氣沖去飢餓感。

吳士盛又點燃一根菸，叼在嘴裡，突然覺得飢渴難耐。

要去嗎？

他躺在駕駛座上，把照後鏡調低，看著鏡中的自己。

身體好像一個奇妙的黑洞啊。

由慾望構成的黑洞，永遠也填不滿的黑洞，吳士盛彷彿能夠清楚感受到黑洞裡慾望的流動，那股令人難受的飢餓感，正一點一滴地轉換成蠢蠢欲動的性慾。他發現自己的陰莖開始鼓脹，眼前浮現了女人的肉體，那誘人的屁股瓣搖來晃去，終於回過神來的時候，自己已經開在前往土城、簡稱「特二號」的台65號高速道路上了。

＊

無法忍受。

為了轉移自己的注意力，郭宸珊把整個家裡打掃了一遍。但趴在廁所地板上清理排水孔的頭髮時，眼前卻開始出現幻覺。她彷彿看見丈夫和那個女人全身赤裸，在飯店的浴室裡激情擁吻。丈夫忘我地捧起女人的後腦勺，將女人的烏黑長髮撥亂，一根一根的髮絲飄落在潔白的大理石磁磚上。然後女人握著丈夫的那裡，蹲下身……

無法忍受！

郭宸珊不由得掐緊手裡的衛生紙和髮團，憤怒地丟進馬桶裡沖掉。只是，令人心碎的畫面卻沖不掉。她想冷靜下來，找個人談談，才赫然發現，自己已經掉入了名為家庭的陷阱，變成一個名副其實的歐巴桑。

她打開手機的通訊錄，滑過一串平常一起吃下午茶的「貴婦團」電話清單，然後是離職後就未曾聯絡過的銀行同事，除了家人之外，剩下的就只有髮廊、護膚SPA、瑜伽老師和烘焙教室的電話。

郭宸珊把手機扔回床上，發現自己真正處於孤立無援的狀態。既沒有能夠談心的朋友，唯一能聊這種事的妹妹也已經死掉，最終才悲慟地瞭解到：當初看起來幸福無瑕的家庭，其實只是用錢和條件交換堆砌起來的沙堡，隨便一道小小的海浪，就能沖毀她辛苦守護、引以為傲的生活。

但是在徹底毀滅之前，自己絕不能坐以待斃。

她立刻抓起手機，上網訂了一張下午五點十分、飛往北京的機票。

一直以來，自己都是以積極主動出擊取勝。當初眼看著屢屢自殺未遂的母親拉著弟弟妹妹一起陪葬時，是她出手做了邪惡、但不得不為的處理。即便她非常清楚被丟進那個不見天日的療養院是什麼感受，她仍毅然將母親推了進去。

她不是沒想過自己也可能會步上母親的後塵，畢竟男人就是這麼薄情寡義的性生物，但她絕不容許自己像母親一樣什麼都不做，毫無反抗的能力，任由男人踐踏、蹂躪，最後一點自尊都不剩地瘋掉。

郭宸珊抽出行李箱，開始準備衣服和盥洗用具。她已做好長期在北京抗戰的打算，必要的話，死在北京也可以。

第四章

新高山

十月初的天氣有時仍像夏天，炙熱的陽光照在皮膚上，逼出不少汗液。胡睿亦撐著陽傘，從台大醫院捷運站的一號出口走出來，沿著公園路的人行道往南行，過了寬廣的凱達格蘭大道之後左轉，在中山南路上找到雄偉的國家圖書館。

她推開玻璃門，走進涼爽的冷氣空間。空氣裡瀰漫著令人心安的書香，不過，她此行的目的不是看書，而是查詢那些詭異的新聞是否真實存在。

縮影資料室位在四樓，但根據樓層指示，要從三樓的期刊閱覽室進入才行。胡睿亦走出電梯，穿過閱覽席跟電腦檢索區，走上通往四樓的樓梯。

事前胡睿亦已經利用網路查詢過「臺灣日日新報」的館藏資料。雖然現在已經可以直接在國圖入口左邊的網路資源區，登記使用電腦連線到第三十四號資料庫，閱讀日治時代的臺灣時報；但胡睿亦心想，都特地請假來了，當然要看一看所謂「微縮膠片」的真實樣子。

維持濕度溫度的檔案庫房中，擺了一個個鋼製的資料櫃，看似數不清的抽屜，著實讓胡睿亦有些卻步。在櫃檯服務人員的協助下，她翻開索引書「昭和篇（上）」，決定先從昭和一年的報紙開始找起。

日日新報曾經發行過全漢文版，但在明治四十四年廢除。而後，日日新報又恢復成日文版夾雜兩頁漢文版的狀態，到了一九三七年中日戰爭爆發、日本政府推行皇民化運動之後，兩頁漢文版才被徹底拿掉。胡睿亦手中的35mm捲盤式膠片，即是這個版本的「臺灣日日新報」，收錄了一八九八至一九四四年的報紙。她將膠卷擺進微縮閱讀機裡，固定好膠片後，開啟電源。如同顯微鏡一般的燈光亮起，將膠卷上的內容投放到高度約三十公分的螢幕上。

胡睿亦操控著旋鈕，不停在前進、倒退中，尋找關於魔神仔懸案的報導。雖然看不懂日文，她還是耐著性子仔細瀏覽，心想說不定會有和「神隠」「行方不明」或「失踪」等顯而易懂的漢字出現。只不過，沒想到才瀏覽了兩卷資料，眼睛就痠得不得了，視野中甚至出現彷彿小黑蚊飄忽的字影。

胡睿亦幾度想放棄，但只要一想到Buni當年被河水泡爛的屍體，就絲毫不敢鬆懈。終於，在昭和九年七月八日的第四版漢文版，發現了這麼一則消息。

〈自動車轢殺少女　腦漿迸出即死〉

台北市日新町二丁目六十一番地　德美商會貨物自動車運轉手　北五九三號。運轉手劉運男。七日午前九時五十分。運轉同車。由新莊方面。馳至市內太平町二丁目一四六番地建築金鋪前途上。忽有基隆市西町二十三番地林瑞水養女　林黃氏森梅。十一歲。橫過而來竟轢殺之。腦漿迸出即死。北署接報。片倉刑事主任暨矢吹警部補　以下警官。趕到現場調查。聞該少女日前為觀大稻埕霞海城隍祭典。偕其養母來北。豫定是日歸基。而竟於是早遭此奇禍。其養母自京町街道花王石鹼舖追來。目擊此情狀。手足戰慄。嗚咽不出聲。令人大為同情。而劉運轉手。亦以過失罪。被北署喚去。嚴重查究云。

雖然不確定跟魔神仔有沒有關聯，不過胡睿亦卻莫名有種預感，或許這個案件會牽引出其他案件也說不定，便用網路印表機列印出來。

等待資料列印出來的同時，胡睿亦突然對報導中的「太平町二丁目一四六番地建築金鋪前」產生恍惚的印象。她左思右想，察覺應該是在前幾卷的縮影報紙中，看過同一串地名。

要重新看一遍嗎？

胡睿亦再次感到抗拒，但冥冥中彷彿有股強大的迫力驅使她這麼做，於是她只好又回頭把一卷一卷已經看過的膠卷放進機器，仔細尋找相似的地名。

沉住氣。

好幾次浮躁的情緒湧上心頭，胡睿亦都用深呼吸的方式壓了下去。經過幾番掙扎，她好不容易找到了。是昭和七年六月二十一日的一小格報導，同樣以漢文寫成。胡睿亦屏息一讀，一股顫慄感頓時自股間湧上。

〈幼女行踪不明〉

台北市太平町二丁目十二番地　運轉手劉運男長女劉氏巧舍。年十二。去二十七夜。不知去向。聞老松公學校野田女教員。授業後放課。生徒劉氏並無異狀。北署接報。現正詳細調查。

雖然地址雷同的地方只有「太平町二丁目」，但極有可能是腦筋接錯了迴路，真正引起她莫名關注少女慘死輪下的原因，恐怕是劉運男這個男人和太平町之間的關係。

倘若胡睿亦的理解沒有錯誤，劉運男本人就住在太平町，當時他十二歲的女兒劉巧舍失蹤了二十七天；而約莫就在兩年後，劉運男在太平町撞死了一個十一歲的小女孩。是否可以解釋為劉運男太悲傷，所以沒有看到突然從路邊衝出來的小女孩？

胡睿亦決定也把這一頁報紙列印下來，留待日後好好研究。

劉運男到底最後有沒有找回女兒呢？

昭和九年的報導完全沒提及這起失蹤案，所以胡睿亦不認為這樣盲目地找下去會有任何收穫。她決定先把這個發現擺在一邊，專心搜尋跟魔神仔有關的報導。

下午四點十七分，胡睿亦覺得脖子和腰脊實在太過痠痛，於是抬頭看了眼時鐘。逼近資料調閱的結束時間，她卻只找到一些不起眼的失蹤報導，而且沒有一則報導提到「奇怪的聲音」，著實有些沮喪。她決定把這一卷剩下的部分看完，其他的有空再找時間來讀。

或許是因為將要收工的振奮心情，胡睿亦在本來可能會忽略掉的報紙角落，注意到了這一則昭和八年發生的失蹤事件。

〈新高山麓に　神隠しは誘拐〉

這則報導出現在中川健藏總督登上新高山的照片一側，小小一格，再加上完全以日文寫成，很容易被忽略。不過，胡睿亦還是注意到了。雖然是日文，仍有一些漢字可供辨識，比如「阿里山」「八通關」「老農溪」「新高登山路避難所」等等。「新高山」即是玉山，就是因為這是發生在玉山的神隱事件，才讓胡睿亦的搜索雷達叮了一聲。

胡睿亦讀過相關的書籍，所以對「新高山」這個說法並不陌生，也知道當時的臺灣總督將新高山視為統治臺灣的象徵——第十三任的石塚英藏是首次登臨新高山的總督；接著，第十六任的中川健藏則在「皇紀二五九三年」的夏天登上新高山，成為第二位登上臺灣最高峰的總督。之所以不稱昭和八年、而特稱為「皇紀二五九三年」，是因為日本當時被國際孤立，軍國主義高漲，國防當局在政治中的發言越來越強勢所致。

總之，胡睿亦剛才已經在昭和五年的報紙上，看到一系列關於石塚英藏攀登新高山的報導，而他和兩位女兒為了登新高山、強迫蕃社青年日以繼夜工作的事情也成了霧社事件的導火線。正因為「總督登上新高山」是這麼莊嚴盛大的事情，所以在此處看到這則充滿靈異色彩的報導，格外令胡睿亦訝異。

隨同中川總督登山的友人，其女兒也曾經「被神隱」嗎？

畢竟在那個時代，登山是一件非常危險的事情。一旦在山裡失蹤，姑且不論山難的因素，蕃人看到日本小孩，豈有不殺的道理。

只不過，更令胡睿亦驚愕的是，這個名叫「松田美奈子」的十三歲少女，卻奇蹟似地從險惡的山中生還了。

報紙上另有一張照片，是中川健藏登頂玉山後，率領眾人往阿里山登山口方向前進的照片。據胡睿亦的瞭解，新高山的登山路線有三條，分別是阿里山登山口、水里坑口、和玉里登山口。顯然，中川健藏是從花蓮進入八通關越嶺道，也就是說，美奈子是在旅程快要接近登頂的時候失蹤的。

更令胡睿亦在意的是，報導中出現了「奇声（きせい）」兩個字。

正當她苦思其中關聯性的同時，櫃檯服務人員前來提醒時間，於是她趕緊把這頁報紙也列印下來，以便請教略懂日文的老公。

*

吳士盛從門口掛著紅色布條的按摩養生會館走出來，頭也不回地走回車上。

以前吳士盛最常去的是三重的環河南路和中正南路一帶，那裡的「豆干厝」自從機場捷運興建以來，已經被政府拆光光了。後來聽說色情業者兵分兩路，一路到蘆洲，一路就搬到現在的土城交流道底下。因為鄰近土城工業區，需求量大，所以生意反而比以前更好。

媽的！

明明是想來爽一下的，心情卻變得異常惡劣。吳士盛很清楚，這完全不是小愛的問題。

比起其他按摩妹，小愛既沒有那種內臟腐爛般的口臭，也不會帶著嫌惡的表情幫客人手淫。而且小愛個性很好，自從五年前嫁來臺灣、閃電離婚後，她就一直認分地工作，每天穿著超短裙從下午三點忙到凌晨五點，每個月拿的五、六萬塊裡面，還要匯個一千美元回越南的老家。所以，吳士盛其實對小愛懷有一點憐惜的情愫。

但是當他隔著布簾、聽見隔壁床男人繳械的怪叫聲時，整個人彷彿被雷打到一樣，瞬間軟掉了。

「怎麼了？」

吳士盛搖搖頭，小愛順著吳士盛的視線回頭看，才知道是怎麼回事。於是小愛忍不住笑了一聲，連忙從床邊的櫃子上又倒了一點精油，更加賣力地搓弄。

「沒關係，今天就這樣吧。」

吳士盛說完，便想起身穿上褲子。

「不打出來嗎？這樣對身體不好喔。」

「不用了，今天就這樣。我還是會付半套的三百塊。」

「還是我幫哥哥用嘴巴？」

「真的不用了。」

吳士盛撥開遮簾，留下不知所措的小愛，慌慌張張地走到櫃檯，扔了兩張仟元鈔跟三張佰元鈔，便衝出店外。

他坐在駕駛座上，心神極度不安，手裡忙著點菸，卻因為目光渙散而遲遲無法點上。好不容易點燃菸頭，他立刻放到嘴裡，吸了好幾大口。

我是怎麼回事？

其實在全身指壓按摩的時候，吳士盛就已經感覺到有些不對勁了。跟往常不同，他的體內莫名燥熱，一點舒鬆的感覺都沒有，而且一閉上眼睛，就能看見郭湘瑩在家裡忙進忙出的身影。他忍不住懷疑，郭湘瑩還沒死，正在昏暗的廚房幫忙準備他的晚餐。

只是，越是這樣想，吳士盛就越不想回家面對現實。

他發動引擎，開上土城交流道，沿著國道三號往東邊開，茫然地轉動方向盤。

性慾沒能得到紓解，又轉變回難耐的飢餓感，而且還餓到有些反胃。他連連作嘔，只好隨意抓起車上的水果糖放進嘴巴，暫時舒緩一下躁動的腸胃。

恍惚之間，他發現自己竟然沒有按照計畫左轉、開上往板橋方向的台64線，反而繼續在高速公路上高速行駛。

然後，在約莫三十四公里處的位置，他看見了雄偉的宮廟，還有一尊巨大的土地公像，屹立在翠綠色的山頭上。

原來如此。

突如其來的滯悶感壓在胸口，讓吳士盛有些喘不過氣。他只好打右轉燈，把車暫時停靠在路肩，放著雙黃燈一直閃。

這就是所謂的潛意識嗎？

吳士盛盯著右手邊、俗稱「烘爐地」的烘爐塞山頭，忽地想起那晚在夢境中，詭異道姑的警告：「別去……山是亡靈的街口！」

原來我是在害怕這個嗎？

吳士盛這時候才瞬間明白——過去的夢，幾乎都是醒來即忘；但這個夢，卻如同深埋在潛意識裡，牽制他的動作。當然，那個一去不返的徐漢強也是讓吳士盛卻步的原因之一，只不過，以往他都是不信邪的那一個，何以這次偏偏會信了呢？總相信自己是幸運兒、能夠中頭獎的狂妄男人，竟然不敢踏入山區，找尋聲音的真相？

會死。

這個時刻，吳士盛毫無保留地相信那個口臭道姑。因為她，吳士盛莫名其妙地知道，繼續追查下去，自己一定會死。

只不過，吳士盛也同樣知道，不查清楚郭湘瑩的死因，自己這輩子也將抱憾終生。這陣子的每個夜晚，他凝視郭湘瑩留下的空床位，枕頭上仍有她頭油和汗水的氣味，彷彿在提醒他，自己是如何冷酷地看待妻子的死。

車窗外的天色漸漸暗了下來，晚霞的顏色是美麗的紫色和橘色。他下定決心，按掉雙黃燈，手放上方向盤，緩緩踩下油門。

從安坑出口下高速公路後，轉上環河路往北開，根據手機的定位朝南勢角生活圈的方向駛去。這時候，路牌開始出現「烘爐地登山步道」的字樣，吳士盛便沿著指示走。漸漸地，沿路的景色有了變化，用簡陋的鐵皮屋搭建起來的工廠、商販和餐館，取代了繁榮的市景。顏色已有些許脫落的「正烘爐地甕缸雞」創始店招牌映入眼簾。通過國道三號的高架橋底下之後，大大小小的工程用地和怪手矗立在路旁。吳士盛轉動方向盤，彎進一條籃球場旁的窄路，路面蜿蜒而上，除了命理教室和開運館之外，盡是小型的工廠、倉庫和管理處。

吳士盛逐漸放慢車速，仔細觀察路旁的簡陋道館。

那是一幢用鐵皮貨櫃改建而成的矮舍，外牆上以紅色油漆寫著碩大的「通靈」兩個字。此時藍色鐵捲門還沒拉起來，顯然還沒開始「營業」，不過從生鏽的鐵窗望進去，可以看見兩盞血紅色的長明燈。

正當吳士盛想更靠近觀察時，正對他右手邊的紅燈突然熄滅，從鐵皮牆的另一側傳出輕微的爆裂音。

「唰」的一聲，鐵捲門被拉開了。

一個睡眼惺忪、蓄著小平頭的白髮老人走出來，猛盯著吳士盛瞧。

「走吧，我幫不上忙。」

老人揮手示意吳士盛離開。他操著客家口音，露出無奈的表情。

「什麼？」

「你被女鬼纏上，沒剩幾天了，快去準備後事吧。」

「什麼意思？」

突如其來的詛咒讓吳士盛嚇出一身冷汗。

「燈都破掉了，還能怎麼辦？男左女右，左邊的燈破掉，右邊的燈沒動靜，你太太該不會最近才死掉吧？」

聽到老人這麼說，吳士盛一句話也說不出來了。

「看起來我是猜中了。我雖然可以通靈，但沒辦法解厄。」

「我是來找一個道姑的，之前在北投一帶遇過她，她跟我說，需要幫忙的話，她就在烘爐地的山腳下。」

「我不知道你在說誰，總之，快去準備後事。」

吳士盛被老人不負責任的態度惹毛了，一把抓起他的衣領，怒罵道：

「媽的！一直叫別人準備後事，你是討打啊！」

「……」

看見老人面色凝重地盯著自己的背後，吳士盛頓時感到一股恐懼襲來，連忙轉頭窺視有無異狀。但他背後除了自己駕駛的TOYOTA ALTIS Z，就只剩下矮樹雜草蔓生的山坡地。

「在車上嗎？」

「嗯。」

老人簡短的一句應聲，讓吳士盛整個人快要閃出尿來。

「我該怎麼辦？」

老人轉過頭，對吳士盛露出大勢已去的眼神。

「我知道了。」

吳士盛鬆開手，進退兩難地佇立在原地。

「這裡最厲害的尪姨，在那裡。」

老人指著斜岔出去、更上面的一條狹小山路。

「走上去就能找到她嗎？」

「很好找，一大堆人都搶著找她幫忙。」

老人說完，便閃身進去屋內。拉下鐵捲門之前，老人又回頭看了吳士盛一眼。

「希望你能活下來。」

然後「唰」的一聲，老人拉下鐵捲門，把吳士盛拋在外頭。

吳士盛不想走回車上，別無他法，只好徒步上山。

山路兩側長滿了爬牆虎，左彎右拐走了大約一百公尺後，一股刺鼻的草藥味飄了過來。

吳士盛循著草藥味右轉，彎進一條更狹窄的野徑，果然看到一群婆婆媽媽圍成一圈，嘰嘰喳喳不知道在討論什麼。他停下腳步，遠遠看著她們的動向。

突然間，她們所有人的目光都轉向躲在後方的吳士盛，讓他一時之間不知該如何自處。

人群退開一道縫隙，吳士盛定睛一看，竟然就是那個詭異道姑！

只見那個道姑繞過摺疊桌，撥開人群，直朝著吳士盛的方向疾步走來，然後在他臉上呸了一口唾沫。

嗯？

吳士盛愣了幾秒，才瞭解剛才發生了什麼事。

他忍不住暴怒，大吼：「妳幹什麼！」

「好了，現在你多了一個禮拜的時間。」

「他媽的！妳這個瘋婆子！」

吳士盛掄起拳頭，想朝道姑的臉上砸。但又想到剛才老人的那番話，不由得半信半疑。那些婆婆媽媽聽見了，紛紛衝上來指責吳士盛不尊重老師。

吳士盛用手抹去臉上的痰液，赫然發現那是一股清爽的花草香氣。

「那是我嚼草藥的汁液，你別覺得噁心。你現在就要被小鬼入侵身體了，必須趕緊化解附在身體上的穢氣。」

道姑說完，便拉著吳士盛往屋內走。

和一般的公廨不同，這間矮房既深又暗，繞過門口的石敢當走進來之後，外面的陽光就被隔絕在外。除了牆上的八卦鏡、山海鎮和符咒之外，屋內堆滿了各式神佛道具，神桌和塑膠椅把已經夠狹窄的廳堂塞得更擠。道姑領著吳士盛進入一個小房間，然後在輦轎的神轎椅子上放置高爐，點起三炷香。

吳士盛注意到，小神轎右手邊的腕木有特別加長，另一名桌頭先生點燒金紙，在空中胡亂揮舞著手勢。

「招請神明、神降！」

吳士盛不是全然對這類民間信仰一無所知，所以依稀可以猜到，這道姑並不是一般的尪姨，尪姨只是一個慣稱，說明她是一個女靈媒的角色，但不論是驅邪押煞、或是神降符法，都與一般臺灣民間的巫覡不同。他從道姑的口音推測，她的奇方怪術可能是源自於大陸的茅山法術。

此時，道姑的身體開始劇烈搖晃，她手握的桃枝在桌上散置的米糠盤中，寫出難以辨識的乩字。桌頭先生依字解讀神示後，在一張黃紙上寫下一道符咒，然後交給吳士盛。

道姑輕吐一口氣，緩緩睜開眼睛，對著吳士盛說：

「這道符是給你保命的，只要把這道符帶在身上，那女鬼就暫時不會危害到你的性命，但這不是長久之計。要除掉那女鬼，必須以毒攻毒。」

「以毒攻毒？」

「那女鬼身邊有一隻倀鬼*，專門幫祂物色用來養小鬼的人體。意志薄弱、自我意識低落的人通常會成為目標，一旦這些目標心生恨意和毒氣，那倀鬼就會趁虛而入。」

* 倀鬼：被老虎吃掉的人，他的亡靈會變成倀鬼，引誘下一個人成為老虎的食物，讓自己能夠投胎轉世。

「恨意和毒氣是什麼意思？」

「人心中一旦生出憎恨，便會成為滋養小鬼的溫床。」

「那妳說的以毒攻毒，是什麼意思？」

「就是養小鬼反擊，徹底除掉那個女鬼。」

「我不太懂。」

「簡單地說，就是你要自己餵養小鬼。一般而言，養小鬼有四種方法。」

「哪四種？」

「第一種，把黃楊木放進淹死過小孩的水裡聚魂，再用符鎖住童魂，將木頭刻成人形，起壇作法一百零八天。」

「聽起來很可怕……」

「這還不是最可怕的。有的會開棺，從難產死的孕婦肚子裡取童屍修煉，有的會用桃木刻出小棺材，挖開剛死不久的孩童墓地，用蠟燭燒烤童屍的下巴，以小棺材接屍油，然後再用屍油直接煉製小鬼。」

聽到這些，吳士盛著實嚇傻了，連一點聲音都發不出來。

「還有一種方法比較快。直接到凶殺案或災難發生的地點，找三歲以下過世的孩靈。然後用饅頭沾孩靈死亡地點的血跡或屍水，聚魂後塞進嬰屍的嘴巴裡，放在小棺材中作法，只需四十九天就能煉成凶煞。」

「嬰屍？」

「總是有來源的。」

嬰屍的來源，不就是墮胎嗎？

吳士盛有些反胃。

不管是哪一種方法，聽起來都非常邪惡。養小鬼終究是不道德、而且危險的事情。吳士盛想起郭湘瑩的死狀，還有再也沒回來過的徐漢強……雖然不敢不相信剛才那個老人和道姑的話，但，即便米納可再恐怖，他也不想貿然嘗試這個方法。

「無論哪一種方法，都要選在陰年陰月陰日陰時處理。你算幸運，明年剛好是丁酉年，最近的日子──」道姑掐指一算，「是一月八日。」

「沒有別的辦法嗎？」

那道姑聽見這句話，輕蔑地笑了一聲：

「別的辦法？那日本女鬼可是厲鬼，非得用這麼激烈的手段才能徹底除掉。」

「那個聲音……如果能找到聲音的源頭呢？」

「我知道你想說什麼，但那是比養小鬼更危險的做法。難道你以為闖到那女鬼的地盤上，還能安然無恙地脫身嗎？」

吳士盛驚訝得有點發不出聲音。

「妳知道這件事？」

「那隻倀鬼很擅長透過聲音誘拐目標，不知道害死了多少人。然後那日本女鬼就會利用死靈的怨氣和恨意，煉製出更多小鬼替祂賣命、物色目標。一個抓一個、然後是兩個抓兩個……越來越多、越來越多……」

吳士盛垂下頭，發現自己正因為恐懼而不停抖著雙手。

「我有個同事，叫做徐漢強，他似乎去了阿里山就再也沒回來了……」

道姑撇過臉，斜眼看著吳士盛。

「這就是擅闖禁地的下場。那日本女鬼在整個玉山的山區裡，豢養了一支小鬼軍隊，四處抓替死鬼。不懂的人，還以為那只是臺灣民間傳說的魔神仔。」

玉山？

原來徐漢強去阿里山，是為了進去玉山、除掉米納可嗎？

吳士盛細細一想，的確，進入玉山山區的路上，唯一的郵局大概也只有阿里山郵局了。

換句話說，徐漢強是抱著必死的決心寫了那張明信片……

「難道沒辦法直接處理這個問題嗎？我覺得養小鬼實在太……」

看到吳士盛裹足不前，那道姑只好拿起方才寫乩字的桃枝，彎成怪異的形狀後，再隨手抓起一把金紙，包住桃枝，然後在最外圈捲上一張解厄紙。

「你如果非要試試看不可，就拿這個去。在玉山西峰頂上，還有一座日本人留下來的西山神祠，那就是祂的巢穴。把這個點燃，塞到神祠底下，一旦神祠燒毀，那日本女鬼的法力也會大減，運氣好的話，說不定能一舉殲滅。」

吳士盛接過這個形狀類似小木偶的法器，臉上的表情相當複雜。

「對了，我車上——」

「已經化解了。那個只是祂的分靈，不是真身，不用太過擔心。」

「所以那天妳才會在我的後座吐口水。」

「分靈的能量不強，而且祂很會躲，所以我才沒有立即發現。」

聽到道姑說起能量，吳士盛猛然回想起那天的情況，以及無法解釋的疑惑。

「為什麼我一打開無線電，妳就會發現祂的分靈？」

「無線電？」

「對，無線電對講機。」

道姑側著頭想了半天，才緩緩回答：

「可能是磁現吧。術書上有個說法，惡靈是一種很強大的電磁場，我想應該是透過對講機放大訊號，所以我才會發現祂的分靈吧。」

吳士盛走出矮房的時候，天色已經全暗了。方才聚集在門口水泥地前的婆婆媽媽們，只剩下幾個人跪在門口的圓墊上，虔心拜神祈禱。

他沿著來時的路徑下山，一面在心裡想著道姑所說的「磁現」。

如果沒有記錯的話，一般無線電台發射出的無線電波，經由天線轉成電流，再透過線圈和可變電容器組成的「調諧器」，將訊號調節到「諧振」的狀態，如此一來，接收器的電感和電容才能與電台發射電波的頻率一致，進而聽到電台的播音。以收音機來說，即是利用旋鈕調整收音機裡的可變電容器，選擇收聽不同電台的廣播。

這麼一想，假若惡靈能夠利用強大的電磁場，模擬振盪電路的效果，產生出無線電波，也許就能讓人聽見祂們的聲音……

只是，一般收音機還要裝上檢波器跟發音器，才能讓人順利聽見聲音。因為諧調器產生的振盪電流，是和無線電波形狀相同的波形，同時存在高頻和低頻，這麼一來，發音器的線圈就會產生感抗，導致電流無法通過，也就不可能聽到聲音。

另一方面，人耳能聽到的聲音頻率有其限度，以無線電波這樣高頻的振動，對人耳來說，早已屬於超聲波的範疇，所以勢必要利用檢波器把載頻電流去掉，只留下代表聲音的低頻電波，再透過發音器將電能轉成聲能，這樣才能聽見聲音。

換句話說，即便用無線電波的角度去解釋，還是無法說明為什麼有些人聽不見、而有些人卻能聽得見鬼的聲音。除非——

除非那些人的身體本來就具有檢波器和發音器的功能。

難道這就是所謂的「靈異體質」嗎？

惡靈相當於廣播電台，而擁有靈異體質的人，就是收音機。

倘若不趕快剷除米納可這個惡靈，祂散播出去的無線電波，將會害更多擁有靈異體質的人喪命。

吳士盛如此想著，坐上駕駛座，鼓起勇氣發動了引擎。

＊

郭宸珊拖著行李箱，從小客車下車處走進第二航廈三樓的出境大廳。大廳內人潮頗多，她熟練地找到長榮航空的櫃檯，辦理登機手續和行李托運。

在等待登機的期間，郭宸珊先到四樓的星巴克買了咖啡跟麵包充飢。好幾次，當她看見情侶愜意地邊閒聊、邊享用下午茶的樣子，就有想哭的衝動。當初丈夫正忙著政大企家班的課程，每週上課兩天，週末還有小組討論，郭宸珊便聽信丈夫的話，犧牲自己的事業，投入家庭，陪著丈夫開夜車準備報告，還要利用假日到咖啡廳伴讀，幫忙畫原文書的重點，就這樣一連持續了三年。

後來丈夫看準大陸紙業市場潛力，便把事業重心移動到大陸，吸納大陸和新加坡的資金進行增資，陸續在天津、上海、南京和蘇州設廠。隨著環保意識抬頭和原物料上漲，紙價也連帶攀升，營業額果然在去年增長了七個百分點，股價的漲幅也有十個百分點。再加上丈夫的紙業公司一直標榜「德國水準」的六成廢紙漿使用率，在政府的加強監管之下，反倒脫穎而出，成為紙業的重鎮。

從現在的角度檢視過去的自己，郭宸珊覺得自己壓根兒沒比妹妹聰明到哪裡去。更甚者，郭宸珊自忖，按照自身的條件，選一個有錢的企業二代當丈夫，或許根本就是一個愚蠢的決定。如果夫家不是因為她在財務方面的專長，又怎麼可能會看上她呢？

當時夫家的紙業公司利用定存單發行商業本票，透過利差和到期時間的不同，進行頻繁的短期股市操作，結果因為財務槓桿操作失當和浮濫投資，導致了股市違約交割的局面。若不是郭宸珊積極清查公司真正的財務狀況、出售非核心的資產，同時居間與債權銀行談判償債計畫，公司絕不可能還有今天的成就。

郭宸珊充滿悔恨地想著這段往事，只能嘆氣連連。事到如今，已經喪失利用價值的自己，只能獨自守著早已不存在的家庭空殼，看著丈夫跟小三在外面逍遙、享受自己替家族打下來的天下和龐大財富。

機上開始進行中英文的廣播，不久後，飛機在準點起飛。

郭宸珊從飛機窗眺望腳下的臺灣土地，沒有雲層的遮蔽，可以清楚看見繁密的燈火照亮了整個北部的都會帶。令她不禁開始想像，今晚究竟有多少和她一樣傷心欲絕的人，獨自在那些燈火下哭泣。

不知道是不是刻意的，機上的燈光似乎有調暗，讓人昏昏欲睡，不少人都裹著毯子睡著了。郭宸珊卻無法入眠。黑色的機上螢幕映照出她焦慮的表情，顴骨部位的肌肉抽搐著。

那是我的男人，我的家庭。

殺了她……

我要拿回我的東西！

飛機窗外的天空因為無雲顯得更加暗沉。負面的思緒籠罩了郭宸珊的腦海，她下意識地握緊手機，閉起雙眼，任由恨意在心裡滋長。

*

因為回家的時候還早，胡睿亦決定先到家附近的超市購買食材。她買了紅蘿蔔、馬鈴薯、洋蔥和略帶辣味的咖哩塊，還有小豆苗跟蘋果。這是老公最喜歡的菜色，以前她不知道炒豆苗很適合當作咖哩的配菜，沒想到試過之後驚為天人，這才發現老公對食材的味覺很敏銳。

不，其實不只是味覺，老公的五感似乎都比一般人來得好。胡睿亦認為，這應該跟老公發達的藝術細胞有關。雖然最終沒有走上專職藝術創作的道路，但作為一個中學的美術老師，利用閒暇時光玩弄彩墨，總比當個收入不穩定的畫家來得好。

晚餐桌上，老公正開心地談論下午參觀同學畫展的瑣事。

「……結果有人就嗆他，那張畫的構圖，和鄉原古統的那張《北投溫泉》很像，害他很尷尬，哈哈！」

「鄉原古統？」

「一個日本畫家，在臺灣籌辦了美術展覽會，培育了很多臺灣畫家。我剛剛還沒說完。結果那個人一講完，馬上就有人提出疑問，質疑我同學抄襲。」

「為什麼？」

「妳看喔，」老公邊說邊拿出手機，打開一張筆觸色調都很素雅的圖片，放大給胡睿亦看，「後面這棟灰色屋頂的，是北投溫泉博物館，那時候叫做北投公共浴場。然後前面這棟，紅色屋頂、白色屋身的，應該是瀧乃湯。」

畫中的建築物被看似相思林的樹叢簇擁著，兩名身穿和服的女人撐著傘，彷彿正準備拾級而上。樓梯上方有一位挑水的女服務員，旅館裡有客人在對坐聊天。

「我同學的畫，跟這張角度一模一樣，但是現在整個山坡地上都蓋了高樓，完全不可能同時看到北投溫泉博物館跟瀧乃湯，代表我同學應該真的是抄襲。」

「他為什麼不乾脆到現場寫生啊？」

「其實這也不能怪他，現在北投遊客那麼多，要揹著一大堆畫具到那邊找個好位置靜靜地寫生，還真的挺麻煩的。」

「就算是這樣，也不能抄襲啊。」

「是啦，不過說到北投溫泉博物館，以前曾經發生過一件可怕的命案。」

聽到這裡，胡睿亦終於聽出老公的弦外之音。原來老公說這些事情，除了分享趣事之外，還有延續昨晚話題的用意。

「……」

「幹嘛那個表情，跟妳在研究的魔神仔有關喔。」

老公說完，便用手機打開另一張圖，上面有方塊格標示出地點、驛站和旅館名。

「這是一九三五年的北投旅館溫泉案內圖，」然後老公用手指放大螢幕上的案內圖，指著其中一個看似冒著煙霧的水池，「妳看這個，這是地熱谷。」

「喔，原來是地熱谷啊。」

「地熱谷以前叫做地獄谷，不但溫度超高，泉水還有酸蝕性。」

「有人……死在這裡嗎？」

「嗯。昭和十年的時候，一個叫做千代子的美女，在與僧侶安田文秀新婚的一個禮拜後，被發現陳屍在熱泉湧出的地方。當民眾發現的時候，她的屍體只剩下白骨，腰部以下都被侵蝕掉，更別說頭髮跟皮膚。因為泉水太燙了，只好從岸邊用棒子撈起剩下的屍肉和碎骨，放在板子上用鐵絲拉上岸。」

胡睿亦看著碗內的雞肉塊，頓時覺得有些反胃。

「好了，別講了。」

「對不起，那我直接跳過這一段。總之，當時大家都認為千代子是因為夫妻失和，才一個人穿著睡衣跑到地獄谷自殺。」

「但是？」

「但是有個傳聞說，千代子歸寧的時候曾向養母抱怨，她常常聽到一個小女孩在她耳邊說本島人的語言。」

聽到老公這麼說，胡睿亦猛地想起下午找到的關於「美奈子神隱事件」的報導，於是從皮包裡抽出列印下來的資料，指著「奇声」兩個字，問道：

「你幫我翻譯一下這則報導。」

「日日新報啊？我看看……」

老公拉過資料，摘下眼鏡，湊近看：

「……由花蓮港廳的玉里出發，沿八通關古道經八通關至荖濃溪底的宿營地，次日早上，發現十三歲的松田美奈子已失蹤，於是分成兩隊，主隊按預定計畫登頂，往阿里山登山口的方向下山，另一隊則暫宿新高登山路避難所，在荖濃溪源頭和陳有蘭溪的溪谷一帶搜尋美奈子。如此搜尋了三日，就在將要放棄的時刻，布農族人將美奈子送至樂樂駐在所，據聞美奈子渾身濕透，倒臥在小徑岔路下、樂樂谷溫泉附近的溪谷峭壁上。據布農族人描述，那處是Oung-oung（峽谷），必須以鳴槍的方式把鬼趕跑。美奈子獲救後，不斷說自己聽到奇怪的聲音……這是？」

「這是我找到的、一則昭和八年的新聞。你看，同樣是聽到奇怪的聲音，這個美奈子神隱之後，竟然毫髮無傷地被救回來。」

「妳是想說，日本人的小孩為什麼沒有被布農族人殺掉嗎？」

「不只是這樣，所有聽到怪聲的人都死了，這個美奈子在危險的山區裡失蹤了三天，不但沒有跌倒或墜落等傷口，也沒有提到飢餓或失溫的狀況，而她醒來之後卻能馬上跟人交談，一點事情都沒有，你難道不覺得奇怪嗎？」

「也許是報導沒寫清楚？況且，聽到怪聲只是她的說法，不一定跟我們之前討論的那些魔神仔的事件有關聯。」

「那你再看這個。」

胡睿亦於是把另外兩張資料也遞給老公。

「自動車轢殺少女？」

「這是昭和九年的新聞，劉運男在當時的太平町二丁目撞死了一個十一歲的小女孩。然後再來這則，是昭和七年的報導。劉運男十二歲的女兒劉巧舍，失蹤了二十七天，後來有沒有找到我就不知道了。總之，這三年都各有一起跟小孩有關的案件。」

「這個劉運男住在太平町二丁目？」

「應該沒錯。」

「可是，妳拿著這三則報導，到底想證明什麼？除了案主都是小孩之外，其他還有什麼共通性嗎？」

「單看這三則報導，我也想不出來有什麼關聯性。但是，你剛剛說的那個——」

「昭和十年的千代子命案。」

「對，就是因為你跟我說了這個命案，我才想到，共通性可能不是小孩，而是死前的行爲。你仔細看這裡——」胡睿亦指著林黃森梅被自動車轢死的報導中的其中一段話，逐字唸出：「聞該少女日前為觀大稻埕霞海城隍祭典，偕其養母來北。豫定是日歸基，而竟於是早遭此奇禍。其養母自京町街道花王石鹼舖追來，目擊此情狀，手足戰慄。」

霎時間，老公發現了蹊蹺之處，倒抽了一口氣。

「我懂了。」

「雖然我不知道京町街道在哪裡，但是林黃森梅死前竟然從另外一條街衝到太平町二丁目，她的速度之快，連養母也追不上，只能眼睜睜看著養女被自動車撞死。」

「確實很不對勁。而且她們已經準備要回基隆的家了，卻突然發生這種事，說真的……滿離奇的。」

「再來是昭和八年的美奈子。明明和登山隊伍一起在茖濃溪的營地露宿，卻莫名其妙地在三更半夜脫隊，自己一個人跑進深山裡。這也不像是一個小孩子敢做的事情。」

「然後，是千代子。」

「對。你想想看，就算夫妻再怎麼失和，身為女人，我絕不可能選擇這麼激烈的死法。更何況千代子還是美女，一定非常愛惜自己的容貌。而且，一個年輕女人穿著睡衣跑出去自殺……不管怎麼想都覺得奇怪。」

「妳說得沒錯。千代子死前的行為確實有些異常。據說，千代子是在早上五點的時候衝出家門。當時她的丈夫正在鐵真院、也就是現在的普濟寺裡誦經，千代子打掃到一半，突然停下動作，穿著睡衣跑到地獄谷……會不會是那個奇怪的聲音迷惑了她們？」

「我也想知道，不過，我也不知道要怎麼去求證這件事……畢竟我們都聽不到那個奇怪的聲音。」

「經妳這麼一說，我完全不想聽到那個奇怪的聲音。」

*

吳士盛買了營養口糧、童軍繩、做工用的棉紗手套和火種，並把家裡唯一的一支手電筒和瑞士刀放進背包。這個背包是以前為了和朋友去溯溪時買的，有防水的功能。他還特別準備了雨衣跟指南針，以免發生意外狀況時措手不及。

本來吳士盛認為，只是一日單攻玉山西峰，若能跟上其他山友一起行動，應該不用準備這麼多麻煩的東西；不過想到徐漢強寄回家的明信片內容，他覺得還是謹慎一點比較好。

吳士盛查過網路資料，一般所謂的「玉山登山口」，其實是指從塔塔加鞍部入山的登山口。大家通常是把車停在台18線的一〇八點四公里處，然後再到排雲登山服務中心和玉山警察隊塔塔加小隊報到，檢核入園證和入山證。接著，再轉搭由台大實驗林委外的登山接駁車，直抵玉山登山口。

比較麻煩的是，因為玉山有生態承載量管制，排雲山莊的床位也有限，玉管處不可能讓所有申請人都入園，有些山友也因此等了好幾個月。雖然西峰線單日往返的名額增加了，但還是要在入園的前七天至兩個月前，到玉管處的網站申請才行。吳士盛不可能等這麼久，對他來說，除掉米納可是此刻最迫切的事情，若是遲了一步，就有可能會像那個客家老伯說的——不，說不定連準備後事的時間都沒有。再說，他此行的目的是要違法燒掉國家公園的文物資產，不可能在登記姓名之後，還明目張膽地放火。

所以他只剩下一個選擇——獨闖。

根據網路資料，從塔塔加登山口途經孟祿亭、前峰登山口、白木林、大峭壁，最後抵達排雲山莊約莫需要四個小時，接著再從排雲山莊往西走兩公里左右，就能攀上玉山西峰。而玉山西峰頂上的山神廟，就是那道姑所說的「西山神祠」。如果腳程快的話，一天之內就可以完成這件事。

唯一比較危險的地方是，吳士盛把車停在上東埔的塔塔加停車場之後，要避開國家公園警察隊塔塔加小隊的檢查，就只能從茂密的林木中穿過，然後才能混入已經通過檢核的山友們，一起往塔塔加登山口的路線走。這麼估算起來，來回最快也要一天的時間。換句話說，今天傍晚他就必須啟程，連開五個小時的夜車到南投，於午夜之前抵達塔塔加停車場，如此才有可能在隔天的天黑之前，順利下山。

他把準備好的背包放在門口的小板凳上，倚靠著冷冰冰的木樓梯座，在腦中規劃整個行程。他彎著脖子，聞到自己身上襯衫的異味，便把襯衫和褲子脫下來，扔進一堆髒衣服裡，然後再從髒衣服的最底下，抽出另一件襯衫和牛仔褲放在鼻子旁邊嗅聞。

嗯，這件還好。

於是吳士盛套上襯衫和牛仔褲，決定先走到附近的吉利街社區，找看看有無營業中的小吃店，吃點東西墊墊胃。

他在小街小巷中亂轉，白天的菜販和水果攤都收了，他本來想吃的米粉湯也在休息中，於是他只好往更西邊的方向走。

走著走著，吳士盛發現自己來到婷婷以前就讀的國小，站在校門口的不鏽鋼格柵門前，望著另一側空無一人的穿堂，兀自發呆。

有那麼一瞬間，他好像看見婷婷從穿堂的陰影中蹦蹦跳跳地跑出來，大聲叫著「拔～」，然後跟他分享今天在學校發生的趣事。這時候，吳士盛會靦腆地跟婷婷的同學打招呼。現在想起來，那才是他人生的巔峰。

啊，對。婷婷那時候還說她想當歌手。

因為學校的畢業生裡出了一個歌手，所以婷婷也瘋起了歌手夢，吵著說要參加歌唱節目的選秀比賽，但吳士盛以年紀為由，阻止了婷婷。後來聽說那個歌手越來越紅，不但演出了好幾部偶像劇，正式發片之後還得了好多獎。看到了成功的案例，吳士盛還一度期待婷婷成為歌手，一旦成功之後，就有數不盡的財富可以讓他享樂養老了。

但當時吳士盛所待的汽車零件進口商已經開始出現危機。受到汽車產業不景氣的波及，業務二部整個被裁掉，他僥倖逃過一劫，但被公司轉到出貨部。因為出貨工廠在林口，經理要求他每天七點就要到，害他落得天天早出晚歸的命運。

睡眠嚴重不足，加上整天搬貨上貨的粗重勞動，讓吳士盛的怒火越燒越旺。他那時候只想到自己身為業務員，卻被叫去搬東西，連對個型錄都會被罵偷懶。他一氣之下，頂撞了經理，結果被人資叫去問話。

偏偏當時吳士盛因為精神不濟，在販售契約上忘了勾選某項商品，導致那項商品以遠低於契約的價格賣給客戶。扣除成本後，雖然公司仍賺到一點毛利，但損失已經造成，他也沒藉口再留在公司。

倘若可以預知未來，知道自己現在既喪妻、女兒又離家，整天酗酒抽菸，過著有一頓沒一頓、長期處在飢餓之中的生活，吳士盛還真想讓時間就停在那一刻，只保留那個時間點之前的記憶就好。

難道我的人生，就是這樣了嗎？

胃部一陣翻攪，吳士盛又開始作嘔。他從口袋裡掏出零錢，還有九十七塊錢，夠吃一碗陽春麵。

他循著國小的圍牆繼續往西走，穿過國小旁邊的公園，然後憑藉粗略的印象鑽進小巷中，尋找數年未曾回頭光顧的老麵店。

*

自北京首都機場打車沿機場高速公路往市中心走，花了整整三個小時。眼看著下榻的酒店就在眼前，車子卻卡在建國路上的車海中寸步難行。郭宸珊實在煩躁得受不了，便要求司機立刻停靠在路邊。但沒想到僅僅是停靠路邊這個動作，也要將近十分鐘才完成。

這個時節的北京，天氣已經偏冷，風吹久了會頭疼。郭宸珊戴上純羊毛大衣的後帽，拖著行李箱，往數百公尺遠的酒店前進。

她一面拖著行李、一面用微信打電話給丈夫。

這是她撥的第四通電話，但丈夫不但沒有回電，還遲遲不接電話。

他應該不可能知道我來了吧？

郭宸珊不免起了疑心，但她告訴自己：不可能。那個遲鈍的男人從來就不瞭解自己的老婆，也不可能發現老婆已經知道自己外遇。如此想著，郭宸珊已進入戰鬥狀態。

她預料過接下來可能發生的情況，也做好自己徹底輸掉的心理準備——被丈夫拋棄、蒐集證據回臺灣打離婚官司；或者直接殺掉那個狐狸精，不管是被遣返還是拘留在當地，都免不了殺人的刑責。無論是哪一種下場，她一步都不會退讓。

雖然郭宸珊暗自期盼丈夫會為了兩個小孩回頭，但考慮到那個狐狸精可能用「以退為進」的策略，應付她這個「正宮」的出現，她就必須要有長住在北京的打算，以徹底斬斷狐狸精和丈夫之間藕斷絲連的關係。因此，這勢必是一場長期抗爭，所以郭宸珊還是訂了一間酒店的房間，以備不時之需。

只不過，當她意識到自己正孤身走在寒風中的時候，孤獨、懷疑、淒涼等情緒同時在心口打轉，仍讓她不禁質疑起自己，究竟為什麼要來這一趟。

她在櫃檯辦理入住手續，取了房卡和收據，便回房放置行李，休息片刻。

終於，在第十一通的時候，丈夫接起了電話。

「幹嘛？」

語氣極其冷淡。

「你在忙啊？」

這是郭宸珊強壓下怒氣才好不容易擠出的一句話。

「妳弄這個奪命連環call，是要做什麼？我在忙，很忙，非常忙，不是妳這個家庭主婦能理解的。」

丈夫的憤怒顯然也瀕臨爆發的邊緣。但郭宸珊不是那種好欺負的女人，會被這種程度的威嚇嚇倒。她選擇冷靜處理，拚了命抑制自己的情緒爆衝，用溫柔的口氣應對：

「我來北京找你啊。」

「……」

「怎麼了?不說話?」

「妳來這裡幹什麼?」話才出口,丈夫就像是突然發現自己說錯了話,立刻改口:「這裡天氣很冷,沒事不要……等等……妳已經到了嗎?」

「嗯啊。」

郭宸珊故作輕鬆,實際上腦筋正在急速運轉。

「妳……現在在哪?」

「我在你公司附近啦,你有空來找我嗎?」

丈夫的紙業公司在建外SOHO附近的中心商業區,租了一個寫字樓的辦公空間,作為公司在北京市的聯絡處和業務中心。

「妳在公司附近?」

「嗯啊……你不方便嗎?還是我先到你住的地方,等你下班?」

「等、等等!……我去找妳好了,反正現在剛好忙到一個段落。妳在哪裡?啊,不然妳在華貿等我,我開車去載妳。」

郭宸珊一聽就知道丈夫有鬼,自己的直覺果然才是最準的。但她完全沒心情佩服自己,只是覺得胸口更加滯悶,呼吸更加困難。她覺得太陽穴一帶正在隱隱脹痛,耳膜也像在飛機上一樣,被氣壓差撐得快要爆炸了。

已經搬進去了嗎？

郭宸珊覺得自己雙腳一軟，差一點就要跪在人行道上。

人行道往來行走的路人很多，卻沒人注意到她的異狀，甚至連一眼都沒看她。

「好啊。」

郭宸珊勉為其難地回答，嗓子似乎被什麼東西鯁住了。

但丈夫沒聽出來，欣喜地說：「等我十分鐘，馬上過去載妳！」

通話結束之後，郭宸珊立刻在西大望路招車。一坐上車，她便咬牙切齒地報上丈夫的公寓地址。

司機聽到地址時，可能因為那是著名的豪宅，所以回頭看了郭宸珊一眼。車子一路往北疾駛，十數分鐘後，便抵達位在朝陽北路上的高級公寓。

這棟公寓一平方米就要價十萬人民幣，換算下來，是郭宸珊現在住的七期豪宅的三倍。而且裝潢非常奢華，超過百坪的空間全部鋪上刺蝟紫檀的實木地板，不論床組、衛浴、廚房，都採用相當高級的品牌。她越想越氣憤，一想到自己地位不但被威脅，對方還過著比她優渥的生活，就油然生出一股殺意。

……那個女人……到底憑什麼享受我含辛茹苦的成果！

因為郭宸珊在丈夫剛買屋的那陣子來住過幾次，所以有鑰匙和通行證。她衝進電梯，按了二十五樓的按鈕。

在電梯緩緩爬升的同時，郭宸珊突然有股想哭的衝動。她想到上一次來的時候，兒子女兒都在，全家人還開開心心地到附近的高級西餐廳吃晚餐。那個晚上，她跟丈夫久違地做了愛，丈夫還在她耳邊說：「這一切都是妳的功勞。」然後吸吮她發黑的乳頭。

那個口口聲聲說愛老婆的男人，果然還是在功成名就之後，就奔向年輕美眉的酥胸，把一路支持他的女人甩在一邊了嗎？

更讓郭宸珊無法原諒的，是丈夫竟然在他們夫妻做過愛的床上，在兒子女兒都來過的家，毫無顧忌地與小三打得火熱。郭宸珊心想，雖然是因為自己在北京生活適應不良、堅持要回臺灣住，因而造成了丈夫心理上的空虛，但這也不構成讓一個小三侵門踏戶的理由。如果只是因為一時的激情，大可以隨便找個酒店辦事，偏偏要讓女人搬進自己的家，這難道不是說明了丈夫有多重視這個女人嗎？

門鈴響過三聲之後，門打開了。

出乎郭宸珊的預料，來應門的並不是想像中的那種青春少女，而是一位三十出頭左右的少婦。從第一眼的印象判斷，對方甚至可能生過小孩。

女人的表情從無聊到驚訝、再從驚訝到慌亂，郭宸珊一覽無遺；但同樣地，郭宸珊的沮喪和憤怒全寫在臉上，女人也看得清清楚楚。

她們就這樣在門口默默對峙了好幾十秒，然後女人才率先打破沉默：

「進來再談吧。」

女人的口音沒有北京腔，或許是南方人。

「妳也擔心被鄰居發現啊。」郭宸珊諷刺地說。

「我不擔心。」

女人只說了這麼一句簡短的回應，郭宸珊就知道丈夫為什麼會讓這個女人住進家裡了。這女人城府真深。

雖然郭宸珊的腦海閃過這個念頭，另一方面卻認為自己輸了。這個女人是打從心底替丈夫的名譽考慮，並不只是單純的虛張聲勢。

女人扣上門，似乎想領著郭宸珊到客廳的沙發上坐。但郭宸珊怎麼可能讓她牽著鼻子走——這裡可是我的家！——她快步走進廚房，從磁性刀架上取下一把水果刀，走回客廳。

「不用我多說了，妳是聰明人，應該知道我要妳做什麼。」

「妳憑什麼認為我會接受妳的指揮？」

「我不用憑什麼，妳不乖乖離開，我就殺了妳。」

女人聽到郭宸珊的威脅，不但沒有害怕，反倒嘴角上揚，露出了輕蔑的笑容

「殺了我？看妳的樣子，妳年紀比我大吧？這種幼稚的話虧妳還說得出口啊？不怕人家笑話呀？」

「我沒在跟妳講笑話。」

「這樣吧，等他回來，我跟他說說。妳只是暫時被冷落了，覺得不高興。不過這也不能

怪他，這陣子他確實因為公司的一些換股和併購的案子，弄得有點煩心。」

「妳是不是聽不懂人話啊？」

「那我就不懂妳在不滿什麼了。他一個月匯給妳多少錢，我都知道。當然，妳也不是因為錢不夠來的，但我跟妳說一句心裡話，不要跟男人在這種事情上較真，否則到時候吃虧的都是女人自己。」

「這種事情？妳把婚姻當什麼了！」

郭宸珊被女人激怒了，衝動地揮舞著刀子，扯著嗓子尖吼。

「我才想問妳，妳把婚姻當成什麼了。我年紀雖然比妳小，吃過的男人的苦一定沒比妳少。我真的、真的以過來人的身分奉勸妳一句，這時候的退讓不是輸，是給自己的男人多一點空間。」

「妳給我閉嘴！臭三八！」

郭宸珊抓著水果刀，撲向沙發上的女人。女人連忙閃躲，郭宸珊重心不穩，刀子一揮，劃開了沙發的針織椅背，整個人也順勢摔在沙發旁的大茶几上。茶几承受不了郭宸珊的體重而翻倒，雜誌和報紙朝電視的方向飛開，水壺和玻璃杯摔在木地板上，碎了。

女人吃驚地瞪著倒臥在地上的郭宸珊，一時之間不知該如何是好。

郭宸珊感覺到背部和腰間傳來一陣鈍痛。經過連續幾小時的通勤後，僵硬的身體動彈不得，只能癱在地上等疼痛過去。

這時，「叮咚」一聲，門鈴響了。

女人彷彿獲救一般衝去開門。門打開的瞬間，丈夫一眼就瞥見倒在地上的郭宸珊，於是衝上去扶起她。

但這個舉動反而讓郭宸珊更傷心。郭宸珊忍不住痛苦地閉上眼睛，兩人從前的親密時光，因此像幻燈片一樣在她的眼前放映。她抓起手邊的水果刀，對著丈夫大叫：

「別碰我！把你的髒手拿開！」

丈夫被郭宸珊的舉動嚇到了，連忙起身退開。

郭宸珊看到女人露出理解卻又無奈的表情，好像是在說：「就跟妳說別鬧了，這下子妳可搞砸了吧？」於是更加生氣。

「你別過來。這下你完蛋了，我要毀了你，上報之後看你還怎麼混！我要離婚！我要求償！你犯了通姦罪！所有財產都歸我，連這棟房子也是！你別想阻止我，那個賤貨也別想得到半毛……你們這對姦夫淫婦！通通去死！」

看到發狂的郭宸珊拿著水果刀、披頭散髮地鬼吼鬼叫，丈夫不禁顯露厭惡的表情。而這個表情又將郭宸珊更推往懸崖的邊緣，讓她不惜兩敗俱傷，也要鬥爭到底。

「我、我現在就殺了她！」

郭宸珊爬起身，持刀奔向女人。

丈夫見狀，趕緊將女人拉到另一邊。眼見女人躲到丈夫的身後，還露出小鳥依人的神態，郭宸珊整顆心都碎了。她突然覺得自己體內的力氣都消失了，整個人像氣球一樣洩了氣，只剩下最外層的人皮，還硬撐著最後一絲的尊嚴。

她垂下了手，水果刀落在木板地上，磕了一個小孔，發出一聲悶響。

這場戰鬥已經結束了。

什麼都沒有意義了。

郭宸珊撿起地上的柏金包，走出大門，留下驚愕無語的兩個人。

*

例行的晨會結束後，胡睿亦跟著大家一起走出會議室，然後逕自轉進滋滋的病房。

聽阿芬說，滋滋昨晚的狀況也非常不好。自從上一次保護室出來回到病房後，滋滋僅維持了短短一天的平穩心情，就立刻回到數天前胡言亂語的瘋狂狀態，情緒如同潮汐一樣難以預測。昨天下午，滋滋在被眾人制伏的過程中，更因爲狂暴漫過了理智，出手打傷了一名實習護士。無可奈何之下，只好再將她送進保護室，今早才又移出，回到病房。

病房內拉上了窗簾，光線昏暗，空氣也缺乏流通感，因而有股淡淡的悶臭味。胡睿亦坐在滋滋的病床旁，凝望滋滋熟睡的臉龐。注射鎮靜劑之後，滋滋通常會像這樣睡個一整天，不吵也不鬧，看起來就像個孩子。

這時，阿芬捧著血壓計鑽進來，壓低聲音，在胡睿亦耳邊講起悄悄話：

「學姐，我聽到了……」

胡睿亦稍微移開一點距離，用疑惑的眼神看著阿芬。阿芬的表情有點緊繃，胡睿亦因而推測，阿芬要講的不是什麼輕鬆愉快的事情。

「妳聽到什麼了？」

「滋滋說……說了跟她之前一樣的話……」

胡睿亦順著阿芬的視線看向隔壁的病床。現在那張病床上，睡了一個剛轉進來兩天的酒精戒斷性譫妄的中年大叔——只見他手腳不停顫抖、冒冷汗，兩眼瞪得老大，嘴裡不曉得在呢喃什麼——但胡睿亦知道，阿芬指的是郭湘瑩。

「什麼一樣的話？」

「米納可！滋滋也說了米納可！她說米納可要來殺了她！」

看到阿芬緊繃的神情，胡睿亦不禁皺起眉頭。

「什麼米納可？」

「她……她死前一直說，米納可會殺了她……」

「妳說……郭小姐這麼說嗎？」

聽到「米納可」三個字，胡睿亦總覺得腦筋裡的迴路好像有什麼接上了線，生物電流咻咻地流過，漸漸浮出一個模糊的輪廓——

難道……

美奈子?!

這是美奈子的日文發音，絕對錯不了！

「對！郭小姐當時也一直這麼說，我們都覺得她只是幻聽……學姐……怎麼辦？萬一這些都是真的……」

「滋滋也說了米納可會來……之類的話嗎？」

阿芬臉上顯現了自肺腑竄出的恐懼，拚命點頭。

胡睿亦歪著頭，左思右想還是想不懂美奈子的神隱事件，到底跟郭湘瑩和滋滋聽到的鬼魅「米納可」，究竟有什麼關聯。

「好，我知道了。阿芬……阿芬？」

胡睿亦等到阿芬終於鎮靜下來，正眼看她時才繼續說：

「妳別放在心上。我想，大概是滋滋聽到郭小姐這麼說，也跟著學她這麼說吧。」

「可是學姐……這真的不要緊嗎？我有點擔心滋滋……」

「不要緊。」

胡睿亦以堅定的語氣回答阿芬，想打消阿芬的不安。

「這樣嗎？好，我知道了。」

「妳別想太多，滋滋這邊我也會多幫忙注意，妳如果覺得不放心，就交班下去，讓輪晚班的人多注意一下滋滋就好，應該不用太大驚小怪。」

「好。」

看到胡睿亦嚴肅的表情，阿芬也覺得自己反應過度，有違臨床護理的原則，若是讓護理長或督導知道了，恐怕又要挨一頓罵。

但另一方面，胡睿亦卻等到阿芬離開病房之後，才敢大口喘氣。

這到底是怎麼回事？

事實上，以胡睿亦在精神病房輔導病患十六年的資歷，從未聽說過有病患產生一模一樣的幻聽，更別說是這麼離奇的內容。況且，據她的瞭解，郭湘瑩和滋滋都不諳日語，別說她們了，就連阿芬對「米納可」的發音，恐怕也與實際上有落差。

只不過，病人幻聽到的殺人鬼「米納可」，竟然跟自己無意間發現的昭和八年神隱事件主角「美奈子」，冥冥中產生奇妙的連結。就算用巧合來解釋，也很難讓人徹底信服。

更讓胡睿亦好奇的是，所有聽到「奇声」的人，全都死於非命；唯獨「美奈子」奇蹟似地活了下來，而且名字還從那些聽到「奇声」的人們口中說了出來……種種對應，都讓胡睿亦不得不相信，這其中一定有什麼未解開的謎團。

或者，美奈子發現了什麼解開詛咒的方法？

這個突如其來的想法，令胡睿亦聯想到《山、雲與蕃人》的其中一段。因為才剛重新翻過一遍，所以記憶猶新。

昭和六年，鹿野忠雄在大學二年級的暑假，進行了連續七十天的登山活動，包括玉山主峰、各衛星峰及南玉山的攀登縱走。八月下旬的時候，好不容易等到颱風離開，鹿野忠雄立刻安排了一日縱走玉山南峰和南玉山的計畫。清晨五點，他們從新高駐在所出發，七點二十五分就登上玉山絕頂。玉山頂上有座小神祠，名叫「新高祠」，是由新高郡守今井昌治所主導建立的。一九二五年，新高祠擴建完成後，舉辦了鎮座祭。當時今井昌治坐在原住民背上的椅轎，視線與隨行人馬完全相反，略有種不可一世的氣概。

鹿野忠雄寫道，新高祠裡面供奉了山神的御神體——「一面小鏡子」——旁邊放著一大瓶清水。該段落的隔頁還附了一張一九三八年攝影的神祠照片，但政權輪替之後，新高祠被人燒燬，如今已不存在。

會不會跟新高祠有什麼關聯呢？

胡睿亦仔細想過之後，認為美奈子應該不是透過參拜新高祠解開詛咒，因為她從頭到尾都沒有登上玉山山頂。於是胡睿亦換個角度思考，這才想到，美奈子之所以「被神隱」，或許就跟新高祠有關……

老公常常講起日本的文化歷史，也因為這樣，胡睿亦大概知道御神體是什麼，也對日本神話、神道信仰和參拜神社的禮儀略有瞭解。

一般而言，參拜是從進入「神域」開始。在進入「神域」之前，必須先向入口的鳥居內行禮，才能從兩側通過鳥居。接著，是參拜前淨化自身的儀式，於手水舍洗淨手口，再到拜殿進行賽錢、搖鈴和禱告，最後才是抽籤。有些人還會購買繪馬和御守當作紀念品。

雖然當時曾有山岳界的有力人士發起建設包括在水里登山口在內等多座鳥居的提議，但最後仍不了了之，導致新高祠成了日本國境內極少數未建有鳥居的神社。因此，新高祠的「神域」範圍究竟要如何定義，仍是未知之數。

但不論如何，神社所在的附近區域即是「神域」，是神靈的住所，「不潔」的事物不能隨意進入「神域」，這點常識胡睿亦還是有的。

理解到這一點之後，胡睿亦才開始正視美奈子神隱的原因——除了那個奇怪的聲音之外，會不會有其他可能性？如果她脫隊的目的跟新高祠，或者她身上所帶的「不潔」有關……

胡睿亦彷彿看見活生生的美奈子出現在眼前。

她悄悄離開營地，奔向黑暗的山林。

假若美奈子因為覺得自己不潔，不能前往山神的神域，她會做什麼？

胡睿亦記起一個日本人的習俗。在神道教的觀念裡，死亡被視為不潔之物，因此神社中是沒有墓地的，所以絕大多數的日本人，都是以佛教的方式來處理與死亡密切相關的喪事。

難道美奈子接觸到某個人的死亡嗎？

胡睿亦搖搖頭，想揮去這個跳躍的想法；但她忍不住進一步想，姑且不論美奈子認為自己「不潔」的原因是什麼，她肯定計畫去做某件事，可能是一個類似手水舍的淨身儀式，以去除自己身上的「不潔」。只有這樣，她才能在隔日隨著登山隊登頂。只是，她可能低估了山的魔力，因而造成長達三天的神隱。

倘若美奈子因此解開了聲音的詛咒呢？

老公沉穩的聲音在耳邊響起，讓胡睿亦更加確信自己的思路是正確的。

〈……如此搜尋了三日，就在將要放棄的時刻，布農族人將美奈子送至樂樂駐在所，據聞美奈子渾身濕透，倒臥在小徑岔路下、樂樂溫泉附近的溪谷峭壁上。據布農族人描述，那處是Oung-oung（峽谷），必須以鳴槍的方式把鬼趕跑。美奈子獲救後，不斷說自己聽到奇怪的聲音……〉

渾身濕透。

美奈子做了某件事，讓自己渾身濕透，進而解開了詛咒。

終於，胡睿亦發現自己抓到了一線曙光。

現在，她只要找出那件事是什麼，就可以救滋滋一命。

她暗自盤算，或許有必要去樂樂溫泉附近看一看了。

*

順著國道三號一路南下，沿途單調無趣的景象，讓吳士盛好幾次差點睡著。

車窗外是全然的黑，即便有路燈和車燈照亮前方，或許因為時速過快，看起來有跟沒有似乎差不多。若不是護欄的反光鈑和路面上的玻璃貓眼，吳士盛恐怕早已出車禍了。

吳士盛在台中轉上台74線快速道路，切入國道三號。下了名間交流道之後，一路開在台16線，往山裡面走。遙望遠處的巨大山塊，濃黑色的雲霧籠罩著整個山頭，吳士盛頓時心生畏懼，放慢了車速。

真的要進去了……

好不容易克服了內心的恐懼感，吳士盛這才加大油門。

終於，路標開始出現「玉山國家公園」的方向指示，橫跨過集集鎮和濁水溪的支流清水溪，穿過水里鄉，窗外的風景逐漸發生變化。樹變多了，路也變彎、變窄了。整條路上無車無人，而且此處的黑，與高速公路上的黑不同，更帶有一點詭異的氛圍。

吳士盛不由得打起精神，時不時還從照後鏡偷窺後座有沒有奇怪的靈異跡象。

右轉進玉山景觀公路後，就正式進入信義鄉的範圍了。從車子右手邊的車窗望出去，可以看見另一條濁水溪的支流——陳有蘭溪。黑色的溪水隱隱傳來轟隆隆的聲響。從這裡開始，沿著陳有蘭溪一路往南行駛，經過蜿蜒如羊腸般的山路，便可抵達玉山景觀公路最南端、同時也是最高點的塔塔加地區。

塔塔加地區在行政上同時劃屬於南投縣信義鄉與嘉義縣阿里山鄉，是通往玉山主峰的必經要道，在此轉上俗稱「阿里山公路」的台18線，即可抵達吳士盛的目的地——位於上東埔的塔塔加停車場。

吳士盛把車停進草磚鋪成的停車場內，抓起副駕駛座上的背包，正準備關上車門，腦中卻突然閃過那台卡式錄音機。

他想了一下，最後決定把錄音機帶在身上。

一般登山客都是在停車場集合整裝，給國家公園警察隊的塔塔加小隊檢查入山證。通過檢查哨之後，再轉搭接駁車到塔塔加鞍部。此時停車場內已有不少身穿色彩鮮豔的風衣外套的山友們，整裝完成，正準備出發。

吳士盛裝出一副要前往其他景點的樣子，若無其事地往另一個方向走。

他趁著沒人注意到他，閃身鑽進樹叢，撥開雜草和乾枝。躲進樹叢之後，他才從背包裡取出手電筒，對準腳下的山坡地，以免引起不必要的麻煩。

不知種類的針葉林中，樹與樹之間的距離很狹窄，僅僅是兩百公尺的上坡地，也讓吳士盛滿身大汗，走了二十分鐘才穿過樹叢，抵達楠溪林道。楠溪林道是一條柏油路，大約一台車的寬度。從方才爬上來的方位判斷，應該向右轉。

吳士盛左看右看，判斷剛才那群山友已經走得很遠了，便加緊腳步，試圖跟上他們。

這時候，樹叢中突然傳來一陣動靜，嚇了吳士盛一跳。

在原地佇立了好一陣子，吳士盛才敢繼續往前走。

難道是猴子？

路上到處是結冰的水漬，晚上的山裡溫度只剩下不到十度，光是靠著這件薄薄的風衣根本不夠。吳士盛很後悔沒有多穿幾件衣服。

楠溪林道兩側長滿了鐵杉林跟玉山箭竹，一路往上坡蜿蜒。偶爾傳出的蟲聲，讓吳士盛心神不寧，老是以為有什麼鬼怪要出來了，因而更加快了腳步。

或許是因為情緒太緊繃的關係，他覺得越來越喘，便暫時蹲在路邊的大樹下休息。他從口袋裡取出手機，根據Google地圖的標示，這裡位於楠梓仙溪林道與玉山林道的交會處，是一道三岔口。

原來這就是大鐵杉啊。

稍事休息之後，吳士盛便起身繼續往前走。他告訴自己，若是不按照計畫走，恐怕沒辦法在今晚順利下山，所以一定不能偷懶。他根據路標，繼續沿著楠溪林道走。

距離玉山登山口……還有一點四公里……

通過大鐵杉之後，林道略略下行，路面有冰霜和冰碴，所以有點滑。幸好坡度不陡，吳士盛小心地快步穿過。約莫五十公尺後，路旁出現了奇怪的大型碎木塊。

有些路段沒有駁坎，僅有細細的枯樹和低矮的鋼索護欄，看下去一片黑暗。吳士盛心想，若是不小心跌下山谷，恐怕會沒命吧。

又走了大概十分鐘，來到一處鋪著長方磚的彎月狀平台。穿過之後，吳士盛看見了一座比他還高的石碑，上面寫著五個大字——玉山登山口。

吳士盛觀察了一下地形，發現此處正好是位於兩座大山塊之間的山坳地，難怪叫做塔塔加「鞍部」，形狀還真是有點像。

他快步往下走，兩座石柱之後，就是恐怖的登山小路。左邊的石柱寫著「玉山北峰 海拔三九二〇公尺」，右邊的石柱寫著「玉山東峰 海拔三九四〇公尺」，菱形的告示牌上警告登山客要「注意落石」「小心強風」。

吳士盛深吸一口氣，鼓起勇氣踏上登山小路。

此刻，他的右手邊完全沒有屏障，若是一不小心踩空，就會立刻摔下深不見底的山谷。這條登山小路大概只能容納一個人通過，因此僅能單向通行，或者在交會的時候側身換位。如果是體型略胖的人，就有可能在旋身的時候，把前後的山友撞到山谷下。

吳士盛一小步、一小步地前進。有些路段在山谷側有樹和矮叢，讓人感覺安心；有些路段則沒有，吳士盛就會因此放慢腳步，盡量不去看那令人暈眩的高度。

登山小路漸漸變成了碎石路，然後變成一條人為踏出的野徑。一瞬間，視野開闊了起來，前方出現了陡峭的斜坡，吳士盛扶著以水泥糊成的步道矮牆，緩步前行。

沒想到走沒幾步，左側的山壁突然陡立成完全垂直的角度，他只好雙手展開，半趴在左側的山壁上，膽戰心驚地通過這一段山路。

只不過，真正的挑戰才正要開始。

路況變得越來越糟，幾度出現大迴轉，還有搖搖晃晃的木頭棧橋，讓吳士盛忍不住懷疑起自己在網路上看到的資料到底是否正確——何以其他人都能有說有笑地輕鬆通過，自己卻走得跌跌撞撞？

體力真的變差了……

他反省自己，或許是因為太過害怕導致手腳施展不開，但真正的原因恐怕是長期窩在車上，身體的肌肉和關節早已僵化了吧？總之，吳士盛已經花了比想像中更久的時間才抵達孟祿亭，倘若再不加緊腳步，一定追不上那些經驗老到、體能優異的山友。

孟祿亭其實就是一座簡陋的四腳亭，可以讓山友躲雨、稍事休息。但吳士盛不敢再偷懶，繼續朝下一站——前峰登山口邁進。

走著走著，路況似乎有變糟的趨勢，而且吳士盛感覺到自己的小腿開始痠疼，一陣一陣地抽痛。他放低姿勢，緊握著手電筒，手腳並用，以半匍匐的方法維持行進的速度。

隨著野徑隱隱上升，氣溫跟著降低，吳士盛也感覺到小腿變得緊繃，痙攣一波一波地襲來，連大腿和後腰都出現嚴重的酸蝕感。他終於醒悟到，因為開計程車姿勢不良而造成的駝背，總有一天會徹底毀掉自己的健康。

好不容易捱到下一個明顯的標示，吳士盛感覺自己的體力已經耗竭。但根據標示上的說明，過了前峰登山口之後，還要再走五點八公里才會抵達排雲山莊。換句話說，自己還走不到一半的山路，體力就已經不行了。

然而頗令吳士盛得意的是，他在白木林觀景台遇到兩名一男一女、準備折返的山友，顯見這段路確實非常困難。

看到他們收起爐具，空氣中瀰漫了泡麵的香氣，吳士盛頓覺一陣飢餓襲來。

什麼嘛，想不到我這個計程車司機的體力還不錯嘛！

根本沒運動也能爬贏你們，還是回家再練練吧！

只不過，心理上的優越感，在食慾的侵蝕之下，瞬間化為泡影。而且手腳身體實在凍得受不了。吳士盛趕緊叫住了那兩名山友，大膽問道：

「能不能給我一點泡麵？」

那兩名看似是夫妻的山友聞聲，停下腳步，面面相覷。女性山友看了男性山友一眼，男性山友才率先開口回應：

「那你有熱水嗎？」

「啊……沒有……」

「看你也沒有瓦斯爐跟鍋具呢……你只帶了這麼一點東西就上山嗎？」

「我、我天亮就會下山了。」

「你穿的衣服也好薄……真的不要緊嗎？」

「一下子而已，沒事。」

「不過，我們的熱水也用完了，不然我們先給你泡麵，等你走到前面去的時候，再跟其他人要熱水吧。」
男性山友從背包裡掏出兩包泡麵，遞給吳士盛。
「多給你一包吧。」
「謝謝。」
「不會。那個，千萬不要逞強喔，這山裡面不是開玩笑的。」
兩名山友向吳士盛揮手道別，轉身走入後方的小徑，朝塔塔加的方向離開。
逞強？
我看起來像是逞強嗎！
吳士盛雖然受了他們的恩惠，卻滿腹不爽。
少瞧不起人了！我偏要走完給你們看！
如此想著，吳士盛也不想跟其他山友借什麼熱水跟爐具了，他直接扯開包裝，把乾硬的麵塊塞進嘴裡嚼碎。
補充了熱量，腿部也暫時獲得休息，吳士盛再度啟程。也不知是心理因素、還是單純身體有了能量，到大峭壁的這段路走起來順利許多。就這樣，陸陸續續走了五個多小時的山路後，天空已開始漸漸轉亮。
樹影仍是黑色的，在淡藍色天幕的映襯下，變成有如水墨畫一般的剪影。又過了一段時間，太陽升起，星星消失，吳士盛於是收起手電筒。隨著天色變得清明，草木萬物都回到原本的顏色，他也有了觀賞風景的餘裕。

大峭壁一帶的山崖，長滿了直挺拔高的臺灣鐵杉及臺灣雲杉，偶爾可以看到不知名的松木、芒草和石竹；但是過了大峭壁之後，林相開始變得簡單，以冷杉林為主，在黑暗中看起來很像無數旗杆矗立在山間。還有著名的玉山龍膽。這個時節，玉山龍膽已過了花季，紅莖上僅有小小的窄葉，很不起眼。他從葉上結冰的露水判斷，此時此地的氣溫應該低於零度。

吳士盛靠著快步登山維持體溫，攀爬了無數石階後，出現了巨大的杉木朝天際生長。緊接著是一道更危險的棧橋，根據棧橋上金屬板標明的編號，他已經走了相當遠的距離。他牽著固定在橋兩端的鐵鍊，亦步亦趨地過橋。

過了棧橋之後，吳士盛看到地上的指標寫著：「0.5↓排雲」，忍不住欣喜地長吁一口氣。只不過，好不容易通過一座座石階、來到排雲山莊時，又出現了「遞交入園證」的警示。吳士盛注意到，有些山友選擇在山莊先開伙、補充體力，有些山友則是把背包暫放在這裡，輕裝攻頂。為了避開檢查哨，吳士盛故技重施，趁著眾人不注意時，繞道山屋的後方，鑽過鐵絲網的縫隙，穿進樹林。

吳士盛躲在樹林間，遠遠看著山友們自排雲山莊左側醫務室旁的登山口陸續出發。從路標來看，玉山西峰距離排雲山莊不到三公里，但想也知道，因為陡度不同，走起來決計不可能更輕鬆。

看準時機，吳士盛跟著人聲穿出樹林。約莫三分鐘後，到了一處三岔路口，接著開始出現地形惡劣的石礫裸露地，小腿粗的樹根暴突出來，有些地方，甚至必須依賴固定在山壁上的鐵鍊，甚或抓著樹根，才能以攀爬的方式持續上行。

天空呈現完美的藍色漸層，雲層稀薄，風勢變得極強，箭竹林不時像皮鞭一樣打在身上，偶爾的瞬間風勢好幾次讓吳士盛重心不穩，差點跌下石子路。隨著海拔變高，空氣變得十分凍人，杉樹針葉也明顯結霜了。

此時此刻，眾山友都專心在眼前的裸石山路，一言不發，彷彿在跟這座山峰作無聲的對抗，像是某種征服前的神聖時刻。

直到接近登頂之際，吳士盛才終於聽到某個山友跟同行者說：「這裡應該有三千五了吧！」從語氣中可以聽出，那名山友非常興奮。

最後一百公尺，有些山友明顯加快了步伐。因為西峰沒有三角點，所以已經登頂的人站在標示牌前，拿著準備好的資料卡，互相拍照。

臺灣百岳No. 25……海拔三五一八公尺？

原來我不知不覺征服了一座百岳啊！

吳士盛突然覺得很得意，畢竟他過往聽到關於登山的事情，都覺得那是距離自己非常遙遠的事。總聽到喜愛登山的朋友誇誇其談地炫耀登頂的照片——他忍不住竊喜——如今自己竟也成為那其中一員了啊！

眾多山友輪流在標示牌前拍照留念，吳士盛這才注意到，那標示牌指明了「山神廟」的方向。

終於……可以結束這一切了……

接下來，吳士盛只要把那個類似小木偶的法器點燃，塞到那座山神廟的下方，等待神祠燒燬，就可以解除米納可的恐怖魔咒，阻止她繼續無止境地用聲音殺人。

他跟著人群穿過筆直的冷杉樹林，繞到另一側。

從這一側可以眺望玉山北峰、玉山風口、以及玉山主峰的山脊。在群峰的山麓位置，依稀可見底下有個部落。換個視角，還可以在更遠處的地方看見亦是百岳之一的關山。

西山神祠位在非常顯眼的位置，大小略比土地祠大了一點，有人正雙手合十祭拜。神祠的本殿，採用了與伏見稻荷大社相同的「流造」樣式，屬於最廣泛「平入」形式之一。吳士盛站在神祠前，發現了頗令他意外的事情。

觀音像？

這……算是美奈子的勢力範圍嗎？

看到西山神祠裡擺著觀音像，讓吳士盛突然困擾了起來。他不是不懂為什麼裡面會放上觀音像，畢竟政權更迭之後，越是這種文化和宗教上的小細節，越是會被注意；問題是，以那道姑所說的，這座神祠是日本人的遺禍，惡靈美奈子的根據地……如今已經換上了觀音像，日本女鬼又怎麼可能繼續侵占這座神祠？

真的……沒辦法啊……

吳士盛跟大多數臺灣人一樣，觀音信仰自泉漳兩地傳入後，一直是備受尊崇的家堂五神（觀音菩薩、天上聖母、關聖帝君、灶君、土地神）之一。吳士盛從小就跟著父母祭拜懸掛在神明廳吉位的「觀音彩」，與祭祀的祖先一起，早晚上香上供。若是據那道姑所說，燒掉西山神祠，也會連帶燒掉這尊觀音像，而這是他無法做到的。

但是……如果那道姑說的是真的呢？

如果不照做，自己就會死——這個想法一直在吳士盛腦海裡縈繞不去。現在遊客仍多，還有拖延的藉口，但等人煙變少之後呢？他在附近的樹幹旁躊躇來回，望著陸續虔誠祭拜的人們發呆。

最後，終於讓他下定決心的，是一個中年婦女。

那個女人坐在神祠前，對著相機的鏡頭比「Ya」。她穿著鮮豔的紅色夾克，一看就知道是高級貨。她的臉頰瘦削，眼尾下垂，鼻梁扁平，猛一看上去，令吳士盛想起慘死的郭湘瑩。不管他們夫妻感情如何，美奈子終究還是奪走了他的髮妻、他的家庭。他恨美奈子，恨得必須除之而後快。

躲在樹後點燃小木偶的同時，他告訴自己，觀音菩薩會因為他小時候都有乖乖祭拜而原諒他，隨即以飛快的速度繞到神祠的後方，偷偷把著火的木偶塞進神祠下與石頭基座之間的空隙，然後順勢裝出什麼也沒發生的樣子，站到另一側，俯覽山下的風景。

沒意外的話，就算等到救火隊上來，神祠也早已燒燬。遊客即便有攜帶水壺，也不可能澆熄被山風吹得旺盛的火炬。

仍有人在神祠前對著相機擺姿勢，開懷大笑。

沒人發現他做的好事。

如此確認之後，吳士盛安心地隨著其他隊伍離開，朝登山口的方向往回走。

因為了卻了一樁心事，吳士盛覺得格外輕鬆。從這個角度遠眺，似乎可以看見塔塔加到登山口之間的山路。然後才像是突然想起什麼似地，回望深厚的西山峰頂。

嗯？

怎麼沒有煙……？

難道火被熄滅了？

吳士盛頓時緊張起來，拔腿往回跑。

然而越靠近山頭，越確定西山神祠仍安然無恙。

他難以置信地瞪著頂峰，同時以更快的速度攀爬上山，以至於完全沒發現自己已經落單，而且也沒注意到前方有處易滑動的落石。就這樣，吳士盛在本來相當容易攀登的岩稜上踩空，一瞬間失足墜下山谷。

吳士盛在山坡上快速翻滾，腦子裡一片空白。他從無墜落的經驗，只感覺到身體不斷撞擊到岩石，然後持續下沉，一點抵抗的力氣都沒有。腦中唯一明確的念頭大概只有——啊，這次真的完蛋了——如此自暴自棄的想法。

不知翻滾了多久，身體終於停了下來。

他想起身，卻感覺到五臟六腑像被毆打過一樣，不敢動彈。腳踝的部分非常痛，或許骨折了。後腦勺也有點腫。若不是背包幫他擋住了幾次石頭尖銳的刺擊，恐怕早就沒命了。

等到疼痛稍微淡去，他才敢坐起身，觀察自己現在的處境。

他胡亂猜測，根據剛才滾下來的方位，這裡大概是西峰和北峰之間的某個小岩溝。不過，他也不敢確定自己的猜測一定正確，畢竟經過無數次的翻滾，怎麼可能搞得清楚真正的方位。說穿了，唯一可以確定的，只有「這裡有好多石頭」而已。

吳士盛試著活動腳踝。還能動。但他認為，如果真的是骨折，不要亂動、等待救援應該才是正確之舉。於是他從口袋裡掏出手機。

正想打電話求教，卻發現手機收不到訊號，吳士盛這才驚覺事態不妙。

他開始朝山上大吼，但不曉得為什麼，吼破了嗓子，也沒看到半點動靜。

難道山上那群人全都耳聾了嗎？

媽的！一群笨蛋！

明明是自己犯了錯，卻優先責怪對方沒有注意到自己的危急處境，這就是吳士盛的生存哲學。他心裡面只顧著謾罵，詛咒別人沒發現他一定會不得好死云云，也因此喪失了冷靜的判斷力。

時間逼近正午，山嵐自山罅中漫出，漸漸遮蔽了倒臥岩溝中的吳士盛，使他更難被發現。他冷得開始發抖，心想再不趕快離開，就要死在這裡了。

他忍著痛楚站起身，嘗試踩出兩三步。發現自己還能走之後，吳士盛急急忙忙地走回摔下來的地點，然後徹底心死。

完蛋了……這根本上不去……

近乎垂直的岩壁，沒有任何工具，腳踝還受傷，到底要如何攀爬上去？

雲霧越來越濃，漸漸遮蔽了周遭的岩場，更糟糕的是，天空開始出現乳房狀懸垂的積雨雲。即便吳士盛看不懂雲象，也能從濃深的灰色看出來，即將降下超大的雷暴雨。他趕緊找到一處懸岩，躲在勉強可以橫躺的岩壁根部，靜待雨勢過去。

果然，豆大的雨滴開始墜下，接著是雨簾，最後是超大的水瀑。

更糟的是，開始出現落雷。

吳士盛躲在岩簷下，因著寒冷和對大自然威力的恐懼而不停發抖。不停有雷電打在尖細的樹枝上——起初是微小的放電，然後在接觸點冒出青色的火焰，伴隨著雷聲隆隆，這幅景色足以讓所有在山中迷路的人，心神慌亂。

冰冷的雨水淹了上來，吳士盛的薄夾克迅速被浸透，忍不住瑟瑟發抖。

再這樣下去……我會冷死……

他聽著自己的牙關喀喀打顫，彷彿在聆聽來自死神的倒數計時。

第五章

美奈子

一輛外身晶亮的計程車停在文心路的麥當勞前。
郭宸珊走下計程車，拖著行李，身體感到異常疲憊。
決裂那晚，她在北京的酒店哭了通宵，只在隔天凌晨時分睡了一個小時就醒來。手機裡有丈夫的二十六通未接來電，但她不想回電，反而訂了回臺灣的機票。
原來……我們的婚姻只剩下二十六通電話的價值……
郭宸珊不禁想起，以前還是男女朋友時，曾跟丈夫吵過一次瀕臨分手的架。那時候郭宸珊刻意搞失聯，丈夫打了上百通電話，還在她租屋處附近的咖啡廳坐一整天，就是為了要抓準她出門的時刻，跟她下跪道歉。
如果真的想要挽回我的話，應該會像以前一樣，守在機場等我吧……
但沒有。丈夫已不是當年那個會全心全意為她付出的男人了。郭宸珊毫無阻礙地上了飛機，回到臺灣。
郭宸珊穿過大樓的中庭，突然對這個家產生強烈的厭惡感。她佇立在中庭的水池旁，凝望高樓與高樓之間縫隙中的那幢黑色建物。她一直莫名覺得那東西很不吉利，現在終於想清楚為什麼了。
原來那是我的墓碑啊……
那是市議會的議政大樓新址，從她的角度，可以看到黑色玻璃帷幕包覆的側面。雖然是由瑞士知名的建築師事務所設計的，也頗受市民好評，但在此刻的郭宸珊眼裡，已經變成一個足以吞噬自己的陰暗墓穴。

當初搬進來的時候，怎麼沒發現這點呢？只顧著欣賞挑高的大廳、豪華的會客室和視聽室；被奢侈的茶室、品酒室、廚藝教室、美容中心、KTV、麻將間、健身房、甚至隱蔽的SPA泡澡室等等迷得頭昏眼花，殊不知過了不到一年的夢幻生活後，家人就四散西東，只剩下自己還留在一成不變的物質城堡裡，等死。

極其負面的想法逐步占據郭宸珊的腦海，她像在一座無光的迷宮裡找尋出口，最後竟意外碰上深埋在意識邊緣的密室。裡面有個熟悉的聲音引領著郭宸珊的動作，然後她打開它。

復仇。

妳該奪回屬於妳的東西……

郭宸珊聽見那聲音這麼說。

那是……誰的聲音？

苦思三巡之後，郭宸珊終於想起自己是在何處聽見那個聲音的。

真是個美麗的意外。

雖然已隔了三年之久，但那天的情景卻像電影復映一樣鮮活。她們一群貴婦坐在某間酒館的戶外座，陽光透過頭頂上的巨大陽傘，灑進盛裝了鱈魚角（Cape Cod）的玻璃杯中，讓血紅色的液體更加晶透。

那聲音就來自於郭宸珊的斜對角。一個全身巴寶莉（Burberry）的女人，右手正捧著她的酒杯，左手輕柔地撫弄懷裡的嬰兒。郭宸珊聽見她說起自己得子的祕訣，唇瓣一張一闔，鼻孔隨著語氣翕張，那得意的表情令人難忘。但郭宸珊能體會她的心情。若不是她懷裡的那個嬰兒，她的先生早已在家族壓力的逼迫之下，另結新歡。

原來是烘爐地啊……

女人在烘爐地的南山福德宮跟註生娘娘求得一子，但立刻有人提出疑問，說那不是陰廟嗎？女人一聽，笑著回答：「如果真的是這樣，那乖乖還願不就好了嗎！」後來才有另一個女人澄清，福德宮不可能是陰廟，只是因為在「夜總會（墳墓地）」旁邊，道聽途說罷了。

話題一打開，立刻就有人分享回春和馭夫的祕術，說的也是在烘爐地找到的法師，非常靈驗，不但丈夫回心轉意拋棄小三，也不需要再去醫美診所做微整形跟保養了。

當時郭宸珊只把這些當成笑話在聽，也從不覺得自己會需要接觸那些邪魔歪道。她完全沒想到，不過三年的時間，自己就落入這般田地。

她拿出手機，找到林淑美的電話，撥了過去。

「喂？」

「淑美嗎？我是宸珊。」

「嗯，有什麼事嗎？」

「妳現在有沒有空，幫我找一個人。」

「我現在準備跟我老公去打壁球，妳很急嗎？」

「很急。」

「妳還好嗎？聲音聽起來——」

「不好。所以，拜託妳。」

「妳要找誰？」

「我忘記她的名字了，她先生是在做化學塗料的那個——」

「化學塗料？妳記得公司的名稱嗎？」

因為和自己的名字有關聯，郭宸珊記得那間塗料公司的名稱有個「宸」字，但具體名稱是什麼已經忘得一乾二淨。

「宸什麼的……我忘了。」

「是宸宇嗎？妳要找琇琴？」

「對、對，就是琇琴。妳有她的電話嗎？」

「我有，馬上傳簡訊給妳。」

切斷通話後，不到十秒，林淑美就傳了一個手機號碼過來。郭宸珊長壓那串號碼，手機隨即跳出一個訊息框，包括撥打、FaceTime語音、傳送訊息、加入聯絡資訊、以及拷貝。

郭宸珊猶豫了一下，最後還是按下撥打。

＊

車子進入東埔之後，可見多處坍方的山壁，令胡睿亦想起當年慘烈的情景。但越靠近溫泉街，就越來越多遊樂區的特色商店和旅館，不再是單調的山林景色。

胡睿亦下了車，快步走進預訂的溫泉飯店。老公停好車、提著行李走進來時，正好胡睿亦已辦妥入房手續。他們兩人把大型行李放在房間，只帶了輕便的背包出門。

要到樂樂谷溫泉，一般都是走八通關古道過去。胡睿亦和老公沿著開高巷一直往南走，沿路的牆面上，偶爾會出現布農族圖騰和彩虹的塗鴉。穿過一條隧道後，根據標示走上斜坡，木製的路線圖牌告訴他們，這裡就是古道的起點——東埔登山口。

往上爬升的階梯旁，立有一根刻著布農族圖騰的大石柱，地上還刻著古道的歷史介紹。他們走過無數黏板岩鋪成的石階，進入麻竹林的範圍。

路面上有許多枯葉，沾上雨水後變得很濕滑。胡睿亦剛剛聽飯店的櫃檯人員說，昨天下午忽然降下一場暴雨，因此提醒胡睿亦一定要攜帶雨衣。

走著走著，路面突然變得非常險惡，而且多有落石的警告標語。原來這就是著名的父子斷崖，因為沙里仙溪斷層錯動，造成山路的岩體破碎。幸虧其餘的步道還算好走，很快地，他們抵達第一個分歧點——樂樂谷溫泉岔路口。

岔路口的路標告訴他們直行是往雲龍瀑布，而過了雲龍瀑布之後，要再往前就得要經過申請才能進入。不過，胡睿亦也沒心情欣賞古道的風景，於是直接右轉，步道開始急遽下切，落差約莫有三百公尺，因此有些地方的坡度甚至高達七十度，再加上颱風土石流造成的坍塌，其實相當危險。

他們循著陡峻的土石子路，緩步踩著「之」字形的小徑，數十分鐘後，已可看見陳有蘭溪與樂樂溪的交會處。

好不容易下到盡頭處，終於看見陳有蘭溪有如斧鑿出的壯麗峽谷。他們沿著陳有蘭溪的右岸，經過疑似是早期流籠索道的廢棄鋼纜台座。

「聽說以前的古道山莊就在附近欸！」

老公向來喜歡鑽研歷史和地物變遷，看到流籠的遺跡，忍不住興奮地宣告。

古道山莊又被稱為吳結工寮。早在清朝時期，吳結的祖先就在樂樂谷開墾，到了吳結這一代，就在溪谷搭起兩層樓的大通鋪，以便宜的食宿費用接待遊客。當時，遊客還會搭乘跨過陳有蘭溪的流籠纜車去參觀鐘乳石，頗受山友歡迎，山莊內外到處都是登山社團的旗幟和紀念文字。

不過，玉管處成立之後，國家公園警察和信義分局的刑警認為吳結擅自營業，還架設小型發電機，利用北峰澗谷的湍流發電，有逃漏稅和濫墾的嫌疑，所以把吳結移送法辦。古道山莊也因此消失。

他們根據石頭指標一路往上游溯走，小心翻越河床上的巨石。河水比較深的地方，還要踩入及膝的冰冷溪水中。

「到了！」

胡睿亦欣喜地回望老公。左方的岩壁上，出現明顯的出水處，隱隱傳來一股硫磺味。
「這就是溫泉嗎？」
「是呀。妳沒看到都冒煙了嗎？哈哈。」
胡睿亦找了一處有五顏六色圖案的岩壁，脫了鞋襪，坐在大石上用溫泉水沖腳。
「好舒服啊！」
老公也找了一處大石坐下。不顧衣服被沖濕，他直接整個人躺進水簾底下。
不過既然是溪水切鑿出來的峽谷，兩側有不少難以攀爬的峭壁。胡睿亦不禁開始想像起美奈子當年受困在那上面的情景——布農族人看到了，應該也很傷腦筋吧。
「對了，妳說要來這裡，是因為那個美奈子的報導……但是妳說破解詛咒……到底是什麼意思啊？」
「我懷疑美奈子是刻意脫隊，跑來這裡的。」
「刻意脫隊？理由是什麼？」
「我猜是因為她接觸了什麼讓她覺得不乾淨的東西……說不定是接觸到某個人的死亡或喪事，總之，她無法直接登頂，因為那裡有神祠。」
「嗯……但，這又跟詛咒有什麼關係？」
「神社不是都有手水舍讓參拜的人洗去不潔嗎？我想，美奈子就是為了去除自己的不潔，反而連帶祛除了那個聲音的詛咒。」

「妳的意思是……禊祓？」

「戲服？什麼啊？」

「妳都說手水舍了，我還以為妳知道咧。神社的手水舍就是簡化的禊祓啊。簡單地說，禊祓就是用水洗淨自己的身體，去除不潔。我以前有翻過《古事記》，沒記錯的話，伊奘諾尊因為前往黃泉之國碰觸到死穢，所以就在筑紫日向國進行禊祓儀式。」

「我不知道這個……你的意思是說，美奈子真的在這裡的溫泉……禊祓嗎？」

「禊祓有很多種形式啊，除了手水舍，還有水行、瀧行、水垢離和寒垢離……妳應該看過電影裡面演的，在瀑布下修行吧？那個就是瀧行，就是禊祓。」

「那、溫泉也有這種功效嗎？」

「當然有啊，日本人的澡堂和溫泉文化就跟禊祓有關。以前溫泉不那麼普及的時候，一般民眾只能用『參拜』當作藉口，才能泡溫泉咧。」

「所以……」胡睿亦忍不住沉吟了一陣，「美奈子真的是因為這樣……」

「欸，老婆，妳為什麼那麼在意這件事？」

「……」

「是跟妳醫院的事情有關嗎？那個滋滋？」

「嗯。」

「喔，我瞭解了。妳擔心她真的死掉。」

「你這語氣是什麼意思？」

「沒什麼。只是有點訝異，妳竟然會相信這些神鬼之說。」

「我——」

「妳以前連算命都不信的。這次有什麼不同嗎？」

「不同？」

被老公這麼一問，胡睿亦才發現自己確實沒有思考過這個問題。為什麼自己這次……竟然相信這個世界上有鬼的存在？

「我想，應該是因為我相信他們吧。」

「相信……誰？」

「我在精神病房這麼多年，他們是這社會中最不會說謊的一群人。所以，我才會覺得那個聲音一定是真的。」

「問題是，他們既然有精神問題，就有可能是幻覺啊？不是有什麼叫做……幻聽的症狀嗎？醫生應該也是這麼診斷的吧？」

「不是幻聽。我非常確定，不是幻聽。」

「妳這樣說，其實我也覺得很有可能。都有人可以通靈、可以看見鬼了。聽見鬼的聲音，然後被迷惑了神智……感覺好像也沒那麼不可思議。妳要去其他地方看看嗎？」

胡睿亦也覺得泡得差不多了，便隨著老公啟程到雲龍瀑布一帶遊覽，讓濕掉的衣服和鞋襪自然風乾。他們逛到接近正午，才往飯店的方向走回去。

胡睿亦和老公在飯店附近找了一間供應原住民料理的餐廳，因為是非假日，又已經過了用餐時間，所以餐廳裡只有他們兩個人。

快要吃完的時候，胡睿亦發現有個應該是布農族人的老阿嬤坐在餐廳門口，遙望遠處的山林，不知道心裡在想什麼。

「她已經九十一了，看不出來吧？」

剛才端菜出來、應該是老闆的中年男子，親切地跟他們攀談。聽到老闆這麼說，胡睿亦還真的有點訝異。以原住民的平均壽命來說，阿嬤算是極長壽的了。

「你是？」

「喔，我是她兒子啦。」

胡睿亦欣喜了一下。終於聽到原住民獨有的爽朗聲音。

「你媽媽身體很好喔。」

「對啊，她以前常常走山路，身體好是走出來的。」

「常常走山路？」

「喔，日本人的時代，我hudasmumu（曾祖父）在搬到這裡之前，有在日本人的駐在所當過警丁，常常在水里跟觀高之間跑來跑去。她就跟著跑⋯⋯反正這邊的每一條路，還有八通關的古道，問她就對了啦！」

胡睿亦對當時日本政府的集團移住計畫並不陌生。霧社事件過後，日本人為了控管臺灣的原住民族，實施強制性集團移住政策。昭和九年，警務局理蕃課擬定了「蕃人移住十箇年計畫」，因為曾發生過「郡大社蕃脫出事件」，新高郡的蕃地，也就是現在的信義鄉，是集團移住實行最徹底的地區之一。不少郡大社的氏族部落，從祖居地被迫遷至今日的東埔村和羅娜村等地區。老闆說的「搬到這裡」，或許就是集團移住計畫的一部分。

「警丁？」

「其實就是工友，幫忙跑腿買東西或送信，妳也知道，我們那時候就是被叫去做這些，什麼修馬路啊、揹上山啊，我們最在行啦。」

雖然語氣輕鬆，但胡睿亦還是聽出老闆對原住民遭受社會對待的方式，略有不滿。

「我媽她快無聊死了，你們有興趣的話，可以去找她聊聊。我先去洗碗了。」

「好啊。」

老公付過帳之後，想先回飯店洗澡休息，所以就把胡睿亦一個人留在餐廳。她擅自在門口找了一張板凳，坐在阿嬤面前。她的臉上雖有皺紋，但或許因為膚色較暗，所以看起來反而顯得年輕。唯有手背的皮膚出現明顯的褶皺，看得出來年歲已大。

阿嬤注意到胡睿亦，露出一抹微笑，兩條法令紋令胡睿亦聯想到早上踏查的溪谷。

「阿姨，妳好。」

「妳好。」

胡睿亦第二次被阿嬤驚訝到。這個年紀的原住民老人，國語竟然這麼標準，而且腦筋還相當清楚，一點都不輸給平地的年輕人。

「阿姨，妳身體很好欸，剛剛妳兒子說妳九十幾歲了，我有認識其他布農族的年輕朋友，她們的身體好像都沒有比妳好欸！」

「真的啊……妳認識誰啊？」

胡睿亦想了一下，決定不提Buni。

「我認識Aping。」

Aping是滋滋的原住民名。

「後面的名字呢？」

胡睿亦猜想，阿嬤指的是氏族名。但是她並不知道滋滋的氏族名。

「我不知道欸……」

「Islituan？Tansikian？manququ？」

阿嬤一連提出了三個胡睿亦聽不懂的字，但是一看到胡睿亦的表情，她也立刻明白，即使再問下去，胡睿亦還是搞不清楚。

「沒關係，妳來這裡玩啊？」

胡睿亦被阿嬤這麼一問，赫然有些詞窮。算是來玩嗎？

可能比較像是私人的調查吧！

但胡睿亦想了想，覺得這麼回答實在太超脫現實，搞不好阿嬤還會以為自己是警察。

「對啊，來泡溫泉。」

「那，妳有去dah-dah-han嗎？」

胡睿亦知道「dah-dah」這個布農語，是動物用舌頭舔食的意思，因為動物喜歡到樂樂谷舔溫泉的礦物質，所以也有溫泉的意思。阿嬤指的就是樂樂谷的溫泉地。

「有啊，早上去泡了一下，好舒服喔！」

「現在雲龍瀑布後面都不能去了，可惜！……翻過山之後，有好多好吃的樹番茄咧！以前我常常去咧！」

胡睿亦猜測，阿嬤說的應該是郡大林道之後的那片樹林。那裡因為颱風和地震等天災，崖壁都崩塌了，只有一條羊腸小徑和輔助繩可以通行。可能是為了避免山友發生危險，玉管處只好採取管制。

「啊，這樣啊。不過我的體力不像妳那麼好，應該爬不上去啦。」

「不會啊，很多人在Wulitu（山枇杷地）那裡烤火哩！還有樂樂山屋，以前我有去過，那時候還是日本人的駐在所哩！」

樂樂駐在所。

當時美奈子就是從一條上接八通關越嶺道的岔路，被布農族人送至樂樂駐在所。早期這條岔路是供給樂樂駐在所警員下山洗溫泉浴的便道，如今早已因風雨破落而困難行走。但駐在所倒是改建成樂樂山屋，幾經重新整修，水塔也換新，作為山友登山住宿的避難小屋。

聽到阿嬤說起樂樂山屋，胡睿亦突發奇想，以阿嬤九十一歲的年紀，昭和八年的時候她大概七、八歲，說不定聽過美奈子神隱的傳聞。

「阿姨，妳聽過美奈子這個人嗎？」

「美奈子？是誰？」

胡睿亦笑了笑，正想放棄時，才猛然想起那個時代是說日文的。既然日本人會用片假名替換布農語的詞彙，布農族人也應該會選用音近的布農語單字，替換日文的發音。

「Minako？妳聽過Minako嗎？」

阿嬤皺起眉頭。

「Minako……？」

胡睿亦看著阿嬤的表情，從苦思、疑惑、懷疑、再到驚愕，複雜的臉部肌肉變化顯示出阿嬤是從記憶的最深處，撈起這個濕答答的名字。

「Minaku。妳是說Minaku吧？」

胡睿亦雖然覺得聲音聽起來有些不同，但立刻瞭解到，那可能是因為布農語裡，對應「美奈子」這個日文名的構詞發音差異所致。

「嗯。一個日本人的小女孩，昭和八年的時候登新高山，然後失蹤了。」

「……」

阿嬤突然撇過臉去，表情變得很陰沉。

「阿姨？妳怎麼了？不舒服嗎？」

看見阿嬤的臉唰地失去血色，胡睿亦擔心地問。但阿嬤一句話也沒回應，兀自轉進屋內，連再見也沒說，拋下胡睿亦一人坐在門口。

但阿嬤越是這樣神祕兮兮，胡睿亦就越是感到阿嬤藏著什麼不可告人的祕密。於是她顧不得禮貌，直直衝進餐廳裡，追上阿嬤。

「阿姨！……阿姨！妳怎麼了？我說了什麼……不該說的嗎？」

阿嬤停下搖晃的腳步，手撐著腰，憂慮地看著胡睿亦。過了許久，阿嬤才開口說：

「妳別再問了！」

胡睿亦被阿嬤強烈的語氣嚇住了。但想到精神狀態越來越糟的滋滋之後，隨即精神一振，鼓起勇氣把自己的擔憂說出口。

「阿姨……妳如果知道什麼，一定要跟我說！Aping她……一直說自己快要被Minaku殺掉了……」

阿嬤瞪大眼睛，鬆垂的眼皮突然打開，露出底下暗黃色的眼白。胡睿亦見狀，更確信阿嬤一定知道關於美奈子的事情。

阿嬤緩緩走到餐桌旁，從下方拉出一張塑膠板凳，手肘放在桌上，拄著頭。

「Minaku她……還在啊？」

「嗯？」

「那時候hahanup（獵人）發現她，救起來之後，tumuku（首長）和taini-uni（各戶長老）晚上palihansiap（開會）之後，就說送去hasisiu（派出所），交給tamu-ungan（警察）就好，叫我們uvaaz（小孩子）都走開，說她是hanitu（魔鬼）……」

阿嬤開始在語句之間穿插了一連串布農語，胡睿亦一時之間無法理解。但從前後文的關係，可依稀推敲出阿嬤的意思。而最後一個單字她聽懂了——總而言之，美奈子是鬼，所以阿嬤那時候被叫離現場，不准她接近美奈子。

「原來Minaku真的是hanitu啊……」

「但Baisu不聽話，偷偷跑去taluhan（小屋）看Minaku，結果三天後，他說聽到latuk的聲音，跑進山裡就沒回來了……」

「latuk？」

「嗯。latuk。」

胡睿亦拿出手機，根據拼音查詢了「lato」「lado」，都找不到相關的結果，最後才想到字尾有些短促，有個清澈的舌根音，可能是子音「k」的塞音，於是在搜尋欄位鍵入「latok聲音」。

網頁跳出了「弓琴」。胡睿亦點進去，發現這是一種以竹子為弓、細鋼絲為弦的布農族樂器。演奏的時候，把琴的一端銜在嘴裡，左手持弓右手撥弦，就會發出悠揚的樂聲……

「但我不懂……為什麼是她——為什麼會說Minaku是hanitu？」

「Minaku沒有hanitu（靈魂）了……她沒有ihdian（痛苦），也沒有kainaskalan（快樂）了……她不是bunun（人）了……」

「阿姨，Hanitu是什麼？」

「我們有兩個hanitu，一個在這裡、一個在這裡，」阿嬤輪流拍了自己的左右肩，「這邊是makwan hanitu，這邊是mashia hanitu。Makwan hanitu讓人變壞、生氣、貪心、打人；但Mashia hanitu讓人變好，會幫助別人，愛別人。但Minaku……兩個都沒有了。」

「為什麼？她做了什麼？」

阿嬤搖搖頭。

「因為她的tama（爸爸）把她的hanitu拿走了……」

「把hanitu拿走？……Baisu也是嗎？被Minaku拿走了？」

「taini-uni說那是matisnanulu（夢占）。睡著之後hanitu會離開身體到處玩，變成在夢中看到的事情……Baisu在睡著之後，hanitu就不見了。」

胡睿亦第一次聽到matisnanulu這個單字，從前後文判斷，猜想Baisu應該是罹患了類似夢遊之類的症狀，就沒再回來了。胡睿亦從阿嬤的表情，能明顯感受到她的悲傷。

她茫然地站在樓梯的底層，目送阿嬤一步一步拾級而上。

在昏暗的樓梯間，依然健壯的身影轉上對向樓梯，消失在胡睿亦的視線裡。她的表情一片茫然，好像正望著傳統漸漸走遠，只剩下傳說。

*

烈日當空，整片岩場曬得熱烘烘的。吳士盛醒來的時候，衣服已經乾得差不多了。只是昨天在雨水中泡了整個下午，身體有些失溫，到現在頭還是隱隱作痛，喉嚨也很不舒服。

他再度嘗試攀爬近乎垂直的岩壁，但沒有岩釘或岩斧的輔助，光有繩子也沒用。

只要找到有訊號的地方就好了……

吳士盛檢查了手機的電量，還有百分之五十的電力，而且沒有摔壞，一切運作正常，算是不幸中的大幸。他抓著手機在岩場亂跑，找尋訊號源較強的地方。

不知不覺，他已經往北走了將近五百公尺，前方出現一條溪流。

是河！

吳士盛不禁大為振奮。他想，只要有溪流，附近一定會有人家，或者至少會遇到溯溪的遊客。所以他決定順流而下。

但吳士盛錯估了情勢，也忘了今天是非假日，一路上都沒有遇到遊客，反倒因為腳踝不適而屢屢掉入溪水中，把好不容易烘乾的衣服弄濕。

很快地，走了約莫兩公里的水路，來到一個分岔口。

他猶豫了一下，拿出指南針，最後決定往東邊走。因為玉山西峰應該在溪流的西邊，所以如果往西邊走的話，可能又要爬一段山路，或許根本就是一座瀑布，完全爬不上去。

但吳士盛完全賭錯了方向。

隨著地勢逐漸變陡，吳士盛也有感覺自己可能選錯了路，偏偏他太晚承認自己的錯誤，以至於想回頭時，已經藉由樹枝的協助，躍過了好幾座水瀑，完全不可能再冒險跳下去。

就這樣，吳士盛只能選擇繼續往上走，期待山的另一側就是村莊。

天色漸漸暗了下來，吳士盛也越來越緊張，腦海中想的都是萬一在山裡迷路了怎麼辦。他被鳥叫聲和走獸移動造成的樹葉鳴響嚇到好幾次，因此更加慌亂。

透過林間的縫隙望向暗橘色的天空，他深知自己做錯了，今晚肯定要在山中過夜，途中雖然已經吃了營養口糧，但肚子還是餓得受不了。而且聽說山裡有熊，手邊唯一有的武器只是一把瑞士刀，他擔憂得快哭了，完全沒信心能活得過今晚。

他搜集了林地上的枯枝，背靠著一處岩壁點火。擦動打火機的時候，才發現自己已經好久沒抽菸了，令他意外的是，即使是現在，也沒任何抽菸的慾望。

有火……那些動物應該就不敢靠近了吧？

另一個讓吳士盛對自己感到訝異的事情，就是他從來沒像現在這個時刻，如此迫切地想活下去。

雖然肚子很餓，但他認為，無論如何一定還要再留兩、三天份的糧食，只好猛灌早上取的溪水，讓胃袋維持鼓脹，製造飽食的錯覺。

漸漸地，吳士盛開始習慣山裡的氛圍。

固定頻率的蟲鳴，偶爾強勁的山風，還有凍得徹骨的空氣，都是他在都市裡開計程車所感受不到的東西。

他凝望著不斷變形、隨風擺動的火堆，大口吸進燃燒中木材的炭味，忽然有種安心感，好像郭湘瑩和女兒都陪在他身邊，全家人一起看著營火，享受無所事事的悠閒。

恍惚之間，他感覺到某個視線，正隔著熊熊燃燒的火炬，望向他。

他立刻抬起頭。

一個身穿棕色和服的女子。

她的臉很白，眼睛是純然的黑，從那團黑裡，吳士盛看不見除了虛無之外的其他情緒。

「……妳是？」

「みなこです。」

嗯？

米納可?!

吳士盛立刻嚇得倒爬好幾步。但米納可沒有任何追過來的動作。

她就像……一團空氣……

「妳是來……殺我的嗎？」

這次米納可沒有回答吳士盛的問題。兩人維持著同樣的姿勢，圍著火堆取暖。

她真的是米納可嗎？

吳士盛感覺對面的和服女子，只是一個無害的小女孩，他不懂為什麼郭湘瑩那麼害怕。而且，不曉得身體感受到了什麼，吳士盛反而覺得有她陪著，很好。

他又往火堆裡添加了更多枯枝，火勢在風的助長下燒得更加旺盛。

漸漸地，吳士盛闔上了眼睛。他舒展四肢，放下身體的疲累，沉入夢鄉。

一直到隔天早上，吳士盛才被晨風冷醒。

火堆熄了，米納可消失無蹤。他吃了一片餅乾，在熹微的晨光中邁開步伐。

山勢開始轉變，腳下的石子路似乎變成以下坡路為主的山徑，漸漸平緩了起來。吳士盛越過一道「崩塌禁止通行」的牌示，前方是嚴重陷落的山地，還有不少被風吹倒的枝幹橫亙在中央。有些路段的坍方程度，必須像攀爬西峰一樣，貼著岩壁緩緩移動腳步。

過了岩壁之後，吳士盛來到一座崩塌的溪谷，附近有支里程指示牌。他有種感覺，一定可以在這附近找到登山客，協助他離開這座山。

他坐在腐爛的木階上休息，接著一鼓作氣穿過紅色金屬搭成的危橋。橋座底下已被掏空，似乎隨時會倒。但吳士盛很幸運。順利通過危橋之後，他來到一處光禿禿的砂石荒地，前方是開闊的大草原。他在草原的石階平台旁發現一處溪溝，立刻補充水分。

此時太陽已經升得很高了。吳士盛掏出手機，電量只剩下不到三分之一。明明應該已經走出山區了，但還是找不到可通訊的地點，也沒遇到登山客，他不禁有點灰心。

吳士盛只好繼續往前走，循著石階下溪，朝上游的石階橋墩前行。石階上同樣倒了很多樹木枝幹，不太好走。過溪之後，他沿一條踩踏出來的野徑往上走，隨著野徑變寬，吳士盛越覺得自己走的是正確的路。

雖然心裡這麼想，但卻踏入一叢低矮又密集的箭竹林，又是一道下坡路。

忽地，吳士盛似乎在松林間看到一個男人的背影，連忙追了上去。人影從一處鋸開的樹縫間鑽過，消失在看似燒木炭的土窯附近。

奇怪……怎麼一轉眼就不見了……

此處林木茂密，擋住了外面的陽光，十分昏暗。吳士盛彎著腰鑽出密林，到處都是密密麻麻的箭竹林和杜鵑樹，他只好從凹溝中穿過。

水流的聲音開始變得明顯。吳士盛加緊腳步，果然在地上發現了碗的碎片、三塊石頭和鐵皮堆成的簡灶。

一定是那個人留下來的！

吳士盛推測，那男人在這裡紮營露宿，剛剛一定是小便完之後，啟程到下一個目標地。

他一面想、一面跨過溪溝，往上坡追進。

又有碗的碎片？

雖然有點疑心，但吳士盛猜想，可能是那男人不小心打破的。轉過稜線後，坡度變緩了，並且再度在岔路口發現一座木炭窯。

怎麼辦……要選哪一邊？

吳士盛這次不想再選右邊。他往左邊的上坡走，撥開雜亂的箭竹叢及倒落的樹幹，野徑開始變得模糊不清，也無法追蹤男人行進的路線。他看見一顆扁平的大石頭，於是選擇了那個方向前進，暫時用小石子在沿路的樹幹上做記號。

那是？

前方出現一座廢棄的鐵梯。這一帶長了很多二葉松和箭竹林，唯有鐵梯附近看起來可以繼續走。上坡之後，吳士盛看見一道石砌的駁坎和高聳的石壁，隨處可見像戰壕一般的長條狀凹地。這時，吳士盛又看到人影閃過，連忙大叫。

「喂！等等我！」

但那人影沒有回頭。

吳士盛立刻拔腿狂奔。

他抓著杜鵑樹的枝幹，使盡全力爬上碎石子的高坡，出現了大片岩板堆成的坡道。

到處都是人的痕跡，可是怎麼就偏偏遇不到人啊！

吳士盛感到很氣餒。他翻過駁坎和碎岩，跳上一片石階，差點被石縫中長出的杜鵑枝絆倒。又走了一陣子坡路，忽然一陣腐爛的惡臭傳來。

好臭！

吳士盛摀住口鼻，但氣味實在太過強烈，令他連連嘔出酸水。

他本想一走了之，但怎麼想都覺得不對勁，只好循著氣味來到一條大約兩公尺長的石板排水溝旁。一個身穿水藍色夾克的男人倒臥在兩片石板間，濃黃色的屍水集中在排水溝中，緩緩往下流動。

吳士盛再也忍耐不住，在旁邊吐了一地。淡白色的胃液散發著濃烈的酸氣，與屍體腐爛的酸臭味混合在一起，更令他難以忍受。

吳士盛很想趕快離開，但偏偏他已經看到屍體背上的登山背包。他安慰自己，如果不檢查一下裡面有沒有食物的話，晚上肚子餓的時候一定會後悔的。

於是，他戴上棉紗手套，小心地拉開背包的拉鍊，然後把裡面的東西一件一件地取出。除了食糧之外，還有地圖、瓦斯爐、烹調用具、頭燈、收音機、照相機和睡袋。雖然用死人的東西有點過意不去，但在飢餓和生存的威脅之下，吳士盛還是拿了。他朝屍體拜了三拜，然後飛奔離開現場。

為什麼會死在那種地方啊？

吳士盛覺得很納悶。明明食物充足，看起來也不像有被野獸攻擊的跡象，竟然就這麼死了。況且，一個大男人倒臥在大概僅有二十五公分寬的溝渠裡，不但地點奇怪，而且就算不小心倒在裡面，應該也不至於被背包壓得爬不起來吧？

吳士盛吃著搶來的鮪魚罐頭，同時思考這些事情。

該不會我也……

親眼目睹死亡，不免想到自己可能也遭遇同樣的慘況。吳士盛拿出地圖，說什麼也要找出一條出山的路徑。昨天是因為手機沒訊號，沒有地圖可以參照，才會迷路；現在有了地圖，一定可以走得出去。

這是一張比例尺為「兩萬五千分之一」的玉山群峰縱走圖，下方還有玉山南峰、主東和南玉山的高差示意圖。從地圖上來看，吳士盛判斷自己一定是摔下西峰之後，便一路往北峰的方向前進，才會一直碰不到村莊和聚落。

他迅速在地圖上找出疑似剛才草原的位置，即八通關大草原，然後從自己橫跨過溪流來看，自己應該已經來到荖濃溪支流的南岸，只要再往東邊走一段路，就可以走到巴奈伊克山屋。平時那裡是登山客的宿營地點，一定可以找到人帶他一起出山。

吳士盛從石階下方避開崩塌的土石，然後小心地往下坡走。他爬過一棵二葉松的粗大枝幹，沿著明顯的路徑採「之」字形邁步，通過數不清的石階下行。跨越水溝之後，他來到一面流著水的岩壁。從最高點往下看，可以俯瞰荖濃溪的河床。

過了一地泥窪和短小的溪道後，吳士盛根據地圖的方向，往上游方向的稜坡走，進入松林，因為地上極為濕滑，所以又耗費了不少體力。

天色再度暗了下來。

吳士盛看了手機的時間，才發現已接近太陽下山的時刻。於是他趕緊加快步伐，終於，他來到八通關大山登山口東側，費盡千辛萬苦翻越稜線，找到了巴奈伊克山屋。

啊？

親眼見到巴奈伊克山屋之後，吳士盛不禁大失所望。

這也算山屋?!

眼前的巴奈伊克山屋，只是一棟簡陋破舊的鐵皮屋，外牆漆上駱黃色的油漆，還有塗鴉。沒有門，出入口大大敞開，一看就知道沒有人住在裡面。

通過小溪溝上的棧道，吳士盛探頭進山屋。

果然沒有人。

屋內十分髒亂，而且臭氣熏天，搞不好還有遊客直接在裡面大小便。木板、汽油桶、木塊和藍白帆布散落一地，牆面上到處是修補的痕跡，陽光自破裂的屋頂透了進來——

這到底算哪門子山屋！

吳士盛費盡千辛萬苦才找到的山屋，竟是這般不堪的住所。他想像中的山屋，是那種有電和自來水、可以躺在白色的床鋪上獲得充分休息的林中小木屋。

更糟的是，這裡還是沒有訊號，而且電量只剩下十三趴，變成紅色的警示。

「媽的！幹！」

吳士盛覺得自己被耍了，忍不住大罵一聲。

八通關越道路（東埔至大水窟段）路線圖

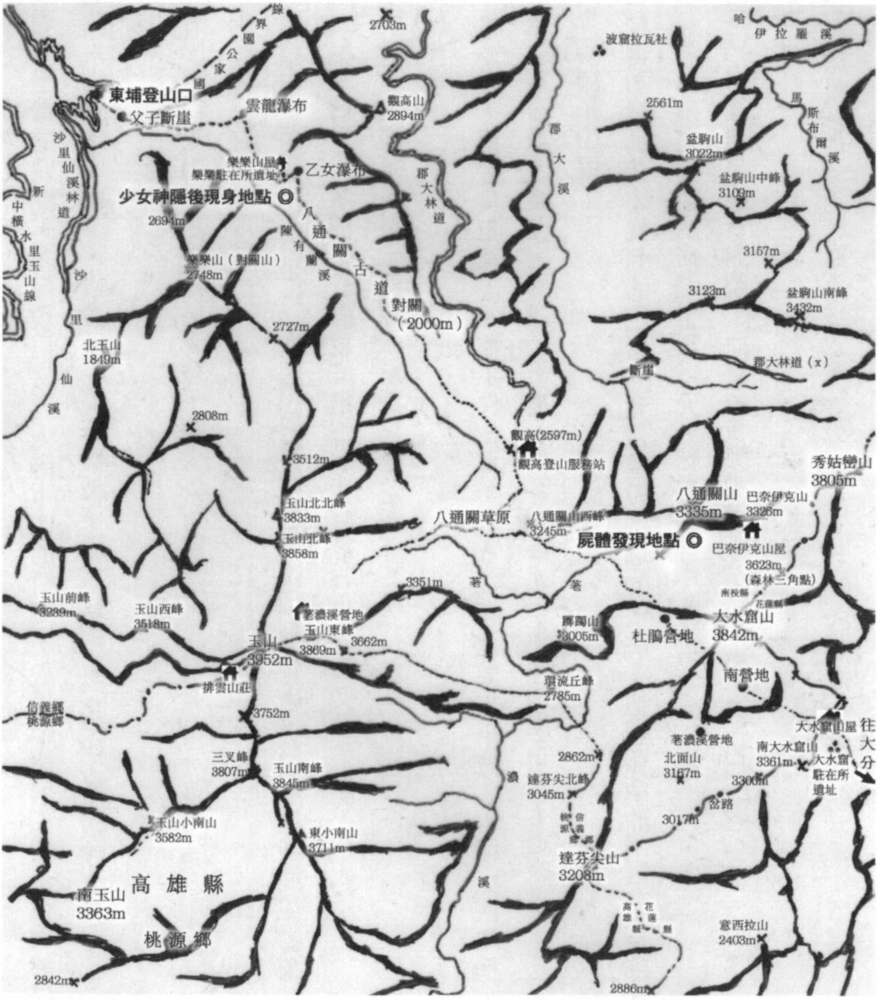

今晚要在這種地方過夜嗎……？

唯一值得令人慶幸的，是今晚終於有睡袋可以保暖。雖然他不是怕冷的體質，但在山裡面只靠著一件薄外套，吹一整晚的冷風，對已邁入中年的身體而言，還是相當吃力。

今天好像又比昨天更冷了……

天空已變成接近墨汁的紫色，卷雲的薄幕瀰漫了整個天際線，雲層似乎逐漸加厚跟下降，形成一個類似透鏡的形狀，在月的周圍形成暈輪，隨著時間過去而變得更暗，有股山雨欲來的態勢。吳士盛判斷，已不能再冒險繼續在山區行走。

再怎麼破爛的山屋，終究還是可以擋風。吳士盛把木塊和汽油桶踢開，騰出一個空間，攤開睡袋，朝睡袋合掌拜了三拜，便趕緊躲進睡袋中。他只想趕快在溫暖的睡袋裡睡著，一覺到天明。他不知是第幾次告訴自己，隔天一定要下山。

晚間八點的時候，雨勢達到最強，大量的雨水從屋頂的破洞沖下，像水龍頭一樣直洩到屋內。吳士盛被風吹破擋板的聲音吵醒，醒來的時候發現睡袋的下半部已泡在積水裡，腳已經凍得快要沒有知覺，只能隱隱感覺到麻麻的刺痛感。

吳士盛趕緊鑽出睡袋，脫掉鞋襪，這才驚覺自己的腳趾已經輕微凍傷，腫得像香腸一樣，還長出可怕的紫青色斑塊。

他輕輕碰了一下，深沉的悶痛感傳了上來，嚇得趕緊把襪子擰乾，然後套上襪子，希望能藉由襪子的保暖作用讓腳趾恢復。但當他想再度穿上鞋子時，腫脹的腳趾阻礙了他的動作，只能咬著牙關，把腳硬塞進鞋子。

吳士盛痛得無法克制住哀號，一面躺著低吟、一面等待身體習慣痛感。

「呼！呼！」

終於，疼痛漸漸過去，就在他卸下警備、正準備鬆一口氣的時候——

他看見穿著棕色和服的米納可，站在山屋的門口，瞪著他。

這次，吳士盛很確定那個站在自己眼前的「東西」不是人類，因為雨水打在她的身上，並沒有被彈開。

而且，米納可這次並不像上次那樣，給人一種無害的感覺。他彷彿可以看到「這個」米納可背後燃著一圈邪惡的黑色光暈，高張的壓迫感令吳士盛完全不敢喘一口大氣。

那是?!

他看見米納可的頭開始轉動——

不、不止！她的身體也同步在轉動！

剛剛那是……原來剛剛那是她的背後！現在才是正面！

現在米納可的頭跟身體都各自翻轉了一百八十度，變成和剛才完全相反的方向。她向前趴倒，雙手雙腳像隻蟲子一樣扭動，快速朝吳士盛爬行過來。

她的臉部異常潔白，下巴朝上，張著深邃的口腔，以看不見瞳孔的眼睛，由下方往上瞪視，烏黑的髮絲在地面搔刮出沙沙沙的刺耳聲響——

吳士盛顧不得腳的凍傷，跳起身來，往後蹦了好幾步。

但山屋只有一個出入口。吳士盛只能隔著從屋頂破口傾瀉而下的水柱，與身形有如椿象的米納可對峙。

忽地，他想起米納可之所以無法靠近他的原因。

那道符咒！

他伸進夾克的口袋，摸到粗糙觸感的紙張，暫時鬆了一口氣。

幸好我隨身帶著，若是放在背包裡，恐怕現在已經被那怪物殺了！

吳士盛緊貼著壁面，山屋牆壁的修補木片刮破了他的夾克。隨著他的移動，米納可也跟著扭轉身軀，直愣愣地盯著他。

現在門口就在眼前，毫無障礙物擋著他。

然後，抓準時機，一鼓作氣——

吳士盛像彈簧一樣，左手一伸，抓起門口附近的背包，奔出山屋。在用力的瞬間，腳趾立時傳來一股割裂般的劇痛，但他顧不得腳痛，死命跑過溪溝上的棧道。

屋外雷聲隆隆，暴雨擊打在他身上，不出幾秒就渾身濕透。他鑽入叢林中，拖著腳步四處亂竄，然後腳下一絆，整個人摔在一座駁坎平台上，掌心被小樹枝刺穿了。

「啊！幹！」

吳士盛痛得大罵髒話。只見手掌微微滲出血絲，導致他完全不敢拔出樹枝。

「呵！啊——呵！呵！」

他一面用力喘氣、一面跨過駁坎繼續往前走。

媽的！接下來要怎麼辦！

吳士盛想起那道姑說的，在符咒的保護下，米納可暫時殺不了他，但護身的法力只能維持一個禮拜，如今已在山裡迷路了三天，再扣掉準備登山的那一天，也就是說，如果沒辦法在三天後走出這座山，他就要被米納可殺死，和那個男人一樣在這荒山野嶺之中慢慢腐爛。

手邊沒有手電筒，樹林和雨雲也遮蔽了所有光線的來源。狂風將地上的落葉和枯枝掃來掃去，長尾樹的枝幹看起來就像是鬼手一樣憑空亂舞。吳士盛瑟縮在一面石碑和樹幹中間躲避風雨，渾身不停發抖。

突然間，一個酒瓶被風颳了過來，敲在石碑上，發出清脆的「叩咚」一聲，讓吳士盛嚇了一跳。他隨即冷靜下來，但立刻又發現，自己身後所倚靠的「石頭」，上面竟然有孔洞。拿起來一看，原來是水鹿的頭骨！

「啊幹你——！」

吳士盛的手臂瞬間抽搐了一下，頭骨飛了出去。

這什麼鬼地方！

他的胸口劇烈起伏，肋間有撕裂痛。剛才的驚嚇過後，似乎有些岔氣。

媽的……媽的！

吳士盛把手伸進夾克口袋取暖，這才發現符咒已經濕了。而且……

破了?!

一股電流自鼠蹊部竄上，尿液無法克制地噴出。

破了……破了……

他不敢拿出符咒親眼確認已經破掉的事實，但同時他也心知肚明，護身符已經失效了。

幾乎就在這個同時，吳士盛瞥見一大團白濁色的霧氣自右方的樹林間湧出。

霧氣越來越近，彷彿有了形體和輪廓。到了只剩十公尺不到的距離時，那些形體就不再是緊密相連的氣團，而是一個個獨立的身體……

那是……手？

由白色霧氣構成的身體，身上彷彿還穿著制服，看起來就像是一群被馘首的軍人。只見他們舉著手，好像正以不存在的眼睛盯著手中槍枝的瞄準器，瘋狂掃射前方的另一團霧氣。

另一團霧氣則移動得更快、更隱蔽。吳士盛用力眨了幾下眼睛，確認自己沒有看錯。霧氣開始四散成幾道氣流，在樹林裡迅速飛竄，接著以肉眼無法逼視的速度，穿破敵人的隊形。軍人們開始一一倒下，吳士盛總覺得自己開始聽見哀號聲……

這是？

因為電影的關係，吳士盛有聽過霧社事件，眼前似乎就正在上演類似的血腥戰鬥。過了沒多久，無頭的軍人們被殲滅了，但另一團白霧也變得相當稀疏，幾近不可見。霎時間，吳士盛注意到自己環抱著的石碑後面，有著陰刻出來的字跡。他以指尖觸摸那些凹下去的溝槽，沒多久就驚愕地鬆開手，往後倒躺在樹幹腳下——

「戰死之地？」

吳士盛感覺到自己的下體又滲出尿。他一刻也不想再待在這塊陰濕之地，但同時，他也不知道自己該如何才能走出這一大片不見天日的鬼魅山林。

他戴著頭燈，憑指南針的指示在樹林中穿行。只不過，明明方向是一直往西邊走，卻不斷走過類似的景象，好像在一個又一個相同的壕溝和駁坎中繞著圈圈，就連想回到山屋都沒辦法。不論怎麼走，每個地方看起來都是一模一樣的幽暗樹林，地圖的標示完全無從辨識。就算抬起頭，想憑著月亮和星星的方位找路，也只能從樹葉的縫隙中看見一點點光亮而已。

吳士盛絕望地掏出手機。雖然還有一點電力，但依然收不到訊號。

真的……要死在這裡了嗎？

他頹喪地坐在林地的落葉堆上，垂下了頭。

我不想死啊……

還有什麼辦法嗎？

就算不是餓死在這山裡面，恐怕也會被米納可殺死吧……

吳士盛從背包裡拿出徐漢強的卡式錄音機，看了好久，才決定洗掉徐漢強的錄音，錄下自己死前的遺言。

「我、我是吳士盛……我住在台北市北投區……」
「如果我死了……屍體腐爛了……請幫我火化——我不想被蟲吃掉……」
「然後、弟、二妹……還有爸——我、我愛你們……」
「找到三妹的話，記得來我靈前上個香、告、告訴我……」
吳士盛忍不住哽咽，發不出任何聲音。他壓下停止鍵，把錄音機塞進夾克口袋，以免背包被別人拿走或野獸叼走的時候，錄音機也跟著失蹤了。
他躺在粗大的樹根上，把地圖扔到背包上，在一片黑暗中無意識地抓著腳踝，因為腳踝似乎被蟲咬了，一直發癢。然後，他注意到地圖的背面似乎寫滿了歪七扭八的字。
嗯？
吳士盛抓起地圖，打開頭燈。字跡非常亂，而且交融在一起，沒有什麼閱讀順序可言。有些地方甚至看不出來是勾、還是點，但他還是耐著性子一一辨識。
「聲音……不在這裡……中計？什麼意思？」
雖然搞不懂這段話的開頭是什麼意思，但吳士盛越讀下去，越覺得有種熟悉感，好像在什麼地方看過類似的內容……
「啊！」
不。不是類似的內容——
是類似的字跡！

同樣的筆轉、同樣的勾畫，就出現在那張阿里山的明信片上！

這是……徐漢強的字?!

也就是說……那個死掉、腐爛得流出屍水的男人屍體……

「徐漢強！他是徐漢強！」

吳士盛忍不住在四下無人的林蔭下驚呼。

*

郭宸珊把車停在路肩，從柏金包裡拿出一張便條紙，上面寫了如何找到烘爐地法師的方法。根據黃琇琴給的描述，她開始爬坡。

「從小路上去，大約走五十公尺，會看到一個輪胎廠……」

她一面自言自語、一面仔細觀察四周的地貌。

「啊，這裡。」

郭宸珊在一方「鈑金·烤漆」的招牌處左轉，坡度開始變陡，沿路的磚牆上長滿了爬牆虎，有股淡淡的刺鼻草藥味從前方飄了過來。

終於，她循著氣味找到一幢僅有兩層樓高的透天厝。

看到眼前的矮小透天厝，郭宸珊不禁皺起眉頭。她甚至根本就懷疑這棟房子是違章建築，所以每一層樓的高度才會這麼矮。

門口的水泥地前，有很多和她年紀相仿的婆婆媽媽正跪在圓墊上，口中念念有詞，以固定的頻率磕頭，不時傳來悶響。

有些人注意到郭宸珊，以嫉妒的眼神打量她一身行頭。但郭宸珊不以為意。她走到門口的石敢當前，輕輕在木牆上以指關節敲了「叩、叩」兩下，便逕自走進屋內。

屋子裡面的窗戶通通拉上了窗簾，昏暗得伸手不見五指。她靜待視野的綠光消失，等眼睛適應了黑暗，才繼續往深處走。

通往廳堂的走廊非常深邃，兩側牆上懸掛著八卦鏡、山海鎮和複雜的符咒。地板堆滿了線香、搖鈴和其他看過但叫不出名字的神佛道具。走廊盡頭就是廳堂，裡面沒有人，左側擺了一張神桌，數十張塑膠椅鋪排成九行九列，似乎沒有供人站立或通過的空間。

「妳就是打電話來的郭小姐吧？」

郭宸珊聞聲轉頭。一個身穿黑色長衫的道姑走了出來，乍看之下，郭宸珊覺得她有點像武俠小說裡面的峨眉派掌門。她的眼睛很凸，頭頂上有些許粗短的髮根，兩頰不知道沾了口水還是什麼黏液，有股酸臭味撲上鼻間。

這就是那個大師？

「嗯。」

道姑正一面上下打量郭宸珊的衣著和包包、一面露出黃色的牙齒說：

「我們這邊的收費，您朋友都跟您說了吧？」

「嗯。」

郭宸珊從柏金包中抽出一個厚度大約有三公分的信封，交給那道姑。那道姑立刻喜不自勝地收進懷裡。

「啊，郭小姐，您今天來，是有什麼問題想要我幫忙的嗎？」

郭宸珊沉默了一陣子，才緩緩開口回答：

「我要那個女人死。」

雖然是個駭人聽聞的要求，但道姑並未顯露驚訝之色。她反而露出笑容，拍拍郭宸珊的肩膀，壓低聲音：

「那麼……您想要她怎麼死呢？」

郭宸珊感到訝異，不由得微張開口。

「怎麼死？什麼意思？……我不懂。」

「就是您想的那樣。只要有小鬼幫忙，您想要她怎麼死，都可以。」

「最……普通的呢？」

道姑皺起眉，露出可惜的表情。

「只要普通的嗎？有吊死、淹死、燒死、摔死、撞死……還有姦死呢。大多數人都會選擇姦死，就看您想要怎麼處理，費用都是一樣的。」

「姦死?!」

「是啊，淫人丈夫的姦婦被鬼姦死，也算是適當的懲罰。」

郭宸珊突然感覺到胸口有些不適，害怕了起來。

「這不會……太殘忍了嗎？」

「您沒聽過那句話嗎？對敵人仁慈，就是對自己殘忍。佛家也說：『慈悲生禍害，方便出下流』，您可以好好想想，再做決定。」

「什麼時候可以幫我完成？」

「這事要在陰年陰月陰日陰時辦。您算幸運，明年剛好是丁酉年，最近的日子——」道姑掐指一算，「是一月八日。很快就到了。」

「好。」

「等小鬼養成之後，您就可以燒符給祂，讓祂去做您想做、卻又不想弄髒手的事。」

「好了，別再說那些可怕的事情了。所以，接下來我該怎麼做？」

「您請跟我來。」

那道姑領著郭宸珊走進廊道左側的一個小房間。房間中央擺了一張輦轎，道姑踩著矮凳，趴在神轎椅子的高爐旁，用打火機點燃三炷拇指粗的香。

只見道姑扶著神轎右邊的腕木，以食中二指夾住金紙，點上火，在空中胡亂揮舞著手勢，像在對空書寫某種符咒。

「招請神明、神降！」

隨後，道姑的身體開始前後搖晃，她身上的酸氣因此飄散出來，讓郭宸珊忍不住遮起鼻子。道姑右手一伸，從旁邊的木桌抽屜裡抽出一根桃枝，然後在木盤的米粒堆上，寫出如龍蛇交雜一般的乩字。寫完之後，道姑又恢復冷靜，然後取過一張黃色的紙條，照樣抄下符咒。

「找一件妳先生最常穿的衣服，把這張符咒貼在衣服的心口處，然後藏在他找不到的地方。這樣，他就永遠不會離開妳了。」

郭宸珊收下這道符咒，輕輕點了點頭。

「有件事情……」

「您請說。」

「那個養小鬼，聽我朋友說，要以自己的鮮血餵養……是嗎？」

「當然。不然怎麼叫做『養』小鬼。」

道姑說完便笑了出來。詭異的笑聲令郭宸珊渾身起了雞皮疙瘩。

「要……餵多久？」

「一般是在每天晚上子時的時候，在中指的指尖上刺開一個小孔，您是女人，所以要用右手，要持續四十九天，千萬不可中斷，否則會被小鬼反噬。」

「反噬?!」

「祂們也會肚子餓嘛。」

「那四十九天之後，就不用再餵了嗎？」

「不是不用再餵，是改用供品。郭小姐，小鬼可以幫您做到很多事情，但是妳也要回報才行，不然，對那些嬰靈也說不過去啊。」

「但是，萬一真的反噬了呢？我要怎麼辦？」

「您只要好好供養祂，祂就不會反噬自己的主人。郭小姐，您這麼害怕，確定還要養小鬼嗎？我們還要去找個陰屍地蒐集嬰靈，您這樣畏首畏尾，我怕您到時候心理沒做好準備，造成嚴重的後果，要是連我都沒辦法收拾，那就糟糕了。」

那道姑把雙手掖在袖套裡，側著頭，對郭宸珊露出擔憂的眼神。

「那好吧，我知道了。既然來了，就一定要把這件事做完。我一定要那個女人死得很難看。」

「那麼，我們下禮拜一見？」

郭宸珊堅定地點點頭。

道姑把郭宸珊送出門口，才又轉身進入屋內。

郭宸珊看了一眼手錶，五點半，太陽已經下山，西邊的天際線只剩下一絲橘黃。

水泥地前仍有不少婆婆媽媽三跪九叩地祭拜，其中一個戴著髮箍的女人一直瞪著她。她的表情有如乾屍，一副要把郭宸珊生吞活剝的模樣。

不管是這棟矮房的氣場、還是來這裡的每一個人，都讓郭宸珊感覺到異樣的恐怖，彷彿有一群專門養來殺人的小鬼聚集在此地。

道姑的聲音不斷浮出腦海，郭宸珊下意識地拽緊懷裡的柏金包，快步走下山路。

*

胡睿亦回到飯店房間，沖洗過身體之後，滑進棉被裡。

她躺在熟睡的老公旁邊，決定用手機查看看阿嬤所說的hanitu，於是點開其中一個網站，一面閱讀，一面發出無意識的喃喃自語。

「我只知道Hanitu是布農族的精靈信仰，沒想到還有分『善』跟『惡』啊……」

精靈信仰，也就是所謂的自然宗教，一般具有巫術的特色。Hanitu就是一種超自然力量，是相對於Dihanin的存在。Dihanin類似於漢人的神，而Hanitu則類似於漢人的鬼。

按照阿嬤所描述的，右肩的Mashia Hanitu是善靈，而左肩的Makwan Hanitu則是惡靈。布農族人相信，一旦Hanitu離開身體，身體就會死亡，換句話說，人死了之後靈魂就會脫出，化為Hanitu。身體會腐爛，但Hanitu不會消失，既不能上到天界，也不下到陰界，持續在塵界徘徊。差別在於，Hanitu在身體裡時是「生靈（Mihumis-tu-isang）」，死掉之後則成為「死靈（Mataz-tu-isang）」。

網站寫道，布農族人認為鬼有三種：「卡拉西里斯鬼（Kanasilis）」「班班呆納兒鬼（Banban-tainga）」和「人鬼」。雖然「卡拉西里斯鬼」和「班班呆納兒鬼」都是以「人」的形象出現，但前者全身是藍色，後者有著一對大耳和頭角，喜歡誘拐小孩子、吃他們的腦，與第三種有很明顯的不同。根據阿嬤的說法，美奈子應該屬於第三種——人鬼。

人鬼也分好壞，變成惡鬼的人，通常都是慘遭殺害、或者意外死亡，所以懷抱著怨氣和恨意徘徊在人間，誘騙無辜的人到山裡或懸崖邊，以奪取他們的性命。這時候只能用巫術禳解，才能找回自己的Hanitu。

但胡睿亦想不懂，根據日日新報的報導，美奈子確實獲救了，既然沒死，理論上不可能變成惡鬼；只不過，既然美奈子沒死，又已經透過洗溫泉，以禊祓破解了詛咒，為什麼阿嬤還會說她是魔鬼、說她的Hanitu被爸爸奪走了呢？

這時，老公翻了個身，轉向胡睿亦。然後，只維持了幾秒的睡眠，可能是感覺到胡睿亦的視線，他緩緩睜開眼。

「妳回來啦？」

「欸，我問你一件事。」

「什麼事？」

「你早上說，那個什麼諾尊，因為跑去黃泉之國，碰到死穢，所以在筑紫什麼國進行禊祓儀式，對吧？」

「嗯……」

「他碰到什麼死穢？」

老公打了個呵欠，才回答道：

「他的妻子伊奘冉尊生下火神的時候，被火神燒死。伊奘諾尊因為很捨不得，所以就追去黃泉之國。伊奘冉尊因為被燒傷，所以一再警告伊奘諾尊不要偷看。但伊奘諾尊偏偏不聽，就目睹了妻子滿臉流膿長蛆的樣子，嚇得逃走了。」

「喔，然後呢？」

「然後伊奘冉尊就覺得自己被羞辱了啊，氣得派出黃泉醜女和八雷神大軍去追伊奘諾尊，結果被伊奘諾尊擊退。伊奘冉尊決定親自出馬，伊奘諾尊逃到一個叫做黃泉比良坂的地方時，就狠下心用巨石堵截伊奘冉尊，兩人就這樣決裂了。」

「這故事怎麼有點悲傷，但是伊奘冉尊沒有死啊？怎麼說是死穢？」

「都到了黃泉之國了，還不叫死穢嗎？」

「也是啦，但這個伊奘冉尊的遭遇，讓我想起你之前說的，死在地獄谷的那個女人。」

「妳說千代子啊？是有點像。死在高熱的礦泉裡，跟被燒死差不多……」

「黃泉？」

「是硫磺的磺啦。不過，還真的是諧音欸。而且日文的硫磺的漢字寫法，也的確是黃色的黃……」

是巧合嗎？

胡睿亦不禁暗想，這段時間發現的一連串巧合，只要是跟美奈子有關的，沒有一件真的是巧合，而是有某種看不見的關聯性。而她越是這麼思考，越是對地獄谷、還有在那裡死亡的千代子，感到非常在意。

「欸，你可以幫我一個忙嗎？」

老公皺起眉頭。

「什麼忙啊？每次妳這樣問，都不是什麼好差事欸……」

「我想再去一次樂樂谷溫泉，裝一桶溫泉水回來。」

「為什麼要做這種事？」

「為了滋滋。雖然我並不完全相信什麼詛咒之說，但如果滋滋真的因為我沒做這件事而死掉，我會一輩子良心不安。」

「去哪裡找水桶？」

「餐廳附近有一家雜貨店，那裡好像有賣。」

「好吧。當作運動。什麼時候出發？」

「明天早上再去吧，今天已經走得很累了。」

「那妳現在想幹嘛？」

老公的眼神有點迷濛、有點奇怪。

「你想幹嘛？」

「妳沒帶那個嗎？」

「不用啦，有吃荷爾蒙之後就好多了。」

「所以？」

「好啦。又不是年輕人了。」

看到胡睿亦不耐煩的樣子，老公「嘩」的一聲笑出來。他爬起身，翻到胡睿亦的正上方，開始撫摸她的頭髮。

出乎意料地，胡睿亦感到前所未有的放鬆。剛停經的時候，不只皮膚變皺，連下體變得既窄縮又乾燥，而且可能是因為陰道的彈性變差，老公只要一動作就會有股劇痛。後來在醫生建議下服用荷爾蒙，改善了很多。而且停經之後就不再有懷孕的後顧之憂，反而可以感受到和年輕時截然不同的快感。

久違的性愛之後，兩人就各自酣然入夢，完全沒察覺窗外已開始下起暴雨，天空中的閃電不時照亮遠方的山頭。

胡睿亦一直睡到十點左右，才被手機的鈴聲吵醒。

她不想離開被窩，只好伸長了手。

在哪裡啊？

摸來摸去，好不容易搆到手機，卻不小心把手機摔到床頭櫃底下。

結果還是得離開被窩……

胡睿亦坐起身，撿起地上的手機。

是一個未知的號碼。

她猶豫了一陣子，才接起電話。

「喂？」

聽筒非常嘈雜，對方那邊的風雨似乎很強，不時有樹葉或是雨水拍打在玻璃上的聲音。

「救……拜……快……」

「什麼？我聽不清楚！你是誰？」

「拜……救……拜……快……快……拜託……」

專心傾聽了老半天，結果只聽清楚一個「拜託」。於是她加大音量，幾乎用吼的再一次問那個人。

「你到底是誰？我聽不清楚！」

只不過，對方那邊的雜音真的太大聲了，什麼都聽不清楚。

「誰啊？」

老公被胡睿亦吵醒，如此問道。

「我不知道，可能是打錯的吧……」

「那就掛斷電話吧。」

「嗯。」

胡睿亦躺回溫暖的被窩裡。她撇了撇嘴，就在她要按下切斷鍵之前，一個奇怪的感覺匯聚在指尖，好像有什麼地方不對勁——

為什麼……好像聽過這個聲音……？

她左思右想，卻想不起來聲音的主人是誰。

嗯？

等等。

難道是?!

胡睿亦突然自床上彈起。她抓著手機，瞪大眼睛，望向窗外的狂風暴雨。

有種不祥的預感正在她心間湧起。

*

經過吳士盛的解讀，終於把徐漢強留在地圖後面的訊息搞清楚了一半。

「原來是這樣。」

徐漢強自述聽見一個小女孩的聲音。那小女孩的聲音就像是透過廣播傳遞的，從很遠、很空曠的地方傳過來，只有自己聽得到，別人都聽不到。她會唱一些台語歌，也會唱幾首日語歌，就是不會說國語。聽她的語氣和用詞，也不像是現代人，所以徐漢強放棄聽力檢查，也不再認為是附近的基地台作怪。

很顯然，那小女孩並不像吳士盛所想的那樣。她不是米納可的化身，而是另一個小女孩，一個會說台語的小女孩。聲音出現之後沒幾天，徐漢強就開始看見一些幻覺，有時候會逼真到讓他分不清楚哪個才是真實。這幻覺甚至還害他在做工時伸手碰觸到圓鋸，右手大拇指被硬生生截斷。

據徐漢強的描述，小女孩的年紀大概十二、三歲，臉部被嚴重燙傷，已經看不清五官，連眼皮都融化在一起。因為徐漢強聽不懂台語，所以一直都是小女孩講、由小女孩帶他到各個幻覺地點，像導遊和遊客一樣觀覽。

到了後期，一個身穿棕色和服、叫做「米納可」的女子開始出現在幻覺裡。米納可的年紀跟小女孩差不多，但異常凶惡，總會掐著小女孩的脖子，一副要殺了她的模樣；小女孩也很害怕米納可，所以總會央求徐漢強保護她。

漸漸地，徐漢強越來越沒辦法分辨到底哪個是幻覺、哪個是現實。米納可會突然在徐漢強睜開眼的時候，臉貼臉瞪著他；或是在他刷牙時，從鏡子裡看見米納可的衣角。她隨時隨地都可能出現，即便是不怕鬼的徐漢強，最後也被她搞得心神衰弱。

徐漢強在這裡寫到一半，就突然停筆，地圖像是被旋轉了九十度，在狹小的行與行之間，開始寫起卡式錄音機的部分。

原來，他之所以會使用古舊的卡式錄音機，是因為他發現有人打進手機的時候，幻覺會突然中斷，因而懷疑奇怪的聲音是一種無線電波。於是他嘗試了幾種方法阻絕耳朵接受無線電波，像是戴工地的鋼盔、開一整晚的廣播、甚至用膠帶把手機綑在頭頂上。他也確實發現，這些方法在早上或下雷雨的時候，特別有效。

為了證實自己的假設，徐漢強在聲音跟幻覺出現的時候進行錄音，為的就是想試看看，能不能錄到自己聽得見、但別人聽不見的怪聲。

吳士盛記得，錄音帶裡確實出現了「唰——唰——」和「嗶啪、嗶啪……」等噪音。倘若以錄音帶的原理來看，錄音的時候，聲音被錄音機裡的線圈轉換成感應電流，形成磁場變化。錄音帶裡的磁帶上有磁粉，經過環形磁頭的時候，磁粉會被磁化，然後根據磁場的變化，形成磁性強度不同、磁極方向也不同的「剩磁」，進而記錄聲音。

也就是說，徐漢強和郭湘瑩聽到的「聲音」，並不是單純的無線電波。

錄音機不可能錄到無線電波的聲音訊號。「聲音」應該還具有聲波的特質，才能被錄音機的收音器擷取到，進而磁化錄音帶。

世界上有這種東西嗎？

同時具有聲波和光波的特質？聽起來就像是電視機的ＡＶ端子一樣，吳士盛開玩笑地想，說不定還有分左右聲道咧——不論怎麼思考，這都已經超出吳士盛的理解範圍。況且，光是想像死亡後，人的靈魂經過某種裂變，轉化成一種特有的混合波，就令他感到難以置信。

但是，降低聲音侵擾的頻率不但無法解決問題，還會造成更難以接受的反效果。米納可開始實質攻擊徐漢強，最嚴重的一次，是讓他分不清楚自己到底是身在地基綁鋼筋、還是踩在十層樓高的鷹架上。若不是旁邊有人，他早已粉身碎骨。

吳士盛心想，或許因為米納可是確實存在的鬼物吧？拒絕讓她占據大腦，相當於從宿主的體內拔除寄生蟲，嚴重威脅到她的生存。

但同時，讓米納可占據腦中，控制五感和思想，就像讓有毒的意識形態掌控自己一樣，總有一天，宿主會變成米納可的傀儡，失去自我，進而危害到其他人。不管是接受、還是不接受，最終都會被米納可害死。

讀到這裡，吳士盛不禁心痛地想起郭湘瑩的死狀。

她……就是被米納可的幻覺給逼死的……

難道……就沒有除掉米納可的方法嗎？

徐漢強當初採取的方法，是利用地形根除那個聲音。高山雖然擋不住無線電波，但能吸收無線電波的一部分，特別是有金屬礦藏的地方，電波的消耗會更為巨大。於是他走遍了北部的郊山——光是吳士盛能辨識出來的地名，就有陽明山、十四坑山、獅球嶺、土庫岳、直潭山和象山——但顯然，效果都不顯著。

最後，徐漢強來到阿里山和玉山山區，死在這裡。以徐漢強自己的說法，就是「中了米納可的計謀」，才會被騙到山裡面，走不出去。

那我……算是中了米納可的計謀嗎？

萬一……真的走不出去……

吳士盛把地圖摺好，收進背包。

此時雨勢漸歇，吳士盛固定好頭燈，決定從這處交叉口再繞一次。手機還是收不到訊號，指南針莫名其妙地不停亂轉。他只能向上天祈禱，自己能夠順利走出這片密林。

他沿著一道約莫兩米高的人字形砌石駁坎往北走，到處覆蓋了濃密的芒草和破枝，走了幾公尺之後，出現了一面五間寬的夯土牆。繞行過夯土牆的另一側，有破爛的刺鐵絲網掉在地上，險些踩到。

吳士盛停下來喘口氣，緩一緩自己的心緒。畢竟若是讓生鏽的鐵絲刺穿鞋子，已經凍傷的腳趾恐怕會感染細菌，徹底壞死。

前方似乎有一座棧橋，於是他繼續往前走，走近時才發現橋板已經損壞、斷裂，固定橋板的角木基座也整個泡在水裡，像一坨爛泥。

他正想放棄過到對岸，就發現頭頂上落了冷冰冰的碎屑。

是雪?!

吳士盛雖然對山很不瞭解，但再怎麼說，他也在這塊土地上住了幾十年，印象中，新聞節目從未在十一月分報導山區進入雪期、或是遊客賞雪的消息。可是，當他把那些冰屑集中在手掌上，確實是白花花的雪末。

雪末接觸到吳士盛的體溫後，迅速融化成一灘水。他甩了甩手，抬頭一看，赫然發現前方出現一列僅一層樓高的長排木屋。

長屋約有七八間，乍看有點像是父親提過的日本式集合住宅。

這裡竟然有人家！

小木屋的煙囪正緩緩吐出灰黑色的煙霧，吳士盛喜出望外，立刻取出童軍繩，綁在橋溝旁的樹幹上，抓著繩子，小心地一步一步下到溝底。

所幸橋溝的坡度不陡，而且先前暴雨造成的積水很快就往下流，不會再一次弄濕球鞋。吳士盛順利抵達對岸，開始爬坡。他手腳並用，利用撿來的粗樹枝輔助，終於，他抓著藤枝撐起身體，爬上棧橋的另一側基座。

一列長屋中，只有中間那戶編號二〇二的人家亮著燈。吳士盛走近一看，發現門旁有一片木牌，刻寫著墨字：「松田」。

他在木門上輕敲了幾下，過沒多久，一個大約剛上初中的少女拉開滑門。她的皮膚白皙，有著桃紅色的小嘴，頭上還梳著可愛的島田髻，身穿淡棕色的優雅和服，整體看上去就像是初熟的日田梨，非常清純。

這裡竟然住著一個日本美少女?!

吳士盛站在門口，猶豫著要不要進屋，只不過，少女似乎不會講話，敞開著門，好像在等吳士盛自己走進來。

或許她……也發現我是難民了吧？

「不好意思……有沒有熱的東西可以給我吃？」

少女側著頭，像在思考。

然後，她點了點頭，閃身進入一條長長的走廊，把吳士盛留在土間。

過了沒多久，少女又探頭出來，向他招了招手，然後就又消失在走廊上。

「沒關係！我在這裡吃一下就好！」

吳士盛怕把地板弄髒，所以不想踩上乾淨光滑的木板地。但不論他怎麼大喊，少女都沒有回應，也沒再出來招呼他。

耳朵聽力不好嗎？

因為襪子都濕掉了，而且考慮到腳趾凍傷，腫得不像話，若是再一次穿脫鞋子，可能就穿不上了。所以吳士盛不敢脫鞋，只好在土間把球鞋底的泥土蹬掉，直接踏上檐廊。

首先是客廳。少女不在這裡，也沒有其他人，裡面只有一張暖桌和四張椅墊，壁龕有掛軸和祖先牌，布置非常典雅。

吳士盛繼續往走廊裡面走，經過了三間房間之後，終於聽見餐廳裡有聲響。他走進去，發現少女正在加熱爐子上的湯鍋，一陣香味撲鼻而來，吳士盛頓時有種得救的感覺，甚至感動得快要哭了出來。

少女端上一個木碗，裡面盛了熱呼呼的味噌湯。

「謝謝！」

吳士盛實在餓得受不了，立刻捧起碗大口喝湯。

接著少女又端上鹹菜和油炒茄子，還從壁爐中取出烤熱的御萩餅。在吳士盛大口享用的同時，少女拉開窗戶，搬出一個紙箱。吳士盛看見窗外的雪開始積了起來，堆成一片白沙。

這窗戶有三層?!

最外層是玻璃，中間有一層紗窗，然後最內層又是一層玻璃，紙箱就放在窗戶的夾層間。少女打開紙箱，從裡面拿出白菜、蘿蔔和松茸，切一切之後加進爐上的湯裡燜煮。

這真的很罕見啊……

雖然外面下著雪，但吳士盛覺得氣溫並沒有那麼低，所以不禁揣想起窗戶的結構，還有利用天然低溫保存蔬菜的方法。然而他越想，越覺得不合理。

從來沒聽說過臺灣有這種地方……

吳士盛放下手中的湯碗，凝視著少女的背影。

太奇怪了……

牙齒似乎卡了什麼東西，於是他用舌尖在牙縫間探索，吐出一根小刺。

原來是魚刺啊……

不過，當他仔細端詳之後，便發現魚刺上有著細小的分岔；再更定睛一看，那根魚刺有關節，而且前後端的粗細度，並不像普通魚刺一樣均勻……

這是?!

少女似乎發現了異狀，轉過身來，看著吳士盛。

兩人之間瀰漫著詭異的沉默。

不對勁，真的不對勁……

此時，一根髮絲自天花板上飄舞下來，輕飄飄地落在餐桌上。

現在是怎樣……

吳士盛緩緩抬起頭，有個暗褐色的物體正在天花板上。

身體像是凍結了一般無法動作。

那是……

米納可正趴在天花板上，瞪著吳士盛。她的頭部呈現一百八十度的扭轉，烏黑的髮絲垂落下來，包覆著暴突的雙眼，和腐爛掉的臉龐。

接著，站在湯鍋前的少女，臉部也開始變形，漸漸變得蒼白，眼神也帶著空洞。

那是昨晚見到的米納可!

原來……有兩個米納可嗎?!

先是手指的小肌肉能夠開始動作，其他身體部位也逐漸回復正常。吳士盛立刻推開餐桌，跌跌撞撞地朝餐廳的門口狂奔。

霎時間，幻覺像是泡沫破掉了一樣，沒有所謂的餐廳、也沒有客廳和走廊，連長屋都根本不存在。他只是被米納可的幻覺騙進一叢箭竹林，撥開竹幹逃走時，手掌、外套和臉頰都被割傷了。

從頭到尾，根本就是在同一處打轉！

吳士盛發了瘋似地在林間狂奔，被樹根和土石絆倒了好幾次。他的膝蓋還被地上的酒瓶玻璃碎片割傷，噴出血絲。但他實在太害怕，一刻也不敢停留。

他持續往北奔逃，突然間，眼前開闊了起來，警覺到前方可能已無路可走，他立刻放緩步速。果然，是一道山溝，若是再繼續往前跑，恐怕就真的回不去了。

吳士盛環顧了一周，發現這一帶土石崩落得很厲害，看起來有點像是廢棄的林道，想再走下去，只剩一條崩塌的鐵鍊危徑。在沒有其他路可走的情況下，他只好重新回到樹林裡，開始在樹幹上做記號。

不行、不行，每個地方看起來都一樣！

他突然想到自己剛剛不曉得吃進什麼東西，就一陣反胃。他把手指伸到嘴巴裡，在舌根附近摳了摳，把胃裡的東西都催吐出來。

樹葉、泥巴，還有……

那是……?!

看到蟋蟀、刺鼠的尾巴、甚至山蟑螂的殘破軀幹，吳士盛瞬間明白：以為湯裡添加了柴魚片，其實是蟋蟀的翅膀；還有剛剛卡在牙縫的魚刺，其實是山蟑螂的腳；而御萩餅……他越想，吐得就更加厲害，胃裡的酸水不停噴出喉間。

媽的……媽的……

我要死了……真的要死了……

狹葉櫟林擋住了部分雨勢，但大雨依然猛烈，不時有爆炸般的雷聲響徹整座山谷。吳士盛癱坐在一塊長滿青苔的大石頭上，附近有疑似動物翻土的痕跡，還有許多磨角痕。

他想哭，卻又哭不出來。

但我……想活下去……

他還是無法徹底放棄求生的慾望。

吳士盛從夾克口袋裡掏出錄音機，按下錄音鍵。

「我想回家……嗶啪……」

「嗶啪……我想活下去……嗞……」

「嗞……我好餓。」

他的聲音開始哽咽，轉為哭腔。

「……自從被資遣、自從婷婷離開、自從妳過世……」

種種複雜而痛苦的情緒，一瞬間在吳士盛的胸間迸發開來。

「為什麼？……嗶啪……為什麼我都只會逃避……」

「為什麼偏偏要等到我自己一個人在山裡等死，才會懂啊……」

「嗶帕……如果、如果……」

吳士盛只說到一半，就停止出聲。

等等……

那是……鬼火嗎？

這是他第一次看見鬼火。一時間，他忘了恐懼，只是靜靜地凝視著鬼火在雨中飛舞。

吳士盛取出手機，只剩下百分之三的電量。

依然沒有訊號。

他打開相機，對準藍白色的鬼火，按下快門。

像是完成最後一件任務似的，手機的螢幕在這時轉黑，畫面上跳出電量耗盡的符號。

鬼火又持續燃燒了幾秒後，漸漸變暗，消失於無形之中。

這應該……不是幻覺了吧？

正當他這麼想的同時，又有一盞鬼火冒了出來。只不過，這次的火勢比較猛烈，不規則地上下跳動，似乎有種警示的意味。

這是？

突然間，一陣急遽的腳步聲自後方的樹林裡傳來。吳士盛扭頭一看，反射性地彈起身軀，朝著另一個方向狂奔。

下一秒，米納可已經跳上吳士盛剛才落坐的大石，頭髮呈現離心狀散開，頭部不停旋轉，發出刺耳的關節摩擦噪音。

她的腰部有如昆蟲的體節，雙手雙腳像馬達一樣快速前後擺動，所經之處，落葉和枯枝都被掃起。和吳士盛之間的距離，也越拉越近。

完蛋了……

這次，吳士盛深深感覺到有所不同。一定是道姑的法力徹底消失了，這次真的要死了——除了逃命，唯一的念頭只有這個。

他不敢回頭，只想往有光的地方跑。

穿過樹林之後，前方是雜草蔓生的陡坡。而陡坡頂端，竟意外地出現了一道護欄！

吳士盛爬上陡坡，在草叢中猛一陣亂抓，手指被鋒利的葉緣割破，流出鮮血。好不容易爬到一半，米納可已來到陡坡下方，距離吳士盛只剩下不到五公尺。

攀爬的過程中，吳士盛不小心把右腳的球鞋踢掉，不偏不倚打中了米納可的眼睛位置。趁著這波空檔，吳士盛連滾帶爬地翻過護欄，一腳踩上熟悉的柏油路面，拖著重傷的右腳，踩著嘩啦嘩啦流下公路的水瀑，往前方的路燈邁進。

一轉眼的功夫，米納可已經跳上護欄，惡狠狠地瞪著吳士盛。她像隻彈性十足的蚱蜢，飛越了柏油路，眼看就要追上吳士盛——

那是！

下一盞路燈的後面，有座電話亭！

吳士盛彷彿看見了一線曙光，以跑百米的速度全力衝刺。

幾乎就在就擒的前一剎那，吳士盛閃身躲進電話亭，「乓」的一聲甩上門板，腳用力踢著另一側的壓克力牆，背部頂住門板，死也不讓米納可撞開。

汗水混雜著雨水，滑過額頭，流進吳士盛的眼睛裡。他嚇得不斷抽噎，眼淚分不清是因慶幸、還是因恐懼而生。米納可開始後退。

吳士盛本以為擺脫了米納可的追殺，正想鬆一口氣，卻發現米納可再度加速衝撞上來。藉著助跑，這次的衝擊力道比之前都還要強勁。他感覺到肺部的空氣一瞬間全被擠壓出來，肺尖處隱隱有種爆裂的異痛，開始猛烈咳嗽。

幾次撞擊之後，壓克力門板產生了些許裂痕。只不過，米納可似乎暫時放過了吳士盛，跳上電話亭的頂部，隔著鐵板，發出「嘶——嘶——」的怪聲。

吳士盛連忙抓起電話，但不論怎麼撥打一一〇和一一九，不知為什麼就是打不通。他伸進褲子口袋，發現自己只剩下三個一塊。只不過，他卻連一個號碼都撥不出去。

媽的……幹我怎麼都不記得……

吳士盛完全想不起來父親或弟弟的電話，更別說其他平時沒什麼在聯絡的同事了。他絕望地趴在公共電話機上，感覺自己徹底走到了路的盡頭。

好不容易……好不容易……

此時，屋頂突然沒了動靜，吳士盛立刻直覺地往後靠，撐緊了門板。

米納可充滿血絲的眼睛，此時只和他隔了一片透明的壓克力牆。

我好沒用……

他滑坐下去，然後「嚓啦」一聲，右邊的屁股傳來硬物感。

吳士盛伸進後面的口袋，取出那個硬物。

名片？

這是……

他抓著胡睿亦的名片，上面寫了職稱、電子郵件地址，還有一串手機號碼。

吳士盛立刻彈起身子，把全部的零錢都投進電話機，然後輸入胡睿亦的電話。

「嘟……嘟……」

快接、快接啊！

拜託！

終於，胡睿亦接了電話。

「喂？」

「救我！救救我！我是吳士盛，之前在醫院！拜託！快來救我！找人來！快點！拜託！」

「什麼？我聽不清楚！你是誰？」

「拜託！拜託妳！我是吳士盛！醫院的那個！我老婆！妳記得的！拜託！快點……快點來救我！找警察來！」

「你到底是誰？我聽不清楚！」

「我是吳士盛！吳士盛！醫院見過我！拜託——」

聽筒中傳來另一個男聲，問了一句：

「誰啊？」

「我不知道，可能是打錯的吧……」

「不！不是打錯的！不是！求求妳！拜託——」

嗯？

「喂？喂？喂！」

沒有聲音了……？

吳士盛瞬間傻了。話筒從他的手上掉落。

拜託別掛我電話……

但已經來不及了。胡睿亦已經切斷電話。最後一點籌碼已用罄。

現在，是真的完了。

他連掛回話筒的力氣都沒有，癱在電話亭的地板上，看著米納可從電話亭頂跳下來。

米納可似乎又要開始後退助跑，這一次，就算門板沒破，恐怕吳士盛也頂不住了。

他忍不住開始啜泣，眼眶漫出淚水，從臉頰和鼻孔流下。他用顫抖的手指按下錄音鍵，假裝身邊還有人在聽他說話——

「我、我……我不想死……」

「不、不想死……」

「我、我的女兒……還沒原諒我啊！求求祢！」

喀啦。

錄音帶捲到底了。

吳士盛握著錄音機，閉上眼睛，眼淚溢出，滑過臉頰。

結束了。

他的眼角餘光中，一道影子正以飛快的速度衝撞電話亭。

我的生命……到此結束了。

嗯？

隱約還有哪裡、有某個人在說話……

是電話！電話還沒斷！

吳士盛雙腿一緊，霎時間，肌肉充盈了力氣。「砰」的一聲巨響，他頂住了米納可的攻擊。只是，壓克力門板上的裂痕又變得更大了，眼看就快要碎裂。
吳士盛立刻抓起電話，以吃奶的力氣大吼。
「喂！」
「啊！你是吳先生吧？吳士盛先生？」
「是！我是！求求妳！找人來救我！拜託！」
「吳先生，你冷靜一下，你現在在哪裡？我需要一個地標才能報案！」
「我、我在一個電話亭裡面！」
「你還有多餘的零錢嗎？」
「沒有！沒有了！」
突然間，背後又傳來「砰」的一聲！
吳士盛一陣猛咳，痰液噴出，話筒上沾滿了飛沫。
「啊！那是什麼！算了……那這樣就不行了……我想想……」
「什麼不行！拜託妳，我要被她殺死了……」
「等一下！吳先生，你先冷靜，你附近沒有明確的地標嗎？」
「有路燈、有電線桿！這裡長得都差不多，我不會形容！」
「等等！有電線桿嗎？你看得清楚上面的編號嗎？」
「編號？」

吳士盛扭轉身體，把頭硬擠到電話亭的角落，終於在電線桿的側面，勉強看到一塊藍色的鐵板。但是，因為風雨的關係，上面的數字略顯不清。

「妳等我一下！」

吳士盛放下話筒，米納可又開始倒退。

媽的！電話費快要用完了！

他決定孤注一擲，拉開門板，橫跨一大步——

吳士盛以超乎平常的速度記下電線桿的編號，然後退回電話亭內，用力頂住米納可的攻擊。前所未有的勇氣和求生意志鼓舞著他。

我要活下去！

吳士盛抓起話筒，大聲唸出：

「電線桿編號是……本部溪……十八號……L0609CE82！」

「等一下！我記錄一下！」

「本部溪十八！L0609CE82！L0609CE82！有聽到嗎？」

嘟、嘟、嘟……

有聽到嗎……

她有聽到嗎……

這次電話是徹底斷線了。

米納可又跳上電話亭頂，發出地獄犬般的詭異叫聲。
吳士盛只能懷抱希望，靜靜等著胡睿亦的救援到來。

第六章

脫出

郭宸珊站在浴室的全身鏡前，觀察自己的裸體。

勤加保養的成果，終究還是敵不過自然的老化，這是郭宸珊觀察自己之後，得到的唯一感想。不管再怎麼找人按摩、雕塑身材，胸部還是下垂了，小腹還是出來了，孕育兩個小孩所造成的妊娠紋和橘子皮，即使做過醫美的療程，效果仍有限。尤其是脖子的皺紋，經過了無數次的拉提，如今還是像火雞脖子一樣，難看得要死。

相較之下，那個南方口音的大陸妹，至少她在保養的成果上，做得比自己好。

郭宸珊轉過九十度，開始檢查身體的側面。

咦？

她斜伸左手，把右後腰的皮膚稍微拉前一點。那裡出現了一塊瘀青。

什麼時候撞到的？

郭宸珊很愛惜自己的身體，絕不會莽莽撞撞地動作，如果有任何碰撞或受傷的跡象，她一定會馬上知道，不可能像這樣對鏡檢查的時候才發現。

「怎麼搞的……」

她嘖了一聲，踩進浴缸，把整個身體埋進溫水裡。

不管怎麼樣，他總算是回來了……

不得不說，那道姑的法力還真是高強。才剛把符咒放進先生的西裝，隔天先生就坐著飛機回家了，還說自己跟公司請了長假，這段時間都由副總經理代理；而這在過去幾十年，從來沒發生過，想必公司上上下下的老職員，都非常訝異吧？郭宸珊邊泡澡、邊如此想著。

但……該拿那女人怎麼辦呢？

想到這裡，郭宸珊又忍不住打了一股惡顫。

真是令人不悅的經驗……

昨天下午，郭宸珊以跟朋友聚會為由，甩開先生，偷偷開車到延平北路跟那道姑碰面。她才剛打開車門，就聞到一股難以形容的臭味——不、說是臭味也不精確，因為聞久了，竟然變成一股麝香的味道——總之，或許是因為心情有點緊張，郭宸珊只想趕快做完這件事，然後就跟那道姑分道揚鑣。

她跟著道姑走近一處兩層樓高的店屋。看這一帶房子的外觀，應該都是很有歷史的建築物，甚至有些比較高的房子，還採用了愛奧尼亞柱和勛章泥塑浮雕。

從眼前這棟破舊的店屋判斷，最上端的女兒牆鋪設了十五公分見方的日本面磚，所以應該是日治時期留下來的古屋。日本面磚上的三多（佛手、桃、石榴）彩繪，已經被時間塵洗得難以辨識。

那道姑偷偷摸摸溜進工程用的鐵門，鐵門上布告了施工的日期和單位。

郭宸珊朝內部看了一眼，昏暗無光，還有種詭闇之氣。

「喂！為什麼我們要來這兒？」

「您先進來，我再跟您說。」

「不行，這地方太陰了，我不想進去。」

「就是因為陰，才要來這裡。您到底要不要做？我可是不會退錢的唷。」

「……」

郭宸珊皺起眉，沉吟了好一陣子，才終於跨過鐵門檻，進到裡面。

那道姑立刻拉起門栓，外面的陽光瞬間被阻擋在外，她們周身被黑暗包圍，只能扶著牆面行走。越往深處走，霉氣也變得愈加明顯。

「有樓梯，小心。」

她跟著道姑走上二樓。眼睛適應黑暗之後，郭宸珊發現二樓跟一樓其實大同小異，空蕩蕩的一片，只有一些工人喝完的保力達B玻璃瓶。但走廊盡頭那間窄小的房間吸引了郭宸珊的注意，總覺得那裡有什麼東西在警告她不准靠近。

道姑從布袋裡拿出手電筒，照亮走廊。

「跟我走。」

「妳有手電筒怎麼現在才拿出來。」

「這裡不能不用手電筒。」

不能不用？什麼意思？

郭宸珊直覺不能再追問，便靜靜跟上道姑的腳步。

一踏進小房間，溫度好像立刻降了五度，手電筒的光線也變暗了。天花板的水泥塊已經破裂，管線裸露出來，髒汙不堪的地磚上，不知道灑了什麼液體。

「從現在開始，郭小姐，您只能根據我的指令動作，任何多餘的動作，都可能會有危險。然後，也不要再問我任何問題。有什麼事，結束之後再說。」

郭宸珊緊張地點點頭。

只見那道姑把手電筒立在東南角，再從布袋裡取出一件又一件法器擺在地面上，然後點起蠟燭和線香，一股麝香味飄散在空中。

「天清清地靈靈……」

道姑一面點燃符紙在空中亂舞、一面在口中念念有詞，有如蜂鳴般的單調誦聲在斗室之間迴盪。郭宸珊感覺到，室內的空氣開始變得又濕又黏。

「弟子！」

每當道姑念到「弟子」兩個字的時候，便會命令郭宸珊跪下磕頭，然後再起身，立跪著等待下一次叩拜。

大概是法術進行到一個段落，道姑停止誦念，又取過布袋，從裡面掏出一個保鮮袋。郭宸珊本想置身事外，靜靜等著道姑把法事作完，但看到保鮮袋中的內容物之後，忍不住驚呼出聲，甚至差點嘔吐出來。

這時，「叩」的一聲，手電筒倒了。

道姑看到異狀，立刻回瞪了郭宸珊一眼，隨即立刻燒起另一張符紙，同時急忙誦念咒語。郭宸珊從側面看到，道姑的表情相當緊張，便想到自己一定做錯事了。

「閣下深恩勝拜、弟子不肖……」

郭宸珊心裡清楚，道姑是在替她跟嬰靈道歉，但她已經完全壓抑不住自己的厭惡感，她連一秒鐘都不想繼續待在這裡！

「跪好！」

眼見郭宸珊快要把持不住，道姑立刻出言喝斥。就這樣撐了將近半個小時，走出屋外的時候，郭宸珊幾近昏倒，視野一片模糊，連話都說不好。

「那、那……」

「妳別管。妳回去之後，須以鮮血餵養，一天三次，如此持續到明年一月八號，正好滿七七四十九天。千萬注意，一定要等到那時候才能開棺，否則連我也幫不了妳。」

「開棺之後呢？」

「開棺之後，妳就可以叫小鬼做妳想做的事了，每天一樣三次，供養餅乾糖果……妳當過媽媽吧？拜那些小孩子喜歡的東西就可以了。」

「剛剛……會不會……？」

「剛剛差點被妳給害死。一點常識都沒有。妳朋友難道都沒跟妳說嗎？真是的。我走了，有事再來找我。」

道姑氣沖沖地拂袖而去，但郭宸珊卻無法把那個血淋淋的畫面自腦海中抹除。

那個保鮮袋……

她到底去哪裡拿到……那個的？

她聽過西門町有些密醫以超低廉的價格幫國中女生墮胎，那些胎屍最後怎麼處理，既然那些未婚媽媽不會追蹤，當然也沒其他人會去管，所以流向確實啟人疑竇。

如果那道姑是從墮胎診所那裡取得胎屍，豈不是太傷天害理了嗎？

郭宸珊越想，越是覺得自己已經鑄下大錯。她以七十公里的時速駛離現場，從照後鏡中遙望逐漸遠去的店屋，總覺得有什麼東西也在回望著她。

只不過，既然大錯已經鑄成，也沒有回頭路可走。斬草要除根，已死的灰燼如果沒有用水徹底撲滅，就還有燃起的可能。最終，她還是跟自己達成了協議——殺死那個女人之後，就要那道姑回收小鬼。

郭宸珊從浴缸中站起來，用浴巾拭乾身體的每一寸肌膚和頭髮。她小心地用吹風機吹乾髮絲，但是吹到一半，她驚嚇得幾乎把吹風機摔到洗手台前的鏡子上。

怎麼回事！

她用了全身的力氣才讓自己冷靜下來。

頭髮……我的頭髮……

郭宸珊手指縫間，全都是自己愛護有加的頭髮。

明明是一束一束輕輕吹乾的……

她對著鏡子檢查，頭皮頂部少了一塊，耳後的位置也禿了兩個圈圈。

我、我也沒在吃什麼藥或化療……為什麼頭髮……

很快地，郭宸珊發現自己並不只是瘀青和掉髮的問題，連全身的皮膚也迅速褶皺起來。

是泡太久了嗎?!

不、不可能！

為了避免因為長時間泡水而造成皮膚乾癟，郭宸珊向來嚴格要求自己只能以溫水泡澡二十分鐘，何以平常都沒事，今天就——

突然間，郭宸珊瞪大了雙眼。

她看見自己的乳房，正在急遽縮小。

是錯覺、錯覺！

郭宸珊手捧著乳房，明確感覺到皮膚底下的內容物正在消失。乳房的皮膚越來越皺，最後變得像一顆乾掉的橘子，乳頭也變得像果蒂一樣硬。

「啊……呃……」

無法說話！

喉嚨好像被人掐住……！

她張開嘴巴，對著鏡子才發現，不只是舌頭已經萎縮，連牙齒都變成尖銳的小突起，牙齦退縮得足以看得見下顎骨！

不可能、不可能！

是那個小鬼！

趁著自己還能思考，郭宸珊繞過二十坪大的客廳，直奔廚房。

就快到廚房，她卻感覺左腳踏出去的時候，像踩在空氣上，於是無可避免地往前飛撲，撞上冰箱，發出一聲悶響。

藏在流理台底下的小棺材被打開了……

一隻全身呈現屍綠、長著黑毛的死嬰活體，正趴在地上，啃食她先生的臉部。

祂的毛髮興奮地豎直，顳側的臉皮乾裂，暴突出青色的血筋，看起來就像是基因異常的死胎突然活了過來。郭宸珊眼看著祂的喉嚨一波一波地鼓脹、吞嚥，卻無能為力。先生英挺帥氣的臉蛋，如今只剩下右眼還沒被吃掉。

在意識徹底消失的前一秒鐘，她的心中除了悔恨，還是悔恨。

我的人生……就這樣……

就這樣……被那個……給……

吞、吞……

郭宸珊的大腦最終變成一灘泥水，緩緩從只剩下梨狀孔的鼻道流出。

＊

接近午餐時刻，護理站已經開始輪流用餐，只剩下兩三名護理人員留守。阿芬就是其中之一。她接獲呼叫鈴，便趕緊走出護理站，正好在走廊上和胡睿亦打了個照面。胡睿亦剛從滋滋的病房走出來，一臉疑惑。

「學姐，妳提早回來了啊？」

「對啊，本來想多玩一天的，結果現在還要去銷假，好麻煩唷。」

「為什麼不想玩了啊？我每天都在等休假欸！」

「說來話長啦！對了，滋滋好像好了很多，是因為換了別的藥嗎？」

阿芬露出不好意思的表情，點點頭。

「換了另一種藥，結果就沒事了。」

「這樣啊……那就好。」

胡睿亦雖然嘴巴上這麼說，心裡卻滿是未解的問題。

所以不是美奈子嗎？

原來滋滋只是因為目睹室友死亡，所以才會造成病情惡化嗎？

原本胡睿亦打算，今天下午用樂樂谷的溫泉水幫滋滋洗澡，看會不會有明顯的好轉。沒想到費盡千辛萬苦取回的「解藥」，竟然完全派不上用場。

沒關係，反正她沒事就好。

「不過……」

「不過什麼？」

「不過滋滋好像是在換藥之前，就沒事了欸。」

「換藥之前？妳的意思是，滋滋變好，其實不是藥物的功勞嗎？」

「我也不知道啦，醫學太複雜了，有時候根本搞不清楚是怎樣。學姐，有病人在等我，那我先去忙嘍。」

「嗯，好，加油喔！」

胡睿亦目送著阿芬走進盡頭的病房，爽朗的笑聲立刻從裡面傳了出來。她忍不住會心一笑，心想著有阿芬這種熱情的醫護人員，真的是病人的福音。

這時，她的私人手機響了起來。是一個沒看過的號碼。

「喂？您好？」

「喂！請問是胡——睿——亦——小姐嗎？」

聲音聽起來是一個年紀有點大的男人。

「是，我是。請問哪裡找？」

「那個、我是吳振鑑，吳士盛的爸爸，他說是妳救了他。」

「喔！原來是吳爸爸！」胡睿亦頓時有點緊張，「……沒那麼嚴重啦，一通電話而已。怎麼樣？吳先生他還好嗎？」

「還好，本來就沒什麼問題，浪費社會的資源！……這樣啦，妳救了我兒子，一定要當面感謝妳才行！」

「可是……我現在在上班欸。」

「當然是等妳有空的時候啊！這種一定要當面謝謝的啦，不然我會良心不安。」

良心不安？

胡睿亦雖然覺得這麼說實在太誇張，但老先生也說得沒錯，是應該再去看一看吳士盛，不然會給人一種冷漠的感覺。

「你們現在在哪個醫院？」

「本來在嘉義分院啦，但沒什麼大礙，已經辦完出院手續了，正準備回台北。」

「這樣啊。沒事就好。」

「其實，我就不拐彎抹角了，之所以一定要特別找妳見面，是因為我有件事情想要親自跟妳確認，所以請妳務必賞光。」

聽到「賞光」這麼老派的說法，胡睿亦差點噗哧笑出聲來。

「沒問題。可以請問是什麼事嗎？」

「是關於美奈子的事。」

胡睿亦沒想到，竟然會蹦出這麼出乎意料的答案。本以為是「我兒子為什麼會莫名其妙跑進山裡」或「他為什麼會產生幻覺」之類的醫學相關的問題，但兒子撿回一條命，老先生竟然只想問她「美奈子」的事情？更何況，老先生是怎麼知道她正在調查美奈子的？

「啊，我知道了。」

雖然很想直接在電話裡問清楚，但最後還是只想得出這種簡單的回答。

「那麼，再次請妳務必賞光。」

老先生說完，胡睿亦聽到聽筒裡傳來一聲清脆的響音，然後是一陣急促的對話。老先生似乎正和他身邊的某個人開始閒聊。

他忘了切斷電話嗎？

聽到手機裡的聲音變得很遙遠，胡睿亦頓時有些哭笑不得，因為她的母親也常常這麼做，總以為把手機放下就跟傳統的電話機一樣，會自動切斷通話。

果然是老年人才會犯的毛病啊！

就在胡睿亦切斷電話的同時，一個奇怪的念頭突然鑽進腦海。

聽起來很遙遠的聲音……

她突然想起老公跟她說過的話。

〈……據說這些人死前都曾說他們會聽到奇怪的聲音，好像有人在很遠的地方對他們說話……〉

如果聲音不是直接傳到耳朵，而是透過另一個像手機一樣、能夠接收到耳朵聽不見的訊號……轉傳呢？

也就是說，能夠聽到奇怪聲音的人，周遭一定有什麼能夠轉傳訊號的東西！

那個東西是什麼呢？

胡睿亦莫名相信，只要解開這個問題，就能拯救那些被聲音控制、進而踏入死亡陷阱的受害者。

換句話說，只要知道滋滋這段時間有了什麼改變，一切就都揭曉了。

她走進會議室，坐在電腦前，點開醫療系統中滋滋所屬的護理紀錄。

「看不出來啊……」

每天從早到晚發生的事情，不外乎就是鬧情緒、給藥和臨床討論等問題，唯一比較具有意義的，是昨天上午十一點到下午五點之間的紀錄——

〈11:35 個案突然安靜下來。〉

〈12:44 吃過午膳後，改服Paliperidone。〉

〈13:13 現安穩入睡。〉

〈15:25 個案正睡眠，無不安情形。〉

〈16:51 個案醒來，無大吵大鬧之情形。〉

很明顯，十一點三十五分之後，滋滋就不再出現前幾日的躁動、妄想、幻聽等症狀；雖然要說換藥完全沒有幫助，也不太可能，但更決定性的因素，恐怕是在換藥之前就發生了吧。

胡睿亦百思不得其解，便暫時把這件事放在一邊，先處理其他兩個病人後續的維持治療問題。他們的家人無法接受病人返家，所以，她還要評估病人的社會功能，才能轉介到相關單位。根據病人和家屬的需求，看接下來是要到康復之家、社區復健中心、日間病房、還是精神護理之家。因此，到下班之前，她還必須打好幾通電話才行。

就在她忙得快要告一段落的時候，老公打來了。

「喂，怎麼了？要約哪裡吃啊？」

「有一位吳先生打給妳了吧？」

「你怎麼……」胡睿亦露出恍然大悟的表情，「喔！原來是你啊！……對對，他就是那個你去遊行時遇到的老頭吧？」

「哈，對，妳真聰明。」

「你跟他說了什麼？」

「妳跟我說的那些事情，我想他都能給妳一些說法。」

「哦？」

「總之，我現在去載妳。期待晚上的大餐吧。」

胡睿亦無奈地笑了三聲，切斷電話，隨後開始收拾東西。

走出醫院大廳的時候，她注意到，一直停在車道附近的SNG車終於開走了。

也真是駐守了好長一段時間啊。

聽說不只是郭湘瑩的事件，連心臟科也有一些媒體風波，而且是記者最愛的醫護緋聞。接連爆出的新聞讓醫院的公共事務室上上下下疲於奔命，尤其是公關組，為了應付接踵而來的記者，還暫停了好多公開活動。

她拉上外套，朝著老公停在路邊的車子走去。

*

「昨日晚間十一點四十分，消防署空勤總隊接獲報案，台北市五十一歲男子吳士盛，在未申請入山入園的情況下，獨闖玉山國家公園八通關越嶺古道的管制路段。空勤總隊派出直升機前往山區，終於在今天上午四點十分吊掛成功，並於巴奈伊克山屋附近的崩塌高繞路段尋獲一名男屍。據消息指出，死者名叫徐漢強，現年四十七歲，住在台北市，右手拇指曾因工傷截肢，屍體已腐爛得相當嚴重，預計會封鎖該路段一段時間。警方已經通知家屬，相關人員正著手勘驗現場，死因及死亡時間將待解剖後進一步釐清真相，本台將……」

吳盛帆拿著手機，不斷重播網路上的新聞片段，然後放聲大笑。

「哈哈哈！哥你太屌了！上電視了嘿！」

「幹！關掉啦！」

吳士盛趴在桌上，昨晚的恐怖影像仍殘留在眼前。

竟然說我是幻覺……？

怎麼想都覺得不可能……

利用臺灣電力公司的政府資訊開放平台，空勤總隊迅速根據電桿座標及桿號，鎖定了吳士盛的位置。一等到雨勢趨緩，便派出直升機前往救援。吳士盛也不知道自己到底等了多久，只知道自己最後累得睡著了。

被直升機的螺旋槳聲吵醒的時候，天還沒亮。吳士盛發現自己已離開了電話亭，正躺在樹林的落葉堆上，利用枯枝散葉保暖。

直升機是橘紅色的，非常鮮豔。吳士盛看見直升機不停徘徊，一直無法著陸。最後，駕駛員決定採空中定位翱翔，在頂峰的斜坡上來回浮動。

數分鐘後，他看見兩名穿著紅色外套、頭戴紅色安全帽的搜救隊員垂降下來。

確認他的傷勢之後，對著空中的直升機比出手勢。

過沒多久，降下吊帶和一座金屬管構架的擔架。

搜救隊員把他固定在金屬擔架的鐵絲網籃中，雙腳安置於凹槽後，便聽到電動絞盤的運轉聲。他被鐵索拉上半空中……

吳士盛剩下的記憶就只到這裡，醒來之後，就在醫院的急診室了。全身上下的小傷口都被妥善地包紮起來。除了嘴唇嚴重皸裂、輕微電解質失衡和低血糖之外，其他都沒有問題。

他在鞋裡活動腳趾，腳趾仍有麻麻的感覺。

醫生說，因為是第二期凍傷，並不會有壞死的情形，算是非常幸運。腫脹的部分，據說也會在三到五天內消失。當下吳士盛聽到這些，忍不住流下眼淚，也聽從醫生的告誡，一直穿著襪子，維持足部的保暖。

父親坐在圓桌的斜對面，一臉嚴肅，兩條白眉幾乎要碰在一起了。不過，父親明明看起來很生氣，這次卻反常地沒有責罵吳士盛。

「哥，你到底沒事跑去爬山做什麼？還自己開著計程車去？你又沒爬過山，一下子就挑戰百岳，再怎麼說也要跟團吧！」

「不關你的事。」

「你不會是要說，是為了阿瑩的死吧。」

父親自從進了餐廳，就一直保持沉默，現在突然迸出這一句，把吳士盛和吳盛帆都嚇了一跳。尤其是吳士盛，眼睛瞪得老大，嘴巴遲遲無法闔上。因為父親這句話說明了，他很可能知道關於米納可的事情。

「什麼意思？大嫂？」

「上次我去遊行，遇到了一個退休美術老師。他後來輾轉找到我們家的電話，打電話跟我說，他太太最近一直在調查一個奇怪的聲音，說是跟我提到的魔神仔有關。」

「等、等等……怎麼又跑出魔神仔了？」

吳盛帆一臉茫然，把手橫在父親面前，像是想阻止父親繼續說下去。

「他太太，就是胡小姐。」

「嘩！」

吳盛帆無法控制地發出驚呼，引起餐廳裡其他客人的異樣注目。

「等一下她過來，我就是要問她這件事情。倒是你這臭小子，什麼事情都不跟家人說，什麼都沒準備，就自己跑到山裡面，造成社會大眾的麻煩。你知道為了要救你，國家要花多少錢嗎？」

「……」

吳士盛想撇過臉去，卻感覺到右邊脖子一動就會有某種牽扯痛，於是作罷。

「五十萬。救難成本就要五十萬。你要賺多久才有五十萬？」

父親瞪著吳士盛，眼神中帶著厭惡和疼惜等多種複雜的情緒。

「我都快要八十六歲了，再活也沒幾年，你什麼時候才要長大？我等得不耐煩了。」

「我……」

「爸，別這樣說了，哥他也不是故意的——」

「他不是故意的？他就是一直這樣想，才會為所欲為、不負責任！」
「是一個道姑。她也聽得見那個聲音。」
吳士盛猶豫了好久，才終於開口回答。
「什麼道姑？」
「總之她可以通靈。我開計程車載到她，因為她太奇怪了，我就想轟她下車，結果她說……說阿瑩的死是一個叫做米納可的日本女鬼害的。」
「然後她叫你去爬玉山？」
「不，不只是這樣。那個死掉的——」吳士盛指著吳盛帆的手機，「那個死掉的徐漢強，他也聽得到聲音，所以他才會死在山裡面。」
「他已經死了，你怎麼知道他聽得到聲音？」
「有錄音機！還有地圖！地圖後面，寫了很多字。」
父親露出疑惑的表情。
「他寫了什麼？」
「就是關於那個聲音的內容。就是那個聲音……那個叫做米納可的日本女鬼，把他騙到山裡面殺掉！就跟我一樣！」
吳盛帆聽到吳士盛這麼說，不免露出誇張的表情，覺得吳士盛簡直在胡扯。只是，當他看到父親臉上異常冷靜，而且彷彿還能聽懂吳士盛在說什麼時，便按下不表。

「みなこ。她叫做まつだみなこ（松田美奈子）。」

嗯？

吳士盛和吳盛帆同時「嗄」了一聲。

「你……認識她？」

「以前住在新京的時候，我們兩家常常往來。」

「新京？那是什麼時候的事情？」

「現在叫做長春了。我四歲就跟你們阿公到新京。你們阿公就是跟著みなこ的爸爸一起到新京發展。我們都叫他まつだせんむ（松田專務），因為他是華北一家電影廠的管理者。總之，みなこ也被爸爸帶去新京了，那時候我們住在通化街，一個滿洲人的社區，離みなこ住的地方很近，所以我知道みなこ很多事情。」

所以……米納可是一個……確實存在的人?!

怎麼可能！

吳士盛差點叫出聲來。他想起昨晚在電話亭，幾乎快要被弄死的情景。

那個怪物……竟然是父親的兒時朋友？

父親認識的朋友美奈子……竟然會是那個長得像蟲一樣的恐怖厲鬼？

這怎麼可能！

「不可能……不可能……」

「什麼不可能？」

吳盛帆發現吳士盛臉色有些蒼白。

「不可能！我昨天明明……明明……」

「你看到的是幻覺。」父親不客氣地打斷吳士盛。

「幻覺？不、不可能是幻覺！」吳士盛的表情很堅定，「……她明明存在！我看見了，她還用身體撞電話亭！」

「根本沒有電話亭。」

「咦？」

吳士盛看著父親嚴肅的表情，確認他不是在開玩笑。

「消防隊的人接獲胡小姐的報案，抵達現場時，方圓百里根本沒有任何公共電話，他們也覺得很不可思議，既然如此，胡小姐又怎麼知道你在哪裡？電線桿的編號不可能憑空瞎掰出來，而現場的電線桿編號也確實是正確的，不然他們不可能找得到你。」

「所以呢？你剛剛不是還說這些都是幻覺嗎？還是說……」吳士盛停頓了一下，思考過後才問道：「你知道為什麼嗎？」

「我不知道。但是，以前也曾經發生過類似的事情。」

「以前？」

吳士盛下意識地挺直了背脊。

「那時候我已經十三歲了，滿洲國和臺灣都還是日本政府。我跟著你們阿公回臺灣參加謝介石他大兒子的婚禮，那個晚上，我們就住在朋友家。隔天早上起來，發現他們家的查某嫺失蹤了。後來我回到大連，輾轉得知那個查某嫺死在灶裡面。」

「為什麼又變成大連？」吳盛帆不解地問。

「那不是重點啦，你繼續說！」

「因為你們阿公後來帶著我們全家到大連的日本人區做生意，就是你們小時候聽過的鶴壽染布廠。那段時間，我還改姓為安藤。」

「阿公叫做安藤鶴壽嘛。」

「你不要一直打岔！查某嫺死在灶裡，跟公共電話有什麼關係？」

「因為發現那個查某嫺的人，據說前一天晚上有聽到那個查某嫺的求救聲，但周圍的人都說沒聽到，所以她就不理會了。隔天早上生柴火煮飯的時候，她才突然想起這件事，就順便低頭瞄了一眼。她本來是想確認自己只是耳鳴，沒想到真的發現屍體，後來就瘋掉了。」

「心電感應？」吳盛帆又插嘴問道。

「我也不知道……啊！胡小姐來了。」

父親遠遠就看到胡睿亦和她老公從自動門進來，立刻站起身向他們招了招手。

「嗨！」

「振鑑大哥！嗨，你們好啊！吳先生，你還好嗎？」

吳士盛發現，胡睿亦的老公會逐一向每個人打招呼，還特別關心自己的傷勢，是一個斯文有禮的男人。

「還好、還好。那個……謝謝……」

「他沒怎麼樣！」吳振鑑用力地拍了拍吳士盛的肩頭，「我這兒子只會製造別人的麻煩，多虧了你們救他！」

「沒什麼，一點小事而已！」

吳士盛靦腆地看著胡睿亦脫下外套，坐在她老公旁邊。

「那個，這間日本料理真的很不錯，尤其是他們的日本島鮪和甘海老刺身，雖然便宜，但口味完全不輸給那些高級料亭和割烹，一定要請你們吃一頓。菜單在這裡，你們盡量點、盡量吃，好不好？別客氣！」

平常胡睿亦都是跟老公兩個人吃，這時跟一堆大男人同桌吃飯，有點不習慣，只能一直點頭，用笑容應對。

「你們怎麼過來的？」

吳振鑑一面翻閱菜單、一面向胡睿亦他們搭話。

「開車，這裡還滿好停，不錯。我們就點五份套餐，再加點幾道菜，大家一起吃？」

所幸老公人還滿健談的，胡睿亦鬆了一口氣。

過沒多久，菜都上齊了。彷彿在等待這一刻似的，老公率先開啟話題：

「那個，我們這次去了東埔一趟，她呢，」老公指著胡睿亦，繼續說道，「聽到了一些事情，剛好吳先生上次遊行有跟我提到……睿亦？」

胡睿亦愣了好一陣子，才終於對著吳振鑑說出自己最大的困惑。

「那個，吳先生，你認識美奈子這個人，對吧？」

「是的。」看到胡睿亦表情有些糾結，吳振鑑於是大方地說：「沒關係，問吧！」

「我想問，美奈子最後……並沒有死在玉山裡吧？」

「沒有，她活得好好的。她後來搬到東北了，我們是鄰居。」

「您也是外省人嗎？」

「啊，不是，只是以前住過東北。妳是外省人？」

「我爸爸媽媽是陝西人，我在臺灣出生，呵。」

「是、是，大家都是臺灣人，沒什麼好分外省本省的。我小時候覺得自己是日本人，後來回到臺灣，又變回臺灣人了。」

「您說美奈子搬到東北，是因為那個神隱事件嗎？」

「妳是說てんぐかくし（天狗隱）嗎？我不知道欸。」

「我在昭和八年的報紙上看到美奈子神隱的報導。所以，才去了東埔一趟。」

「妳還特別去翻報紙啊。是日日新報嗎？」

「嗯。」胡睿亦點頭，猶豫了一陣之後，才繼續說：「但是，我遇到了一個原住民老太太，她說美奈子是魔鬼。」

「魔鬼?!」吳振鑑露出不可置信的表情，「嗯，我想，這裡面應該是有什麼誤會吧！」

「她確實用了Hanitu這個字。」

「抱歉，我不太懂原住民語，但美奈子並不是魔鬼，我可以確定這一點。她是一個很親切的鄰家大姐姐。」

「那你……抱歉，我說得直接一點……美奈子為什麼會聽到奇怪的聲音？那則昭和八年的美奈子神隱報導，上面是這麼寫的。而且美奈子離奇神隱了三天，竟然完全沒事？她……她才十三歲，這我怎麼想都覺得不合理……」

「離奇神隱？胡小姐，美奈子本人並沒有跟我提起這些神隱還是失蹤什麼的事情，她只有跟我說過，之所以後來全家搬到東北，是因為一件朋友的死亡案件。」

朋友？死亡？

雖然胡睿亦對這個新出現的線索並不感到特別訝異，但這起死亡案件開啟的後續想像，卻令她忍不住輕叫出聲。

「朋友的……死亡案件？什麼朋友？」

「她對這件事情一直耿耿於懷，甚至有段時間，大家還以為她瘋掉了。整天足不出戶，家人也很怕她。後來她爸爸把她帶到東北，才漸漸好轉。我也才能得知劉巧舍的事情。」

一股顫慄弄得胡睿亦的脖頸陣陣發麻。

劉巧舍?!

昭和七年六月二十一日的失蹤報導！

「劉巧舍到底發生了什麼事？」

「其實……我聽起來，不能說是美奈子的錯。那天晚上，美奈子和劉巧舍約在北投溫泉區的某間旅館前面。但美奈子因為父親談公事超過了時間，等她到那裡的時候，就以為劉巧舍走了。但自從那天之後，劉巧舍就再也沒出現過，直到一個叫做馬烈拉的颱風來襲，才被人發現屍體……倒臥在地熱谷裡，應該算是慘死。」

「她怎麼死的？」

「只聽說是被溫泉水燒死的。因為太慘了，所以消息就被大人們封鎖，美奈子也是輾轉才知道的。知道了之後，整天以淚洗面，說是自己的錯。」

「大人？」

「就是警察啦。」老公連忙補充道。

吳士盛越聽越迷糊，終於忍不住開口問：

「等等！但是我不懂……既然美奈子沒有死，為什麼我會產生這個什麼……美奈子的幻覺？」

「難道，難道是……？」

吳士盛看到吳盛帆學起他慌張的模樣，氣得用手肘頂了他一下，破口大罵：

「媽的，知道什麼就說啊，少在那邊假鬼假怪！」

「就你看到的是不存在的幻覺啊！你不是聽過那個什麼……徐什麼強的錄音帶嗎？所以你也被那個聲音洗腦了啦！」

聽了錄音帶，所以產生了跟幻聽一樣的效果，因而看見了美奈子的幻覺嗎？

雖然只是吳盛帆隨口說說的理由，但吳士盛卻莫名相信。

「就算你這麼說，但……我記得阿瑩也說過美奈子這個名字啊！她不可能聽過那卷錄音帶！我非常確定！」

「確實。郭小姐確實這麼說過。」

聽胡睿亦這麼一說，吳士盛和吳盛帆都同時看向胡睿亦，然後順著胡睿亦的視線，轉頭望向吳振鑑。

「那個原住民的老太太，說美奈子的靈魂被她的父親拿走，有什麼特別的含意嗎？」

「這個……我也不清楚。不過我想大概是因為，松田專務不願意讓女兒參加臺灣人的喪禮吧。聽美奈子說，她是到那個時候，才徹底絕望。因為她覺得父親太冷酷了。」

「為什麼不能參加？」

「因為那個時候，還是身分有別。」

「身分有別？」

「其實美奈子也感覺得出來，父母對她和劉巧舍當朋友，還是有一點不情願。那時候劉巧舍就讀老松公學校，就在美奈子就讀的壽小學校旁邊。因為劉巧舍放學之後就要走到車站附近的菸草工廠，美奈子也會跟媽媽約在榮町的菊元百貨逛街，所以兩個人常常走同一條路，就互相認識了。美奈子說，劉巧舍是她這輩子遇過最投緣的朋友。」

眾人聽到吳振鑑這麼說，都不由自主停下了筷子。

「所以……那個聲音……」

「我不知道你們到底看到了什麼，但，聽起來……聽你們的描述，還有以前發生過的魔神仔怪案，我猜，那應該就是劉巧舍的聲音。」

「你的意思是……」胡睿亦頓時愣住了，數秒後才終於說出下一句話，「……劉巧舍想讓能夠聽見她聲音的人，幫她去找尋美奈子嗎？」

「或者也可以說是，劉巧舍至今還在等著美奈子去找她。」

胡睿亦進一步想，如果順著這個邏輯，當年被劉運男撞死的林黃森梅，是不是也可以解釋成，她是死去的劉巧舍利用聲音控制的工具，其目的就是為了替劉巧舍找到爸爸；或者，按照吳振鑑的說法，是協助劉運男找回女兒的唯一方法？

吳士盛被這跳躍式的結論給矇住了，兩手在鼻尖前合十。

「你們的意思……也就是說，劉巧舍的聲音讓我產生幻覺嗎？」

吳士盛想起徐漢強的描述——

〈……小女孩的年紀大概十二、三歲，臉部被嚴重燙傷，已經看不清五官，連眼皮都融化在一起。由小女孩帶他到各個幻覺地點，然後米納可開始出現在幻覺裡……〉

「沒錯。爸，你說得沒錯，就是那個小女孩……」

「什麼小女孩？」

「我不是說過了嗎？在徐漢強的地圖背面，寫了很多字！他說他看見一個臉被嚴重燙傷的小女孩，然後是美奈子……小女孩一直說，美奈子會殺了她和聽到聲音的人……」

「這麼聽起來，劉巧舍好像很恨美奈子啊？」

吳盛帆的無心之語，卻令吳士盛恍然大悟。

由恨意扭曲而生的鬼……

郭湘瑩和徐漢強看見的美奈子……

還有我在山中遇見的兩個美奈子，一個善良、而一個邪惡……

「徐漢強、還有我和湘瑩看到的美奈子，是從劉巧舍冤死的恨意中誕生的厲鬼！她只是仇恨的化身，不是真的美奈子！我懂了……劉巧舍心目中的美奈子有兩個！昨天晚上，我就同時看見了兩個美奈子！一個煮湯給我喝，一個等著殺掉我！」

「因恨意而生的幽靈啊……吳先生，你這麼說，我倒是能夠理解了。」胡睿亦的老公沉默了許久，這才終於加入話題。他轉向胡睿亦，繼續說：「還記得我跟妳提到的，黃泉國的伊奘冉尊嗎？在神道教裡面，她的確被視為是主宰鬼物和亡靈的死神。被溫泉燒死的劉巧舍，某種程度上也很像是伊奘冉尊的角色。」

因為實在太過抽象難解，吳振鑑和吳盛帆都緊皺眉頭，露出難以相信的表情。只不過，當胡睿亦聽到吳士盛「兩個美奈子」的說法之後，卻立刻反應過來，瞬間明白了阿嬤所說的Hanitu的含意。

兩個Hanitu！

右肩的Mashia Hanitu是善靈、左肩的Makwan Hanitu是惡靈……

人鬼也分好壞，慘遭意外死亡的人變成惡鬼，懷抱著恨意徘徊在人間……

他們會誘騙無辜的人到山裡或懸崖邊，以奪取他們的性命……

阿嬤的聲音彷彿在胡睿亦耳邊迴盪。

「吳先生說的是對的。劉巧舍本以為她認識的美奈子是個好人……」胡睿亦稍作停頓，「但她的死……反而讓她認清了美奈子很差勁的一面。」

「確實。」吳振鑑緩緩點頭。

「可是，」吳士盛不解地反問，「美奈子本來想參加喪禮，是被父親禁足，才不能去參加的，不是嗎？這也沒什麼不對吧？」

「或許是因為美奈子遲到後，也一點都不關心劉巧舍的死活吧！」吳盛帆立刻反駁了吳士盛的說法，「明明約好了時間和地點要見面，卻因為沒看到人就擅自回家。如果當時她多關心劉巧舍一點，或許劉巧舍就不會死了吧！再說，如果美奈子真的覺得自己都沒做錯，怎麼會發瘋？又怎麼會跟爸懺悔、說自己做錯了？」

「你說對了。美奈子確實這麼說過。」

吳振鑑的臉上透露著無奈。

「那麼美奈子現在還活著嗎？」

「這個我也不清楚。其實，美奈子在我被派去佳木斯開拓團的那兩個月，他們家就已經風聞日本即將戰敗的消息，回到日本本土了。我是因為蘇聯軍打了進來，才連夜坐車趕回安東。後來家裡事業垮了，就一路從奉天、營口、上海逃回臺灣。」

「之後就沒有再聯繫了嗎？」

「最後一封信是十年前，是從大阪發過來的。」

「還留著地址嗎？」

吳振鑑用奇妙的眼神看著胡睿亦，緩緩點頭，應答道：「有。」

「那麼，麻煩您告訴我美奈子的地址。」

＊

一陣粗魯的鑰匙開鎖聲。

大門被用力推開，一個大約二十七、八歲、穿著Nike球鞋的男子站在門口。他把Rimowa行李箱扔在玄關，也不管潔白的高級磁磚會被他的鞋子弄髒，就直接闖入屋內。

「Mom？……Mom！……媽！」

無人回應。

「搞什麼啊！熱死了！」

他走進廚房，打開冰箱，取出一瓶進口果汁，大口灌進喉嚨。

一滴黃色的果汁落在潔白無瑕的地磚上，散成水花。

因為太熱了，所以他索性開著冰箱，讓裡面的冷氣流出來。

「一個歐巴桑搞什麼失聯……Fuck！」

這時，他的手機響了。顯示來電是C.Cal。

「Hey！……What's up？……又要Hang嗎？Hahaha，fuck ya……」

「Nope……No……唉唷，I can't find my mom，沒錢花了啦！」

「不會啦……You bet……哪會，我才懶得care她跑去哪了……手機也不帶……啊就一個很煩的老太婆啊！Shit！」

「哪有！Fuck……Ha！最好是咧！」

「Uh……Maybe tomorrow……Got ya！」

就在他掛電話的同時，他發現廚房中島櫃的另一側，有份文件。

「嗯？」

他湊近一看，意識到文件的意義之後，露出慌亂的眼神。

〈兩願離婚協議書〉

立離婚協議書人　男方　黃平寬　（以下簡稱　甲方）

女方　郭宸珊　乙

茲因雙方意見不合，難偕白首，同意離婚，茲經雙方同意訂立本兩願離婚協議書約（以下簡稱協議書）條件如後：

……

他注意到，Dad已經簽章，而應該是Mom要簽名的欄位，仍空著。

「What the fuck……怎麼回事……Mom？」

他在房間、廚房、餐廳中跑來跑去，就是找不到郭宸珊的身影。室內空無一人。

最後，他在主臥室的床上，找到郭宸珊的手機。

打不開，顯然是沒電了。

「搞什麼啊！忘記帶手機了啊！……嗯？」

他聞到一股腐爛的異臭從對面的浴室飄了出來，心跳瞬時加速。

「Mom……」

他鼓起勇氣推開門，立刻被眼前的景象嚇得雙腿一軟，跌落在浴室門口的踏腳墊上，掐住自己的衣領，猛抽大氣，彷彿快要窒息。

一具腐敗成綠色的男屍倒臥在浴缸裡，眼眶中插了一把水果刀，嘴巴微張，臉頰有些屍斑。男屍的背後壓著一把菜刀，胸口和腹部有多道砍傷，一時之間，無法斷定哪個才是致命傷。而傷口的腐肉上生出一隻隻白色的蛆蟲，正蠢蠢蠕動著。

不知道時間過了多久，他終於想起來要打電話報警。只不過，電話接通的時候，他卻連一點聲音都發不出來。

*

「原來是這樣啊……」

老公湊近著讀完長達十頁的信，揉了揉發疲的眼睛，戴回眼鏡。

今天下午，胡睿亦從總務室文書組那裡取過一個約莫三十公分高的大包裹，難忍興奮，立刻跟負責處理郵件收發的人員借了剪刀拆開包裝。

竟然來了！終於！

距離寄出信件，已經過了快一個月，原本已經打算放棄了，沒想到會接到領取郵件的通知。雖然接到通知的那一剎那，胡睿亦就有預感，可能會是美奈子的回信。但真的親眼看到包裹上的日文，以及那串「大阪府堺市」開頭的地址，心跳還是漏了一拍。

「上面寫了什麼？快點翻譯給我聽。」

老公指著信上一筆一畫、書寫工整的日本字，開始唸道：

「胡小姐您好：冒昧回信，實在——」

「不是要你逐字唸啦！你剛剛明明說了『原來如此』，一定寫了什麼我們不知道的事。直接跟我說重點吧！」

「妳還真是沒耐性啊。」

「快點啦！」

「重點就是，美奈子已經過世三年了。回信的是她女兒。她說，美奈子一直到死前，都還是很掛念當年的朋友劉巧舍，也曾經想過要來臺灣，找尋劉巧舍的家人，鄭重跟他們道歉。但是因為她騎腳踏車出了車禍，行動不便，然後女兒自己的工作也很忙，所以就作罷了。」

「還有呢？為什麼一定要專程來道歉啊？」

「喔，這就是重點了。」

「那你還不快點說！」

「原來當年美奈子不是擅自爽約，而是根本沒去北投。因為她想躲開劉巧舍。」

「躲開劉巧舍？為什麼？」

「唉……又是一個老觀念害死人……這件事情的真相，還是美奈子的女兒整理遺物的時候才發現的，代表她一直到死都還是不敢跟別人說。」

「到底是什麼老觀念？別一直故意吊胃口！」

「劉巧舍初經來潮，經血弄得裙子都是，還從腿間流下來……一起逛街的美奈子剛好目睹了這一刻，甚至還逃跑，之後就一直刻意跟劉巧舍保持距離。」

胡睿亦往後靠向沙發椅背，嘆了一口氣。

「唉……我能懂那種心情……毫無防備地暴露自己的羞恥在大眾面前，好朋友還落荒而逃……也就是說，劉巧舍可能是自殺的吧？」

「美奈子也是這麼懷疑。但，事情的真相已經無從得知了。」

「那個時候的人，好像都會把月經想成是不潔的東西，大概因為是血吧。」

「嗯。我也有聽說，月經來的時候不能進出廟宇或神社，也不能坐在傀儡戲團的箱子上。我記得以前有個女同學，就因為這樣而被她爸爸拿藤條毒打了一頓。」

「所以，」胡睿亦取過信紙，用指腹感受美奈子女兒的筆觸，好像這麼做就能體會美奈子當年的感覺，「美奈子的父親知道這件事嗎？」

「這裡沒有寫。不過，倒是有寫到一件關於她父親的事情。」

「快說。」

「信上寫得很隱晦，所以我想應該也只是猜測吧？總之，美奈子懷疑她父親可能有目擊到劉巧舍的屍體……」

「嗄？……等等，你的意思是，他故意見死不救？」

「也不能說見死不救吧，有可能只是遠遠看到有個小女孩趴在溫泉口，說不定以為是在玩耍啊……」

「那為什麼信裡面會寫到這一段？肯定發現了什麼吧！」

「好像是美奈子發現，那晚父親從北投喝完酒回來時，神情有些怪異。後來有相關消息傳出的時候，父親便未再去過北投的溫泉旅館或湯屋，而是改到大正町街庄的公共澡堂。」

「有可能是因為害怕吧？畢竟有命案……」

「不，好像不是這樣。這裡寫說：『不管阿公的朋友怎麼邀他，他都不願意去』，所以才讓美奈子起了疑心。」

「太離奇了……」

胡睿亦突然想起阿嬤所說的，美奈子的父親把她的hanitu拿走，是否說明了美奈子在無意之間，向救了自己的布農族人，透露出自己對父親的厭憎跟不信任呢？

也因為如此，美奈子失去了hanitu。幼小的靈魂隨著信任消失，而逐漸壞死。既無法感受到痛苦和悲傷，也無法再次打從心底感到快樂。

正如阿嬤所說，美奈子就像是行屍走肉，不再是人了。

「那，這個木箱子是怎麼回事？」

「說是美奈子自從離開臺灣之後，就一直妥善保管的收音機。看這個樣子，應該是老古董了，說不定是一九三〇年代的東西。」

「那怎麼行！不能收下這麼珍貴的東西，我們把它寄回去吧！」

「嗯，好像是美奈子的遺願。」

「遺願？」

「信中寫說，美奈子曾交代過女兒，如果有臺灣人來問起劉巧舍的事情，就把這個收音機交給他。因為是一直沒送出去的禮物。」

「禮物……是給劉巧舍的禮物？」

老公點點頭。

胡睿亦想了想，隨後接受了對方的說法。

「好吧，那你再幫我用日文寫一封信，好好感謝人家。」

「OK。」

趁著老公開始寫信的時候，胡睿亦坐到電腦前，想要證實突然浮出腦海的假設。

其實，她已經懷疑過聲音的傳遞，是透過某個像手機一樣的東西轉傳，才會聽起來像是從遠處傳來的。看到收音機的時候，她才赫然意識到，或許那個聲音就跟廣播電台一樣，也是某種能經由天線或基地台轉傳的訊號，進而傳到更遙遠的地方。

這個念頭開啟了一個新的想法，而這個想法將能夠解釋滋滋之所以突然發病、又突然好轉的原因。

……怎麼完全沒想到是廣播呢？

她在搜尋欄鍵入「日治時期 廣播」，按下Enter。

立刻跑出一大堆網路資料。她隨意點開一個，滑了沒幾下，就找到她想看的東西。

〈一九二五年始政三十週年紀念，臺灣總督府進行十天實驗播音，並在台北市的郵局、公共禮堂、市公所、新公園、台北醫院、太平公學校、萬華龍山寺等地架設收音機。〉

〈一九二八年十一月，台北放送局（JFAK），開始試驗性廣播。〉

〈一九三二年四月，台南放送局（JFBK）開始廣播。〉

〈一九三五年五月，台中放送局（JFCK）開始廣播。〉

〈一九四二年八月，嘉義放送局（JFDK）開始廣播。〉

〈一九四四年五月，花蓮港放送局（JFEK）開始廣播。〉

從這項資料還不足以看出聲音和廣播電台之間的關聯性，但是只要仔細觀察其中詳列的分布情形，就可以發現，台北州的台北和基隆兩地，收音機用戶最多，正好分別是昭和九年的自動車轢殺少女事件、還有昭和十年的千代子事件的所在地；而新竹和台中兩州的收音機用戶，則毫無意外地集中在「郡部」，也就是吳振鑑的朋友家附近。

胡睿亦相信，這就是「奇声」傳遞的真相！

況且，還有一篇《廣播時代》的短文這麼描述——

〈……近日在台北，人人均沉醉於廣播。眼界所及之天線，代表著收聽廣播的戶數之多，猶如來到了廣播時代……截至今天為止，收聽者已突破六千人……〉

與今天的手機滿街跑的情況相比，當年的廣播盛況，甚至可說是有過之而無不及。

這麼說來，那輛SNG車……

所謂SNG車，其實是Satellite News Gathering的簡稱，顧名思義，就是透過這輛「移動式發射站」，把新聞現場的訊號透過衛星送進電視台，利用的也是無線電的中繼放送。即便是禁用手機的精神病房，也能接收到來自SNG車的強大訊號。換句話說，「奇声」透過SNG車的中繼放送，穿透進滋滋的腦海，導致了她的發病；而當SNG車一走，滋滋的病情也就跟著好轉……

雖然不瞭解「奇声」到底是什麼，也不瞭解「奇声」到底是如何利用無線電相關的設備轉傳聲音，但經過了這一連串的莫名巧合，胡睿亦知道自己無論怎麼追查，都不可能搞清楚「奇声」背後的真相。

但，胡睿亦仍不免好奇地心想，既然是如同廣播電台一般的訊號，就一定有個訊號源。

那麼，「奇声」的源頭到底在哪裡？

＊

吳士盛坐在精神科門診的診療椅上，不耐地聽著醫生的說明。

他把心神集中在鞋裡的腳趾上，局部活動有些受限。可能跟之前的水泡吸收乾涸後，變成黑色的痂皮有關。昨天他自己摳掉了痂皮，皮膚已經有些薄軟、角化，慢慢恢復成原本的樣子，但還是有點青紫色，而且冰冷和疼痛的情形仍時不時出現。更麻煩的是，腳掌變得容易多汗，為了維持足部的保暖和吸收汗水，所以只好一直穿著襪子。

「……因為創傷、焦慮、高度壓力下造成心理障礙，可能會有短暫的認知功能喪失，也就是你聽到或看到的幻覺……」

又說是幻覺……

反正不論我怎麼說，就是要解釋成醫學就對了！

「……失智症的早期症狀，大腦退化之後，就有可能造成視覺、或者聽覺的幻想，如果你又有特殊的宗教信仰和生活經驗，就會覺得自己被所謂的『魔神仔』誘拐了，才會在森林中繞來繞去出不來。另外，失蹤的期間沒吃東西……」

聽到這句，吳士盛不禁在心裡吐槽醫生：吃了，還且還吃了很多蟲！

「……比如夢遊、幻覺、年老退化、失智、焦慮的短暫歇斯底里發作，所以我的診斷是器質性精神障礙（Organic Psychosis），有些民俗說法稱為『遁走症（fugue）』或『徘迴癖（poriomania）』，因為病變、外傷或是精神狀態不好，所以才會產生那些幻想出來的東西，害你迷路、失蹤……」

終於。

醫生喋喋不休的解釋，把吳士盛弄得很煩躁，差點說出「囉唆」兩個字。

「好，因為腦部的檢查都還算正常，那我們就只要定期服藥、追蹤，就沒問題了！」

吳士盛接過護士遞過來的藥單、回診條和健保卡，走出診間。

反正說來說去，就是在說我是神經病……

想著想著，他突然覺得很不服氣。

明明是你們感覺遲鈍，聽不到也看不到，還說我是神經病！

他甚至惡作劇地揣想，要不然把你們放到山裡，住個幾天看看——那裡沒有電腦、不能使用手機，什麼都沒有，所有的感官都被放大，看你還能不能裝作看不到！

為了證明自己的頭殼沒有燒壞，回到家之後，吳士盛決定開始利用從父親那裡取來的零件，以父親的礦石收音機為基礎，嘗試改裝出一個能夠偵測到「劉巧舍的聲音」的儀器。

所謂礦石收音機，即是利用礦石當作檢波器，因此擁有比真空管還要清楚的聲音；但可變線圈和線路的部分必須重新設計，因為一般的礦石收音機聲音小，而且收程不遠，尤其現在的業餘無線電和電視廣播等使用範圍，全都集中在高頻（ＨＦ）、甚高頻（ＶＨＦ）和特高頻（ＵＨＦ）的範圍，很容易出現雜音的干擾。

於是他調整了一個作為高週率放大器的兩級線圈，再配置上電源穩壓線路、振盪線路、輸入差動放大器、以及主動式混頻器，增加了長波的頻寬。

等到吳士盛完成這台奇特的「劉巧舍收音機」時，已經接近傍晚。

但是……到底要怎麼找到聲音的源頭？

因為收音機的接收範圍不大，所以勢必要找出聲音的源頭，才能近距離收聽；要找出聲音的源頭，他想了想，還必須再組裝一個無線電羅盤才行。

吳士盛取出一個現成的小型電動機，按照商務印書館發行的無線電製造法，接上電阻、變壓器和蓄電池等零件，最後再手工纏繞出一個適合特高頻短波的環形天線。

如此一來，當環形天線接收到無線電訊號時，就會產生電流；電流通到電動機之後，環形天線就會開始旋轉。當環形天線轉到接收不到訊號的角度時，電流就會停止，天線也隨之不再旋動。

換句話說，無線電羅盤的指針，就像指南針永遠指向南邊一樣，永遠會指出無線電台的方向。只要跟著指針走，就可以找到無線電台。

但……台北市這麼大……我要走到什麼時候……

吳士盛累得癱在地板上。

突然他靈機一動，從計程車上拿出久未使用的台北市地圖，放在地上攤開。

「這裡是我家……然後，這裡是徐漢強的家……」

吳士盛在地圖上標出兩個黑點，然後跑出門口，測量出羅盤指針指向的方位，回到地圖前，從代表自己家的黑點上，往西北方畫出一條直線。

直線通過了新北投的溫泉區一帶。

應該可以！

於是他立刻抓起收音機和無線電羅盤，驅車前往徐漢強的住處，依樣畫葫蘆。

測量結束後，他把地圖放在方向盤上，也拉出一條直線。

不出預料，兩條直線交會了。

聲音的源頭，果然就在地熱谷！

吳士盛深感振奮。除了賺錢，他從未像這樣為一件事感到痴狂。但他此時已經熱血沸騰，無暇思考自己為何這麼期待收音機能收聽到劉巧舍的聲音。

抵達地熱谷的時候，園區已經關上大門。平常遊客如織的地熱谷景點，現在連個人影都看不到，只能遠遠望見附近的住戶出來抽個菸。

媽的……

不管了！

吳士盛實在無法等到明天，他用提袋裝起收音機，踩著大門旁的石座，吃力地翻過高聳的門板，還差點因為腳趾的麻痛而摔下門後的水泥地。

好不容易著陸，吳士盛立刻取出收音機，打開開關，調整旋鈕，收音機開始發出雜音。

「嗶啪……嗶啪……嗞……嗶啪……嗞……」

吳士盛忍不住在心裡暗叫：拜託啊！給我成功啊！

「嗶啪……嗞……我……嗶啪……嗞……」

這次吳士盛真的叫出聲來。

有！真的有人的聲音！

「嗶啪……我……嗶啪……而……嗞……嗞……」

隨著收聽的時間拉長，吳士盛越覺收音機裡的聲音，開始變得熟悉。

是……妳？

吳士盛不敢置信。

「嗶啪……有……嗞……有……嗶啪……嗞……」

真的是妳……

吳士盛覺得有種難以言喻的感動滯塞在胸口處，好像有想哭的衝動，卻又因為高興而壓抑住那股鼻酸。

他趴在水泥地上，看著前方地熱谷的熱霧在夜色中蒸騰而上，突然一股詭異的氛圍湧上，周遭的空氣彷彿又回到昨天那個噩夢般的夜晚。

「救我！」

吳士盛一度以為，聲音是從收音機裡傳出來的。

但不是。在收音機的雜音對比之下，這個聲音顯得更加清晰。

這個聲音……難道是……

吳士盛沿著柵欄往深處走，繞過水池，來到地熱谷的另一側。

左側是一座巖穴。聽聲音，黑色的岩壁上，似乎正流下清澈的山泉。地熱谷的熱氣在這裡接觸到沁涼的岩壁，漸漸瀰漫成水霧，遮覆了巖穴前方的空間。

有團人影隱匿在水霧之中。

聲音似乎就是從那裡傳來的……

那是？

「大姐？」

人影太過模糊，吳士盛無法確定是不是郭宸珊。但人影之後，似乎還有個人影，兩坨密度不同於周遭的氣團互相交纏，蘊含了一股殺意。

「沒有別的辦法，只能這麼做了！」

突然，道姑扁平而沉悶的聲音傳來。

吳士盛猛一抽氣，其中一團人影立時轉過身來。

怎、怎麼回事?!

這下吳士盛看清楚了。

那道姑仍身著黑色長衫、頭戴黑色布巾，手裡掐著郭宸珊的咽喉。郭宸珊雙膝跪地，手腳沒有鐐銬，卻僵直得無法動作。月光的照耀下，郭宸珊的頭髮竟像稻草一樣冒出來，遮住她發青的臉，吳士盛不禁懷疑是自己眼花了。但細看之後，才發現她的臉竟然像是一層由數種昆蟲構成的面具，呈現詭異的綠色亮面。

「你來這裡做什麼？」

「我……」

「救我，我不想死……」

聽見郭宸珊的求救，吳士盛既陌生又熟悉。陌生的是，郭宸珊在他的印象中一直是個女強人，從未聽過她向別人求助；熟悉的是，自己曾經歷過類似的情境，當時他正面臨鬼魅美奈子的追殺，因而激發出前所未有的求生意志。

「她被小鬼吞了，沒有別的辦法。」

「被小鬼……吞了？」

道姑發出一聲冷笑。

「我警告過她，不能打開那個小棺材……現在她已經被小鬼給控制住了，還把她先生給殺了。」

「怎、怎麼回事，這是真的嗎？」

吳士盛問郭宸珊，郭宸珊卻只是不停嗚咽著重複的語句。

「那……妳要怎麼做？」

「小鬼不是疾病。祂是一種信仰，一旦深植到思想中，就再也無法根除了。就像你必須徹底袪除那日本女鬼的魔祟，才能救你自己。」

「所以我才問妳，要怎麼做！」

看到因痛苦而面目扭曲的郭宸珊，吳士盛忍不住大吼。

但道姑沒有正面回答，只是回頭望了地熱谷水池。蒸氳的霧氣不停盤旋、繚繞、凝聚，竟浮出一個人形，彷彿那晚佇立在山屋外的鬼魅美奈子。

「我要用一套完全不同的招魂儀式……如今只有那個倀鬼，能招來那日本女鬼，終結掉她體內小鬼的性命。」

吳士盛看著道姑從旁邊的布袋中取出一只燒黑的鐵缽，不禁對接下來的儀式產生本能的恐懼。

「不對……妳搞錯了……劉巧舍不是倀鬼，她只是一個枉死的小女孩……」

道姑蔑笑了一聲：「等下你就知道，她被喚醒的樣子有多恐怖了。」

只見她在缽中吐入數口唾沫，接著放進一張黃古仔紙，點火。

火勢幾乎在一瞬間爆開，符咒化為火星和灰燼，噴往盈滿霧珠的空中……

吳士盛被眼前的奇異畫面給攫住了，一時之間竟有些讚嘆；然而下一幕，卻出現難以想像的東西，令他打起寒顫，全身毛孔在瞬間束緊。

那是……什麼東西?!

道姑取出一方約莫半尺長的迷你棺槨，裡面裝了一具萎縮、乾燥的嬰屍。嬰屍的手腳疊在一起，小小的身子塞在棺槨裡面，眼睛顯得異常巨大。吳士盛還未從震驚中恢復過來，道姑已開始進行下一步驟。她取出一根黑色的細繩，將細繩兩端的長針分別扎入郭宸珊和嬰屍的天靈蓋中……然後在嘴裡喃喃唸著咒語：

「符仔生[**]於此……懇請靈降……下至黃泉……招引亡魂……拜請元神！」

符咒唸完，接著，那道姑竟用一把小刀，把嬰屍的腹部割開……

乾掉的腸器、肝臟、肺體、心臟統統被她抓了出來，然後她將郭宸珊的頭髮剪下，和白米一起塞入挖空的腹腔中，最後用紅線縫上，纏繞棺槨數圈。

吳士盛愣傻地望著道姑站起身，將棺槨扔進滾燙的青磺泉水池中。

只見那道姑咬破指尖，在另一張黃紙上，寫下：「劉氏巧舍」四個血字，然後再次點燃符紙。符紙立刻化成一團浮火，照亮了道姑臉上心滿意足的笑靨。

郭宸珊雖然仍跪坐在地上，但身體竟開始劇烈抖動，雙眼上吊、嘴唇歪斜、捲曲的舌頭掉在外面，模樣十分痛苦。

「不行！」

吳士盛衝上去，撥開那條黑色的細繩。

道姑發現棺槨沉入池底，回頭一看，原來是吳士盛把「牽亡繩」拆斷，忍不住破口大罵：「你在做什麼！」

「一定有其他方法的，她是阿瑩的姐姐啊！」

「你這蠢蛋！」道姑瀕臨抓狂的邊緣，嘶聲吼叫：「你知不知道幹了什麼蠢事！你會害我們全都死掉！」

「妳會害死她的！」

「你才會害死我們……完蛋了……劉巧舍覺魔之後……我不管了……不管了……」

道姑陷入歇斯底里的情緒，神神叨叨地自言自語，吳士盛已完全聽不懂她在說什麼了。

也許是錯覺，但吳士盛突然感覺到背心處一陣溫暖，有如灌進一道岩漿般的熱流。低頭一看，那熱流竟匯聚成漩渦狀的白色氣團。

好溫暖……

他驀地想起郭湘瑩——對，就像郭湘瑩以前用手掌貼著他那樣。她總說，那裡是最貼近他心臟的地方。只要這麼做，男人就不會變心。但此時此刻，吳士盛覺得，或許郭湘瑩想說

＊符仔生，行邪法之術的法師。《臺灣慣習記事》：「有一祕幻之術，乃所謂符仔生（フアシェン，閩南語）之者所為……有以符咒殺人者，或以幻術，恣淫劫財損命，把紙符燒成灰混入烟茗檳榔之中，食者罔迷弗覺顛倒至死，其傳授漸廣。」

的是：「我相信你。你也要相信你自己。」
恍惚之間，吳士盛彷彿真的聽見郭湘瑩在他的耳邊說話。
此刻，郭宸珊的外表已漸漸恢復正常，打顫的症狀也停止了。
岩漿般的熱流，最終也能化解深植腦中的小鬼嗎？
吳士盛彷彿理解了什麼，激動地走過去抱起郭宸珊，郭宸珊的眼淚嘩地迸了出來。
「對不起……對不起……」
「沒什麼好對不起的。」
如同郭湘瑩一樣，吳士盛靠在郭宸珊的耳邊，安慰她。
「謝謝你。」
他聽見郭宸珊囁嚅著，甚至感受到她臉上的淚水。
漸漸地，吳士盛感覺到自己胸口的熱氣退去。
吳士盛睜開眼。
道姑不見了，郭宸珊也不見了。四下除了他自己以外，並沒有其他人。
難道……又是幻覺嗎？
吳士盛想起父親說的、關於查某嫺的故事。
所以，如果剛才那真的是郭宸珊的求救，最終自己有救到她嗎？
吳士盛帶著疑惑走回大門口的收音機前。此時喇叭依然有「嗶啪……嗞……嗶啪……

嗞……」的連續雜音。

郭湘瑩的聲音，徹底消失了。

吳士盛帶著收音機爬上門板，翻回另一側時重心不穩，摔在水泥地上。

他把東西拿好，走向車子，坐進駕駛座。

收音機開始出現一些廣播電台的電子音樂聲，但他已無心去管收音機到底收到了哪個北投的私人電台。

剛剛那個白色氣團……好像那時候看到的鬼火……

難道……那團火……就是阿瑩嗎？

一想到這件事，吳士盛便迫不及待地掏出手機，查看那時候拍下的照片。

啊……就是這個！

好美啊！

吳士盛想放大照片，仔細觀察鬼火的形狀跟紋理，卻不小心按了太久。照片自動進入Live Photo的模式，開始播放快門壓下時，前後三秒鐘的影片和聲音。

「……啪！……」

就這麼一個微小的聲音，被一旁的礦石收音機給截錄到了。經過人耳難以分辨的毫秒延時，被轉換成一句具有深刻意義、卻又簡單無比的訊息——

「嗶啪……去找女兒，女兒就在……嗞……」

雖然夾雜著許多爆破音和噪響，但毫無疑問，那真的是郭湘瑩的聲音。

真的是妳！

這次，吳士盛終於再也克制不了悲傷的情緒，嚎啕大哭起來。

*

〈士盛：昨天晚上，我竟然夢見你了。這整個禮拜我睡在停車場，一直睡不著。該聯絡的我都聯絡好了，所以別問我發生了什麼事，你大概很快就會從新聞上看到了。我傳這封簡訊是想感謝你，雖然你應該不知道為什麼。謝謝，請原諒我以前的行為。大姐宸珊。〉

吳士盛盯著手機螢幕發愣，一再反覆嚼讀這封簡訊的含意。

早上的新聞已經報出凶殺案的消息，也許郭宸珊正前往警局自首吧？但他怎麼想都無法理解，自己的幻覺是如何進入郭宸珊的夢境，或者說，身在異地的兩人，究竟怎麼能夠在地熱谷相遇。

吳士盛心想，如果再去一趟烘爐地，或許就能知道為什麼，但他不想再追究下去。經歷過這些事情之後，他瞭解到，有些事情並沒有簡單的答案，不信的始終不信，願意相信的人就會相信。而他願意相信自己，這樣就好。如同那晚胡睿亦接到他的電話一樣，恐怕是超出科學範疇的心電感應吧。

他一面想著這些事情、一面整理家裡的環境。

雖然錢都被拿去花在菸酒和賭博，但徹頭徹尾整理之後，其實還是堆了不少雜物。吳士盛一共整理出五個紙箱，裡面裝滿了過期的報章雜誌、廢五金、空瓶罐，還有牙刷、棉花棒和塑膠袋等垃圾。

他把這些通通推出家門，可以賣錢的紙張和瓶罐，就交給巷口的回收阿婆；剩下的就丟上回收車和垃圾車。

初步清除完雜物之後，吳士盛開始打掃家裡的環境。他用洗衣精泡了一盆水，賣力地把每一寸地板都拖過，然後再用沾了清水的抹布，趴在地上重新擦拭一遍。

除了地板之外，窗戶、窗框、櫃子、衣架、鍋具、流理台、爐台、抽油煙機，甚至是外面的院子，吳士盛也都一一清潔乾淨。

最後，他幫乾枯的盆栽澆了水，推到門口外面去曬太陽。

整個家如今煥然一新，吳士盛得意地看著自己的傑作，然後上樓沖澡。

今天早上，天還沒亮，他就起床出門，沿著捷運線慢跑了一公里。回來之後，便把衣服都放進洗衣機，開始整理雜物跟環境。令他意外的是，雖然做了這麼多事情，現在的時間卻只有八點半。也就是說，不抽菸不酗酒，好好利用時間的話，可以創造出驚人的效益。

想著想著，他突然想起那張和女兒一起吃土耳其冰淇淋的合照。那時，他們三人騎腳踏車繞行了淡水市鎮一圈後，郭湘瑩說要去買烤魷魚，而他和婷婷就並肩坐在長椅上。他手拿著甜筒，讓婷婷咬了一大口，而婷婷冰得忍不住仰天大叫的模樣，恰好被準備偷拍父女倆的郭湘瑩捕捉到了。

於是吳士盛搬開床架，在底下找到了那張照片，還有其他郭湘瑩藏起來的珍貴相簿。

他一面用毛巾擦乾身體、一面翻看這些相簿。

謝謝妳……幫我留住這些珍貴的東西……

吳士盛不自覺地摸向心口，彷彿那裡還燃著郭湘瑩的熱度。

他穿上熨好的整齊制服，把頭髮梳乾淨，然後抓起車鑰匙，準備開車上班。

開上快速道路的時候，剛好避開該路段最尖峰的時刻。過了華中橋後，吳士盛在施工路段放掉油門，輕踩煞車，小心地把方向盤往右打。

車子緩緩滑下匝道，切進下方的橋和路。

越來越接近了……

吳士盛突然緊張起來。

他放慢車速，幾乎是以怠速行駛。

然後，他看到了。

一間不起眼的小店，上方懸掛著一塊簡單的招牌：「志婷牛肉麵」。

吳士盛把車停在路肩，拉起手煞車，搖下車窗。

雖然不時有車經過、雖然距離略遠，但那個揹著孩子、彎著腰在門口洗空心菜的女人，確實就是自己的女兒。

一時之間，吳士盛腦中一片空白。

他不確定自己現在出現在女兒面前，是不是恰當的時機。

她有了家庭，有了孩子，還有了自己的事業，一大早就在忙碌打拚。

她長成了一個成熟而美麗的女人。

很好。

真的很好。

不知凝望了多久，吳士盛才回過神來，搖起車窗。

然後，他壓下照後鏡，彷彿在低聲告訴自己：

「今天，爸爸我也要努力工作。」

後記

這個故事，其實來自於朋友的親身經驗。

二〇一五年七月，她在家裡的和室午睡，恍惚間聽到有人在說話。那聲音像廣播，聽起來似是電視節目從樓下傳來，但內容不太對勁。那聲音如同報導新聞一般，以冷靜的口吻說道：「有人長期在後巷虐殺小動物。」同時仔細地描述虐殺的過程和手法。

隨後，一陣腳步聲踏上木質地板，叩咚叩咚的跫音逐漸靠近。她渾身無法動彈，只能從眼角餘光瞥見一個雜訊般的黑影湊了過來。恐懼之下卻又無法逃跑，她只好閉上雙眼，沒想到那黑影卻壓住她的胸膛——據她形容，「那隻鬼」帶著調皮的惡意，想讓她無法呼吸。

當她恢復意識後，立刻衝下樓，坐在門外等家人回來。當時我正在臉書連載〈牆女〉，她立刻跟我說起此事，言下之意是，她讀了〈牆女〉之後，導致她胡思亂想，磁場變陰，所以才招來不乾淨的東西。我半信半疑，只能安慰她別想太多，好好準備考試。

說實話，我不完全相信她的說法。因為醫師國考即將到來，難免會聯想到「睡眠癱瘓症」（sleep paralysis）。這病症俗稱「鬼壓床」，多半與生活壓力有關，除了「假醒」之外，有時還會出現聽幻覺和視幻覺。後來考試結束，果然也沒再聽她提過那個聲音。

但我完全想錯了。

畢業並取得醫師執照後，她到台北工作，很少回家，和家裡保持電話聯絡。本來她已漸漸淡忘此事，沒想到在某次閒談中，重聽的奶奶說她最近耳鳴變嚴重了，半夜會聽到有人在看電視，嗡嗡嗡的，就像很多人同時說話，吵得她睡不著，只好起床吃安眠藥。她很緊張，便重述當時聽到聲音的情況。離奇的是，家裡面信奉道教的長輩在餐廳貼上符咒，那聲音就消失了。

其後，她希望我把這個經歷寫成小說，我本來就對這其中的蹊蹺很感興趣，便欣然答應。

不過，我一直找不到一個好的切入點，深怕把這故事寫砸了，只好暫時擱下。這期間，我寫了一本暫時無法發表的超長篇間諜小說；脫下白袍，從醫生轉變成專職創作者；還認識了不同文化背景的新朋友……終於，整整一年後，靈感找上了我。然而，令我意外的是，激發我靈感的不是書、也不是電影，而是一種獨特的菜色。

這種菜色有個逗趣的名字：「娘惹」，是新加坡、馬來西亞等東南亞國家的料理，口味偏重，以薑花、薄荷、香茅、叻沙葉等馬來西亞香料製成濃稠的醬汁，搭配豬肉等華人傳統的食材，融合了中國菜系與馬來菜系的特色。

其實「娘惹」一詞，便來自於馬來語的「峇峇娘惹」（Baba Nyonya），指的是十五至十七世紀之間，開始定居在馬六甲和印尼等地的中國移民後裔，男性稱為峇峇，女性就稱為娘惹。這些移民受到當地馬來文化的影響，發明了色香味俱全的娘惹菜。娘惹菜的歷史背景，讓我不禁以新的角度，回頭凝視自己。

我們所生活的這座島嶼，長久以來受到不同政權管轄、殖民、建設，而不同政權就意味著不同的文化、不同的意識形態在這座島嶼上生根、發芽、茁壯，同時也提醒了我們，這個社會是由不同族系構成的。

比如我，是番薯（本省人）和芋頭（外省人）的後代；比如貢獻這個故事的她，則是本省人和原住民的後代。我們身上流著不同族系的血液，嘴裡說著不同族系的母語，文化背景也如同娘惹菜一般，顯得傳統而多樣。

遺憾的是，新的政權往往對原本的社會和族群造成難以抹滅的傷害，這些傷害漸漸變成潛伏的傷口，總會在癒合的過程中隱隱作痛。此外，正如同峇峇娘惹所面對的，帶有舊社會鮮明意識形態的人們，似乎擔心這些「混種孩子」會數典忘祖，習慣用過去的硬性政治立場將其切分，乃至於我們的社會至今依然無法擺脫那些來自於舊時代的幽靈。

這種大熔爐式的觀點，或許不是所有人都能接受，全球化的未來也不可能一蹴可幾，但關鍵在於，如果能有更多人接受我們的世界是由不同種族、不同語言、不同文化所構成，戰爭的必然性彷彿小了一些；而透過小說，我能做的事情彷彿多了一些。

寫完之後，我把這故事傳給她看。起初她不敢讀，但讀完之後，她卻意外地感到滿足，也許是在故事中得到一點點關於「那個聲音」的解答吧，但我總希望，這個故事裡還有其他的東西，能夠為讀者帶來生活的勇氣。

同時推薦

《希望之國》

作者：村上龍
譯者：張致斌

村上龍 1998 年發表，
距今 19 年話題不斷預言社會震撼之作，
向大人世界的宣戰

CNN 意外發現巴基斯坦邊境有日本少年在當地從事炸彈拆除工作，日本少年不肯承認自己的國籍，卻對著鏡頭說了三句日文：生麥、生鮮垃圾、生雞蛋。

新聞放送之後造成日本舉國譁然，全國媒體紛紛追逐這條重大消息，身為雜誌特約記者的哲，也是採訪媒體其中一員。

在途中遇到有如朝聖般的國中生們，其中一名學生中村，在他的口中「生麥」所處之地，是沒有人受霸凌的地方，學生 BBS 網路中廣泛流傳著「生麥通信」之類的文件。

接著中村策動棄學學生同時返校，挾拿校長和另兩名教職員，和學校進行對峙聲稱要進行改革。最後他們透過網路操縱國家金融，拯救日本貨幣，更搬到北海道，自給自足從日本獨立……

同時推薦

《共生虫（新版）》

作者：村上龍
譯者：張致斌

藏在心裡面的祕密，
讓自己變得什麼都不是，
卻成為活下去的唯一理由……

上原中學二年級便不再上學，沒有朋友也不說話，直到有了電腦才改變了他的隱居生活。

透過網路，上原找到一群承認「共生虫」確實存在的人，潛藏的暴力想像也因為「共生虫」而有了蠢蠢欲動的殺機，匿名的網路郵件一步一步將上原四分五裂，隱藏在心靈深處的防空洞被打開來。

這個社會上許多人都在無謂的人際關係中，逐漸弄不清楚自己真正的需要是什麼？若不是因為斷絕不必要的接觸，上原說不定終其一生也不知道自己的未來，然而他真的清楚希望的方向嗎？還是網路上的惡意圈套，讓現實與虛擬的世界分不清楚什麼是真，什麼是假……

《共生虫》榮獲谷崎潤一郎文學賞，這本描繪黑暗自閉的生命世界，緊扣疏離的人們暗藏在意識底層的病態心理，村上龍上個世紀末的小說作品，放入現世似乎再一次精準掌握崩壞的社會核心，但這一回有一點不一樣，我們看見對抗偽劣環境的同時，竟也產生了面對未來的勇氣。

同時推薦

《老人恐怖分子》

作者：村上龍
譯者：張智淵

村上龍繼《55 歲開始的 Hello Life》
唯一無比最新長篇

對於現實世界的威脅，究竟誰才是真正的強者？
我們所輕蔑與忽視的究竟是什麼……
失去妻、失去工作、失去能夠存活的社會條件……
但日子應該還是有亮光，有期待。
一通電話，以為得到暫時餬口的工作。
我卻被一股力量拉扯，掉進難以置信的狂亂漩渦。
老人把恐怖攻擊當成一回事，
但每個人的第一個反應都是一笑置之！
直到第一起 NHK 西側大門的毒氣事件，
我看見了那張冷眼在笑的老臉、那串文字亂碼、
那封用隸書寫的自殺遺言……
我甚至看見，隱隱潛藏內心的共鳴意識，
在竄流，在掙扎……

國家圖書館出版品預行編目

荒聞 / 張渝歌 著.
-- 初版. -- 臺北市 : 大田, 2018.02
面； 公分. --（智慧田；108）
ISBN: 978-986-179-516-4（平裝）

857.81 106022321

智慧田 108

荒聞

作者：張渝歌

出版者：大田出版有限公司
台北市10445中山北路二段26巷2號2樓
E-mail：titan3@ms22.hinet.net http：//www.titan3.com.tw
編輯部專線：（02）25621383 傳真：（02）25818761
【如果您對本書或本出版公司有任何意見，歡迎來電】
行政院新聞局版台業字第397號

總編輯：莊培園
副總編輯：蔡鳳儀 執行編輯：陳顗如
行銷企劃：古家瑄／董芸
內文美術設計：張蘊方
校對：黃薇霓／張渝歌
法律顧問：陳思成 律師
初版：2018年02月10日 定價：350元
國際書碼：978-986-179-516-4 CIP：857.81/106022321
總經銷：知己圖書股份有限公司
106台北市大安區辛亥路一段30號9樓
TEL：（02）23672044 / 23672047 FAX：（02）23635741
407台中市西屯區工業30路1號1樓
TEL：（04）23595819 FAX：（04）23595493
E-mail：service@morningstar.com.tw
網路書店：http://www.morningstar.com.tw
讀者專線 04-23595819 # 230
郵政劃撥：15060393（知己圖書股份有限公司）
印刷：上好印刷股份有限公司

廣　告　回　信
台北郵局登記證
台北廣字第 01764 號

平　信

From：

地址：

To：台北市 10445 中山區中山北路二段 26 巷 2 號 2 樓

大田出版有限公司 ／**編輯部　收**

電話：（02）25621383　傳真：（02）25818761

E-mail：titan3@ms22.hinet.net

意想不到的驚喜小禮等著你！

只要在回函卡背面留下正確的姓名、
E-mail和聯絡地址，並寄回大田出版社，
就有機會得到意想不到的驚喜小禮！
得獎名單每雙月10日，
將公布於大田出版粉絲專頁、
「編輯病」部落格，
請密切注意！

編輯病部落格

大田出版

大田出版 讀者回函

姓　　名：＿＿＿＿＿＿＿＿＿＿＿＿＿＿＿＿＿＿＿＿
性　　別：□男 □女
生　　日：西元＿＿＿＿年＿＿＿＿月＿＿＿＿日
聯絡電話：＿＿＿＿＿＿＿＿＿＿＿＿＿＿＿＿＿＿＿＿
E-mail：＿＿＿＿＿＿＿＿＿＿＿＿＿＿＿＿＿＿＿＿
聯絡地址：＿＿＿＿＿＿＿＿＿＿＿＿＿＿＿＿＿＿＿＿
＿＿＿＿＿＿＿＿＿＿＿＿＿＿＿＿＿＿＿＿

教育程度：□國小 □國中 □高中職 □五專 □大專院校 □大學 □碩士 □博士
職　　業：□學生 □軍公教 □服務業 □金融業 □傳播業 □製造業
□自由業 □農漁牧 □家管□退休 □業務 □ SOHO 族
□其他＿＿＿＿＿＿＿＿＿＿＿＿＿＿＿＿

本書書名：0702108 荒聞

你從哪裡得知本書消息？

□實體書店＿＿＿＿＿＿ □網路書店＿＿＿＿＿＿ □大田 FB 粉絲專頁
□大田電子報 或編輯病部落格 □朋友推薦 □雜誌 □報紙 □喜歡的作家推薦

當初是被本書的什麼部分吸引？

□價格便宜 □內容 □喜歡本書作者 □贈品 □包裝 □設計 □文案
□其他＿＿＿＿＿＿＿＿＿＿＿＿＿＿＿＿

閱讀嗜好或興趣

□文學 / 小說 □社科 / 史哲 □健康 / 醫療 □科普 □自然 □寵物 □旅遊
□生活 / 娛樂 □心理 / 勵志 □宗教 / 命理 □設計 / 生活雜藝 □財經 / 商管
□語言 / 學習 □親子 / 童書 □圖文 / 插畫 □兩性 / 情慾
□其他＿＿＿＿＿＿＿＿＿＿＿＿＿＿＿＿

請寫下對本書的建議：

※ 填寫本回函，代表您接受大田出版不定期提供您出版相關資訊，
大田出版編輯部 感謝您！